KB104799

무직전생

이세계에 갔으면
최선을 다한다

9

글 **리후진 나 마고노테**
일러스트 **시로타카**
옮긴이 **한신남**

바디가디

피츠

사일런트

아리엘

루크

리니아

크리프

프루세나

루데우스

인물소개

"내 손으로는 못 벗겠어. 벗겨 줘."

무직전생

이세계에 갔으면
최선을 다한다

⑨

글 리후진 나 마고노테　일러스트 시로타카　옮긴이 한신남

無職転生　～異世界行ったら本気だす～ 9

ⓒRifujin na Magonote 2016
First published in Japan in 2016 by KADOKAWA CORPORATION, Tokyo.
Korean translation rights arranged with KADOKAWA CORPORATION, Tokyo.

이 책의 한국어판 저작권은 일본 KADOKAWA CORPORATION과의 독점 계약으로
(주)학산문화사에 있습니다.
저작권법에 의해 한국 내에서 보호를 받는 저작물이므로 불법 복제와 스캔 등을 이용한
무단 전재 및 유포 시 법적 제재를 받게 됨을 알려 드립니다.

CONTENTS

"놀아나도 비웃음을 사도 얻을 건 있다."

—— **When having to exert oneself, I have that.**

글 : 루데우스 그레이랫

옮김 : 진 RF 매곳

제9장

청소년기
학교편(후)

제1화 천재소년의 비밀 전편

크리프 그리몰.

그는 미리스교단 교황의 손자로, 어려서부터 마법에 능한 천재소년이다.

성격은 다소 성급한 면이 있어서, 자존심이 강하고 스스로를 대단하게 보이려는 경향이 있다.

고로 친구는 없다. 크리프는 현재 16세. 1년 전에 성년을 맞았지만, 축하해 주는 사람은 아무도 없었다.

하지만 거만하기 짝이 없는 발언과는 달리 스스로의 재능에 만족하지 않는 근면한 자세를 가져서, 소수이긴 해도 거기에 호감을 품는 이가 존재한다.

그가 마법대학에 온 이유는 간단하다. 권력 다툼에 휘말려든 것이다.

몇 년 전에 미리시온에서 일어난 신의 아이 암살 미수 사건으로 미리스교단 내부에서 권력 다툼이 격화.

그런 소동 속에서 교황은 자신의 손자인 크리프를 세계의 반대쪽에 있는 라노아 왕국으로 피신시켰다.

"크리프, 당신에게는 커다란 인물이 될 그릇이 있습니다. 마음을 늦추지 말고 스스로를 계속 지켜보세요."

교황은 그렇게 말하고 크리프를 보냈다.

크리프는 자신이 기대받는 존재임을 잘 알았다.

당연하다. 미리시온에서 우연히 만나서 함께 여행하였던, 숙련된 암살자를 순식간에 정리했던 에리스에게는 뒤지지만 자기도 천재라고 생각하였다.

긴 여로 끝에 도달한 라노아 왕국은 혹독한 지역이었다.

식사는 입에 맞지 않고, 기후는 거칠고, 사고방식이 크게 다른 이들이 득실거렸다.

하지만 그래도 크리프는 자기 재능만큼은 믿었다. 특별생이며 교황의 손자, 장래에는 미리스교단을 짊어질 자신은 남들과 다르다고 생각했다.

그리고 첫 해에 두 번이나 쇼크를 받았다.

첫 번째는 자노바 실론이라는 인물에게.

그는 신의 아이였다. 선천적으로 신의 축복을 받은 인간이었다.

머리는 조금 이상했지만 능력은 확실해서, 크리프는 그가 자기 세 배 정도 체중이 나갈 만한 상대의 얼굴을 움켜쥐고 들어올려서 내던지는 걸 본 적이 있었다.

그런 괴력이 있는데도 그는 마법대학에 있었다. 마술을 배우고 있었다.

크리프의 눈에 그 성장속도는 매우 느렸지만, 애초에 신의 아이가 마술을 배울 필요 따윈 없다.

마술이란 태고의 힘없는 이들이 신의 위업을 따라하려고 만들어낸 것이라는 설도 있다.

즉, 신의 아이는 신의 힘을 가진 인간이다. 고로 마술 따윈 배울 필요가 없다.

그렇게 생각하여 크리프는 그에게 질문했다.

"너는 왜 마술 같은 걸 배우는 거지?"

"음. 하고 싶은 일이 있다."

자노바는 그렇게 말하더니 가지고 다니는 상자에서 인형 하나를 꺼냈다.

그리고 그 인형에 대해 길게 설명했다.

크리프는 그가 하는 말의 의미를 절반도 알아들을 수 없었지만, 그 인형이 정말 잘 만들어졌다는 것만큼은 전해졌다.

"나는 이 인형을 만든 분의 제자가 되어 그 분과 함께 세계에 인형을 퍼뜨리고 싶다! 그러기 위해서 나도 인형을 만들 수 있게 되어야 하지! 재회했을 때에 기초적인 것도 못 하면 스승님을 뵐 낯이 없다! 물론 내 손으로 만들어보고 싶다는 마음도 있지만!"

그것은 '꿈'이었다.

크리프에게는 없는 것이었다.

아니, 크리프가 포기한 것이었다. 자기 입장을 생각하면 포기할 수밖에 없는 것이었다.

그도 신의 아이고, 모국의 기대를 한 몸에 받았을 텐데. 고향에 돌아가면 분명 자유 따윈 없을 텐데. 그는 어느날 갑자기 자유로워진다는 가능성을, 한 가닥 희망을 버리지 않았다.

그리고 자유로워졌을 때 자기가 하고 싶은 일을 할 생각이다.

참고로 크리프는 실론 왕국에서의 사건이나 자노바의 사정을 몰랐다. 자기 상식을 기준으로 생각하여 그렇게 결론을 내렸다.

착각이긴 했지만, 크리프는 감명을 받았다. 대단한 녀석이라고 생각했다.

"그 스승이 대체 누구지?"

"루데우스 그레이랫이란 분이다."

이름을 듣고 크리프는 세게 얻어맞은 기분이었다.

루데우스 그레이랫.

에리스에게 차인 날부터 그 이름은 마음에 남아 있었다. 여기서 또 그 이름을 들을 줄은 몰랐다. 그것도 자신에게 감명을 준 사람의 입을 통해서.

쇼크는 컸다.

두 번째는 선배에게.

당연하지만 크리프는 이 학교에서 자기가 가장 강하다고 믿었다.

접근전으로는 못 당할 상대가 많지만, 마술사라는 틀에서라면 내게 이길 수 있는 이는 없다. 나는 천재고, 학교에 있는 것들은 결국 학생 레벨. 교사도 나보다 마술 실력이 떨어지는 이가 많다.

고로 나는 이 학교에서 가장 강하다, 라는 식으로.

그게 혼자만의 생각임을 안 것은 입학하고 두 달 정도 되었을 때.

학생 중에서도 손꼽히는 실력자라는 소문이 도는 두 명의 수족 소녀에게 졌을 때다.

리니아, 프루세나.

누가 먼저 시비를 걸었던 걸까.

크리프는 입도 험해서 참아 주기 어려운 발언만 해댔다.

당시의 리니아와 프루세나는 이미 꽤나 얌전해졌지만, 역시나 건방진 연하가 기어오르는 것은 성미에 거슬렸다. 크리프가 무슨 말로 두 사람을 화나게 했는지는 기억 못 한다.

다만 싸움의 내용만큼은 기억했다. 상급 마술을 쓰려던 크리프를 향해 프루세나가 초급 마술로 견제하며 크리프의 주문과 다리를 묶었다. 그리고 리니아가 접근해서 크리프를 두들겨 팼다.

사람들 앞에서 실컷 두들겨 맞아서 크리프는 혼자 울었다.

2대1이니까 어쩔 수 없다, 나는 진 게 아니다, 그렇게 말했지만, 훗날 피츠라는 연하의 선배가 혼자서 그 두 사람을 꺾었다는 이야기를 듣고 두 번째 쇼크를 받았다.

위에는 또 위가 있다. 이 학교에 와서 크리프는 그런 당연한 것을 알았다.

그리고 상급 마술을 쓸 수 있게 되었다고 결코 강해진 게 아님을 간신히 이해했다.

쇼크였지만, 그래도 그 날 이후로 크리프는 노력했다.

자존심이 강해서 누구의 가르침도 받은 적 없지만, 강해지려면 어떻게 해야 할지 스스로 생각하고, 그래도 모르고 부족한 부분을 메우려고 했다.

그리고 입학한 지 2년.

또 다시 두 번의 충격을 받았다.

첫 번째 충격.

루데우스 그레이랫의 입학이었다.

자신 없는 듯한 얼굴. 낡아빠진 잿빛 로브. 첫 대면인 상대에게 굽실대는 언동. 비굴하다고 할 수 있는 태도, 엉거주춤한 자세. 여자를 보는 끈적거리는 시선. 남자로서의 매력이 털끝만치도 느껴지지 않는 모습.

그것은 에리스나 자노바의 이야기에서 상상했던 인물과는 크게 동떨어졌다.

이런 녀석이? 라고 의심스럽게 생각했다. 동성동명이 아닐까 했다.

하지만 자노바는 그를 스승님이라고 불렀고 에리스에 대해서도 알고 있었다.

그럼 이 녀석은 거짓말을 하는 거라고 크리프는 결론을 내렸다. 거짓말로 두 사람을 속인 거라고.

그 증거로 리니아와 프루세나가 도발해도 꾸벅꾸벅 고개만 숙일 뿐이었다. 정말로 강하다면 그 두 사람을 때려 눕혔겠지.

크리프는 그렇게 판단했다. 곧 가면이 벗겨질 거라고 생각했다.

자노바는 진짜 신의 아이고 근면한 노력가, 리니아와 프루세나도 실력은 확실.

거짓말이나 허세로 어떻게 될 장소가 아니다.

피츠가 루데우스에게 졌다는 소문도 들었지만, 뭔가 착오든가 그가 흘린 거짓말, 아니면 비겁한 수를 사용했을 거라고 크리프는 생각하였다.

하지만 루데우스는 실력을 보였다.

그는 무영창 마술을 쓸 수 있었다.

순식간에 리니아와 프루세나를 군문에 넣고 자노바를 더욱 심취하게 하였다. 그 실력은 피츠도 인정해서 며칠에 한 번씩 함께 도서관에서 공부하는 사이라고 했다.

그 정도 실력을 가졌으면서도 수업에 나오는 모습을 본 적도 있었다. 신격이나 결계 마술의 '초급'강좌였다. 지금 와선 필요 없을 텐데도 자신에게 부족한 것을 탐욕스럽게 배우려는 것이다.

루데우스 그레이랫은 나와 마찬가지로 근면하고, 나보다도 재능이 있고, 나와 달리 결과를 내놓았다.

그런 생각은 크리프로서 인정할 수 없는 사실일 터였다.

하지만 뜻밖에도 쉽사리 받아들일 수 있었다.

자노바와 만나고 리니아와 프루세나에게 패배했다는 경위 탓일까.

루데우스라는 소년은 자신보다 훨씬 위를 걷는 존재라고 쉽사리 인정할 수 있었다.

그렇다고 해도 마음에 든 건 아니었다.

사실을 받아들이는 것과 루데우스가 마음에 드는 것은 전혀 다른 일이니까.

그리고 마지막 충격.

그것은 어느 날, 시간은 해 질 녘, 장소는 기숙사로 돌아가는 길, 문득 위를 올려다보았을 때였다.

―여신이 있었다.

그녀는 금색의 화려한 머리칼을 바람에 나부끼면서 창가에 기댄 자세로 음울한 표정으로 밖을 보고 있었다.

노을에 붉게 물든 얼굴은 아름다워서 크리프의 심장은 충격을 받았다.

한눈에 반했다.

애초에 크리프는 얼굴을 따졌다. 모험가를 동경하던 어렸을 적에는 장래 신부는 예쁜 사람이 좋겠다고 말했다. 참고로 모험가를 동경했던 것은 고아원 선배였던 치유 술사가 아름다웠기 때문이다.

"......!"

그때 창가의 여성이 클리프를 보았다.

가볍게 미소 짓는 얼굴, 손을 흔드는 동작, 시추에이션, 모든 것이 클리프의 마음에 들었다.

클리프는 생각했다.

나는 이 여성을 만나기 위해 태어났다고. 그녀는 나를 만나기 위해 태어났다고.

그 순간 첫사랑인 상대 에리스의 존재는 단순한 지인으로 변했다.

★ 루데우스 시점 ★

한 달에 한 번 있는 조례.

현재 내 주위에 자노바, 줄리, 리니아, 프루세나가 있다.

친구와 책상을 나란히 놓고 있는 것은 역시 좋다.

리니아는 평소처럼 책상 위에 발을 올리고 건강한 다리를 아낌없이 내 앞에 드러냈다. 이걸 가까이서 볼 수 있는 생활도 제법 나쁘지 않다.

"보스는 항상 내 다리만 본다냐. 흐흥, 결국 보스도 굶주린 늑대인가, 아니면 내 아름다움이 죄인가…. 냐하하. 자, 보스,

슬쩍…. 꺄악, 치마 안에 손 넣지 마라냐!"

리니아는 가끔씩 도발하기에 사양 않고 만져 주었다.

하지만 만져도 만져도 허무해질 뿐, 갈 곳 없는 리비도가 슬픔과 함께 증폭될 뿐이었다.

"냐?! 뭐냐, 그 눈은? 자기가 만져놓고 왜 그런 얼굴을 하는 거냐?! 내 뭐가 마음에 안 드냐?!"

솔직히 말해서 최근에는 귀나 꼬리를 만지게 해 주는 편이 나았다.

고양이 귀와 꼬리는 힐링이 된다.

"리니아는 바보야."

프루세나는 내 손이 아슬아슬하게 안 닿는 위치에서 고기를 먹고 있었다.

말린 고기라든가 구운 고기라든가 날고기라든가.

종류는 가지가지지만, 기본적으로는 항상 고기를 먹었다. 보통은 쿨한 모습을 하며 멍청한 리니아를 놀리지만, 고기로 낚으면 꼬리를 선풍기처럼 흔들면서 다가온다.

그녀 쪽이 털이 부드러워서 감촉이 좋지만, 리니아와 달리 고기를 주지 않으면 만지게 해 주지 않는다.

반대로 말하자면 고기만 주면 쓰다듬게 해 준다.

정조관념은 그럭저럭 높은 모양인데, 조금 걱정이다.

"흠…. 스승님, 보십시오. 이전보다 발목의 각도가 안 좋아졌습니다."

"주인님, 제가 고치겠습니다."

"줄리, 나를 마스터라고 불러라. 그리고 스승님은 그랜드 마스터라고 부르는 거다."

"예, 마스터."

자노바는 평상운행이다.

하지만 이 그룹에서 그의 서열은 제일 아래다.

지난번 결투에서 리니아, 프루세나에게 승리한 것은 결국 나고, 자노바는 거기에 따라온 금붕어 똥에 불과하다. 호랑이의 위세를 빌린 여우가 마음에 안 든다는 것이 리니아의 말이었다.

반대로 자노바는 '나는 스승님의 수제자다'라고 주장했다.

하지만 내 가르침을 받는 것은 실피, 에리스, 길레느에 이어서 네 번째다.

길레느는 상부상조 관계였으니까 제외한다고 해도 세 번째.

그렇게 말했을 때의 자노바의 가엾은 얼굴을 말하자면 조금 잘못한 기분이 들 정도였다.

위로하는 뜻에서 인형 쪽으로는 수제자라고 가르쳐 주었다.

인형 쪽으로 두 번째 제자인 줄리는 자노바의 록시 인형에 관한 강의를 진지하게 들었다.

그녀도 꽤나 세뇌되어서 **이해하기** 시작한 모양인지, 인형 제작에 의욕적으로 달라붙는 의지가 엿보였다. 그렇긴 해도 나나 자노바와 대등한 레벨로 인형에 대해 이야기하려면 아직 멀었겠지.

게다가 서툴게나마 무영창 마술을 쓸 수 있게 되었다.

역시 어렸을 적부터 마술을 쓰면 마력 총량이 극적으로 늘고 무영창 마술도 쓸 수 있다는 피츠 선배의 가설은 정확한 듯했다.

"…그랜드 마스터. 실패했습니다."

"예이."

다만 역시 아직 어린 탓인지 실패가 많다.

이번에도 인형의 다리가 물집처럼 커져 버렸다.

작은 사이즈의 흙 마술을 행사하는 건 무리겠지.

물론 나는 화내지 않는다. 무슨 일이든 해 보라고 가르쳤다. 실패를 두려워하지 말고 몇 번이든 반복하라고 가르쳤다. 실패는 성공의 어머니라고 하고, 한 번의 실패로 포기하면 방구석 폐인이 된다.

"인형을 고치기에는 아직 일렀군요."

"죄송합니다."

나를 보는 그녀의 눈에는 이따금 공포의 빛이 있다.

아직도 날 무서워하는 모양이다.

"후아아, 졸린다냐."

"요즘 따뜻해졌어."

"보스, 다음에 내가 낮잠 자는 곳을 가르쳐 주겠다냐."

"어? 낮잠 자는 리니아한테 장난쳐도 되나요?"

"…보스 머리에는 야한 생각밖에 없는 거냐?"

"스승님은 인형을 제일로 생각하신다."

"너는 입을 열면 일이 복잡해지니까 입 다물어."

"하지만."

"됐으니까 고기나 사 와."

"이제 곧 교사가 온다냐."

"뛰어서 다녀와."

"마스터, 제가….."

"어린애한테 심부름을 시킬 거면 내가 가야지."

"냐? 보스가 갈 거면 내가 간다냐."

"다녀와, 다녀와."

"냐?!"

교사가 올 때까지 그렇게 잡담을 나누는 우리들.

뭐, 시끄럽겠지. 틀림없이 시끄러웠겠지.

자, 이 교실에는 한 명 더 있다.

교실 앞쪽에서 홀로 성실하게 공부하는 소년, 이름은 크리프.

그는 우리의 잡담에 화를 내며 일어섰다.

"시끄러! 집중할 수 없잖아! 놀러온 거면 고향으로 돌아가!"

나는 입을 다물었다. 자노바도 잡담을 멈추고 다시 줄리에게 강의를 시작했다.

하지만 원래 불량학생인 두 사람은 그걸 싸움을 거는 거라고 받아들였다.

"누구한테 대고 하는 말이냐."

"네 지갑의 돈은 오늘부터 내 고기가 될걸."

보통 한 차례 당한 녀석은 다음에는 기죽은 개가 된다. 하지만 이 두 사람은 크리프와 이미 한 판 붙어 봤다는 모양이다. 크리프는 입학 직후에 두 사람에게 당한 이래로 계속 성실하게 공부에 힘썼다나. 패배를 양식으로 삼아서 성장한다. 근면한 소년이다. 방해해선 안 된다.

"미안합니다. 공부하시는 분을 방해했군요. 조용히 있겠습니다. 자, 두 사람도 앉아. 앉아, 앉으라니까요. 자리에 앉아."

"…보스가 그렇게 말한다면 어쩔 수 없다냐."

"제길…."

리니아와 프루세나는 퉁명스러운 얼굴로 털썩 앉았다.

"흥, 알면 됐어. 참나, 자노바까지 한패가 되어서 뭘 하는 거야. 흥…!"

크리프는 콧방귀를 뀌었다.

리니아와 프루세나는 혀를 찼다.

성실하게 사는 사람을 방해해선 안 된다.

나라고 불성실하게 살 생각은 없지만, 어찌 되었든 그와는 접점이 없겠지.

그때는 그렇게 생각했다.

그로부터 1주일 뒤.

나는 평소처럼 피츠 선배와 함께 전이에 대해 조사하고 있었다.

최근 알게 된 건데, 전이와 소환은 조금 비슷한 부분이 있다. 특히 마법진의 형태나 마법진에서 나오는 마력광의 색깔 등에 유사점이 많다.

하지만 결정적으로 다른 부분이 있다.

그것은 '인간은 소환할 수 없다'는 점이다.

어떤 소환 마술이라도 인간을 소환할 수는 없다.

마수, 정령, 식물…. 그런 것들을 소환할 수는 있어도 인간만큼은 소환할 수 없다.

실제로 과거의 문헌, 자료, 이야기를 살펴봐도 인간을 소환한 일은 없었다.

이 세계에는 여러 종족이 있지만, 인간이라고 칭해지는 자들은 소환할 수 없다.

물론 우리가 알고 싶은 것과는 관계없는 일이기에 '그래서 어쨌다고?'라는 결론에 도달했다.

하지만 내게는 마음에 걸리는 점이 있었다.

'살아있는 인간'은 소환할 수 없다면… 그럼 '영혼'뿐이라면?

"……."

그걸 말할 수는 없었다.

다만, 자세히 아는 사람에게 물어보고 싶었다. 이세계를 떠도는 인간의 영혼을 소환할 수 있을까?

"피츠 선배, 소환 마술에 능한 선생님이 있으면 좀 알려주실 수 있을까요?"

"어? 응, 알았어. 하지만 이 학교에서 소환술은 부여계밖에 안 가르치는데? 우리가 조사하는 내용을 알 만한 교사가 있나…?"

그러고 보면 수업 리스트를 보았을 때도 소환 마술 수업은 없었다.

있는 것에 대해서는 알겠지만, 없는 것에 대해서는 알아차리지 못하는 법이다.

하지만 부여는 소환술이라는 카테고리에 들어가나. 마술교본에 적혀 있었나?

"아무튼 찾아볼 수밖에 없겠죠."

이때 내 마음 속에 불안이 싹텄다.

그걸 표면으로 드러낼 수는 없다.

기우다. 관계없다. 그 재해는 열 살 때 일어났다. 내가 전생하고 10년 뒤다.

관계없을 것이다. 10년 동안 아무 일도 일어나지 않았으니까.

그런 고민을 품고 기숙사로 돌아가는 길.

노을로 물든 주위는 살짝 눈이 녹아서 북방대지 특유의 적갈색 지면이 보이기 시작했다.

그 위를 돌로 포장한 길을 걷는 도중에 목소리가 들렸다.

"기다려, 쨔샤!"

"주문을 외울 틈을 줄 것 같냐!"

건물 뒤에서 한 소년이 굴러 나왔다. 그 뒤를 쫓듯이 여섯 명의 남자가 따라왔다.

소년은 거리를 벌리고 상급 마술로 반격하려 했지만 남자들이 방해하였다. 그렇다고 초급 마술로 견제하려고 해도 상대가 여섯 명이니 의미가 없어서 따라잡혀 얻어맞고 바닥을 굴렀다.

여섯 명은 거북이처럼 버티는 소년을 계속 두들겨 팼다.

완전히 집단 구타다.

가슴이 아파오는 광경이었기에 나는 무심코 말을 걸었다.

"어이, 너희들, 거북이를 괴롭히면 안 돼."

무심코 달려가서 그렇게 말하자, 여섯 명은 일제히 이쪽을 돌아보고 날카로운 눈을 했다.

나보다 키가 좀 큰 사람도 있어서 움츠러들었다.

"넌 또 뭐야!"

하지만 그 중 한 명이 알아차렸다.

"어, 어이, 이 녀석. 진흙탕…."

"진흙탕…? 루, 루데우스?!"

"리니아랑 프루세나를 방에 감금하고 조교했다는?! 그 루데우스?!"

조교는 안 했어.

"아니, 그건 헛소문이잖아?" "프루세나가 보스라고 부르면서 꼬리를 흔들잖아…?" "그 사람은 고기를 주는 사람한테 보통 꼬리 흔들잖아!" "하지만 그 두 사람이 복종하는 건 사실이잖아?" "그래, 얼굴에 낙서가 된 걸 수업 중에 봤어." "뭐였더라, '나는 루데우스 님의 성노예입니다.'였던가?" "아니, 내용은 기억이 안 나지만…" "결투로 쓰러뜨린 뒤에 납치, 조교인가…." "…게다가 돌디어족의 공주를 말이지?" "뒷일 생각 같은 건 안 하나…."

남자들은 작은 소리로 되는 소리 안 되는 소리 떠들어대더니, 최종적으로는 침을 꿀꺽 삼키고 전율의 시선을 내게 보냈다.

서로 시선을 주고받고 고개를 끄덕인 뒤, 쓰러진 소년에게 눈을 주었다.

"어이, 오늘은 이쯤에서 봐주마."

오늘은, 이란 말에 나는 민감하게 반응했다.

"오늘은, 이란 말은 나중에 또 똑같은 짓을 할 생각입니까? 여섯 명에서 한 명을 괴롭히는 겁니까?"

날카로운 어조로 말하자 여섯 명은 노골적으로 귀찮다는 얼굴을 했다.

"칫…."

"어이, 루데우스…씨, 너랑은 관계없잖아…."

이런 놈들은 항상 그렇지.

관계없다. 관계없다. 나도 관계없다는 걸 잘 알고 나섰다.

"사정은 모릅니다만, 6대1은 비겁하지요."

"······."

여섯 명은 서로의 얼굴을 본 뒤에 고개를 흔들었다. 시선으로 대화할 수 있다니 꽤나 사이가 좋은 모양이다.

"알았어. 안 할게. 하지만 그 녀석이 아무 짓도 안 한 건 아니니까."

남자 한 명은 그렇게 말하더니 발길을 돌렸다.

다른 다섯 명도 뒤를 따라서 건물 뒤로 돌아갔다. 그쪽에 둥지라도 있는 걸까.

"후우."

나는 숨을 내뱉었다.

역시 저렇게 위압하는 상대가 많으면 쫀다.

여럿과 싸우는 방식은 내 안에서도 어느 정도 시뮬레이션했지만, 그래도 그것과 마음의 문제는 다르다. 1대1이라면 쫄지 않겠지만···.

"저기, 괜찮은가요?"

나는 일어서는 소년에게 다가갔다.

그는 옷의 먼지를 털면서 작은 목소리로 치유 주문을 외웠다. 역시나 마법대학이라고 해야 할까, 괴롭힘당하는 애도 치유 마술을 쓰는구나···라고 생각하는데 소년이 돌아보았다.

크리프였다.

"······."

솔직히 크리프와는 좋은 기억이 없다.

얼굴을 볼 때마다 떽떽 시비를 걸고, 이번에는 아마 '너한테 도움 받을 이유 없어!' 같은 소리나 하겠지.

"너한테 도움 받을 이유…."

거기까지 말하다가 크리프는 입을 다물었다.

그리고 골똘히 생각하는 표정을 하다가 푸욱 한숨을 내뱉었다.

"…아니, 도와줘서 고마워."

"별 말씀을."

크리프는 한차례 고개를 숙이더니 서둘러서 가 버렸다.

나는 그 광경을 얼떨떨한 심정으로 지켜보았다. 분명히 도와 주긴 했지만, 이렇게 갑자기 태도가 변하면 무슨 꿍꿍이가 아닐 까 싶어진다.

아니, 여기선 순수하게 받아들여야겠지.

지금까지 크리프는 내게 시비를 걸었지만, 나는 거기에 맞서 지 않았다. 크리프도 간신히 내가 적이 아니라고 인정해 준 걸 지도 모르겠다. 애초에 왜 날 그렇게 눈엣가시로 여겼는지도 모 르겠지만….

"뭐, 됐어."

나는 기숙사를 향해 발걸음을 옮겼다.

그 다음날.

크리프가 나를 학교 뒤편으로 불러내었다.

"……."

크리프는 화내고 있었다. 왜 화내는 건지는 모르겠지만, 화난 얼굴이었다.

싸움이 벌어지겠구나 하는 생각이 멍하니 들었다. 이미 예견 안을 개안했고, 주위를 살피면서 오른손에 마력을 모았지만, 은혜를 원수로 갚다니, 요즘 거북이는 너무하군.

"좋아, 이 정도면 됐을까."

아무도 없는 것을 확인하고 크리프는 돌아보았다. 얼굴이 새빨갰다.

그걸 보고 바로 알았다. 이건 분노가 아니다. 그런 목적으로 불러낸 게 아니다. 오히려 이건 고백이다. 이 시추에이션은 그런 거다.

큰일이군, 아무리 여자를 상대로 도움이 안 된다고 해도 호모가 된 기억은 없는데. 훗, 인기 있는 남자는 힘들군.

"시, 실은…."

"음."

대답은 정해져 있다.

나는 당당히 대답해 주지. 일단은 친구부터, 그리고 그걸로 끝이라고.

"좋아하는 사람이 있어."

"으, 음…."

뺨을 벅벅 긁으면서 얼굴을 붉힌 채 크리프가 고개를 숙였다.

나는 이걸 거절해야 하나? 위가 아프다. 상대가 혹시 여자였으면 싶었다. 하지만 내 검은 성검도, 그 칼집도 아니다.

하지만 크리프는 고개를 들더니 어느 한 지점을 가리켰다.

"저 사람이야."

가리키는 곳은 학교 건물.

다소 먼 곳에 창문으로 얼굴을 내민 사람이 보였다.

바람에 흔들리는 긴 금발의 그녀는 저녁 해로 물든 학교 풍경을 우울한 표정으로 내려다보고 있었다.

"낮에 네가 이야기하는 걸 봤어. 아는 사이지? 저기, 소개 좀 해 줄 수 없을까?"

"……으음."

건물에서 얼굴을 내민 사람은 나도 잘 아는 이였다.

소문으로 자주 듣는 문제아. 서큐버스처럼 동급생을 먹어치운다는 마성의 여자.

엘리나리제 드래곤로드였다.

제2화   천재소년의 비밀 후편

안녕하세요, 루데우스입니다.

어어, 예, 그런고로 말이죠. 어제 말이죠, 크리프에게서 말이죠,

'엘리나리제 씨를 사랑하니까 소개해 줘.'

라는 말을 들었습니다.

예. 분명히 말이죠, 나는 엘리나리제와 아는 사이지요. 양친의 과거 파티 멤버라서요. 예.

이 세계의 연애에 대해서 잘 모릅니다만, 크리프가 사랑을 한다면, 그리고 그 마음을 밝히고 도움을 요청한다면 나도 응원하고 싶은 마음입니다.

그런 마음입니다만, 엘리나리제라는 인물을 떠올려 보십시오.

엘리나리제 드래곤로드.

S급 모험가. 전위. 전사. 마법대학 1학년.

연령 불명. 의외로 성실하게 수업에 나가고 성적은 우수하다는 듯하다. 최근에는 초급 물 마술을 자기 전술에 넣으려고 한다나. 오랫동안 알고 지낸 모험가에게는 일단 경원시 되지만, 실력이 있고 남을 잘 돌봐 주고, 그리고 밤일을 잘한다.

그래, 밤일.

그녀는 일종의 저주에 걸렸다.

고로 밤이면 밤마다 남자의 정기를 빨아먹어야만 한다.

고로 특정 남자를 만들지 않고 하룻밤만의 관계를 몇 번이나 반복한다.

자식을 낳은 적도 있다고 하는데, 아이가 어디로 갔는지는 가

르쳐 주지 않았다.

어쩌면 어디다 버리든가 노예로 팔아 버리지 않았나 의심하기도 했다.

실제로는 좀처럼 임신하지 않기에 제대로 키워서 자립시킨다는 모양인데, 자세하게는 모른다.

이런 인물을 연애 대상으로 소개하는 게 과연 잘하는 짓일까?

크리프는 엘리나리제가 그런 사람인 줄 모른다. 그가 말하는 엘리나리제의 인물상을 듣고 나는 머리를 싸쥘 뻔했다.

'창가의 그대. 그녀의 이름은 엘리나리제 드래곤로드. 그녀에게 어울리는 아름답고 용감한 이름이군. 당연하지만 근면하고 성적도 좋다는 모양이다. 얼마 전까지 모험가였으니까 실전에 대한 마술 지식도 있다.'

일단 이 시점에서 걸고 넘어질 점은 창가의 그대 부분 정도다.

그녀에게 창가란 창틀에 손을 대고 엉덩이를 내미는 장소겠고.

물론 크리프는, 창가의 그대는 성행위 따윈 하지 않는다고 생각한다.

'하지만 다른 남학생과 분별없이 성교한다는 좋지 않은 소문이 있었다. 아마도 그녀에게 질투한 누군가가 그런 소문을 흘렸겠지.'

크리프는 가장 중요한 부분을 자기 좋을 대로 해석하였다.

지난번 싸움도 그렇다.

여섯 명의 학생이 엘리나리제에 대해 '아무에게나 다리를 벌리는 여자니까 우리도 부탁해 보자.'라고 말한 걸 듣고 크리프는 화를 냈다.

소문만으로 사람을 얕잡아보는 게 아니라고 주의를 주었다.

물론 상대는 확실한 정보를 토대로 말했을 뿐이다.

여섯 명은 상급생이고 체격도 좋고, 게다가 불량학생이었다. 하급생인 크리프가 거만하게 주의를 주는 바람에 그들은 다소 짜증내면서 대답했다.

"내 후배도 저번에 세 명이 한꺼번에 신세를 졌어. 현실을 안 보는 너도 총각 딱지나 좀 떼 달라고 하지 그래?"

저속한 얼굴로 그렇게 말했다는 모양이다.

크리프는 격노했다. 무모하게도 체격 좋은 여섯 명을 상대로 덤벼들었다. 마술이 아니라 주먹으로.

크리프도 그럭저럭 싸움을 한다고 자부했다.

하지만 6대1이라는 상황. 체격 차이. 마술전이라면 몰라도, 상대의 손이 닿는 위치에서 시작한 싸움으로는 승산이 없었다.

그리고 거기에 내가 나타났다고.

정보 수집, 해석의 중요함을 인식할 수 있는 훌륭한 이야기다.

하지만 이걸 어떻게 한다.

나는 크리프에게 잘해 줄 어떠한 이유도 없다.

엘리나리제를 소개해서 그 웃기는 환상이 박살난다고 해도 내 알 바 아니다.

하지만 그렇다고 쉽사리 소개해 줘도 좋을까.

엘리나리제에게서는 감사를 들을지도 모른다.

그녀는 남자를 소개하면 보통 기뻐하니까.

특히나 최근 그녀는 동정 사냥이 즐겁기 짝이 없는 모양이었다. 풋풋하니 미안해하는 모습이나 처음인데도 허세 부리는 태도가 좋다나.

처음에는 그랬던 애가 횟수를 거듭하면서 점점 변하는 게 좋다나.

나도 생전에는 조교 계열 야겜을 몇 번 한 적이 있으니까 모를 건 아니다.

크리프는 딱 보기에 동정이겠고, 엘리나리제는 기꺼이 잡아먹겠지.

하지만 크리프는 어떨까.

그는 엘리나리제라는 인물을 오해하고 있다. 실제로 만나서 사귀면 정체를 목격하게 되겠지. 그때가 되면 너 때문에 실컷 고생했다고 내게 화내지 않을까? 내가 보기엔 자업자득이지만, 알면서도 소개한 내게도 분명 다소 책임이 발생할 것 같다.

그렇다고 소개하지 않으면 어떻게 될까. 이상한 오해를 부르지 않을까? 실은 나도 엘리나리제를 노리고 있다고 여기지나 않을까.

나도 병이 나으면 그런 식으로 하룻밤의 불장난을 해 보고 싶지만, 노린다고 여겨지는 건 뜻밖이다.

　어쩐다.

★　★　★

　그런고로.

　"피츠 선배, 의논하고 싶은 게 하나 있는데 괜찮겠습니까?"

　나는 방과 후 도서관에서 피츠 선배에게 그렇게 물었다.

　"뭐?"

　"연애에 관한 상담입니다만."

　"연애상담?!"

　피츠 선배가 몸을 내 쪽으로 틀었다.

　몸을 이쪽으로 내밀고 입가가 미묘한 느낌으로 뒤틀렸다.

　"루, 루데우스. 좋아하는 사람 있어?!"

　의외로 이 화제에 덤벼드는군.

　눈이 빛나…는지 아닌지는 선글라스 때문에 모르겠지만, 피츠 선배도 그런 나이겠지.

　"아뇨, 지인 이야기인데요."

　"지인…?"

　"예, 지인입니다."

　"그, 그래. 말해 봐."

　"그 지인이 어떤 사람에게 한눈에 반했습니다."

"한눈에…. 그런데 나한테 의논…. 호, 혹시 아리엘 님? 그, 그렇다면 안 돼. 아리엘 님은 아름답지만…."

피츠 선배의 말꼬리가 점점 늘어졌다.

그 왕녀님에게 한눈에 반하는 사람은 많겠지.

호위의 입장으로서 그런 해충은 모두 솟아웃이 당연하고.

"아뇨, 아닙니다. 아리엘 왕녀가 아닙니다."

"그, 그래, 다행이다."

"지인이 한눈에 반한 그 사람. 제가 아는 사람인데, 연애 대상으로 소개하기에는 조금 문제가 있어서 말이죠. 소개해도 좋을지 고민입니다."

잘 보니 피츠 선배가 이상한 얼굴을 하고 있었다.

입가에 손을 대고 선글라스 안쪽에서 강한 시선을 보내고 있었다.

"지인은 그 여성의 '문제'를 알고 있어?"

"아뇨, 모를 겁니다."

…어라? 내가 지금 여성이라고 말했나?

아니, 아리엘 왕녀가 대화에 나온 흐름으로 여자라고 생각했을 뿐일까. 뭐, 실제로 엘리나리제는 여자니까 문제없겠지만. 아니면 내 일이라고 생각한 걸까.

"거듭 말하지만, 제 이야기가 아니거든요? 피츠 선배니까 밝히겠는데, 특별생인 크리프 선배입니다."

"어, 그래. 미안, 착각했어."

피츠 선배는 귀 뒤를 긁적였다.

내 이야기라고 생각했던 걸까. 뭐, 내가 아는 사람이 말이지~라는 식의 이야기는 사실은 자기 이야기일 때의 상투적인 수단이고.

"이런 경우 어떻게 해야 할까요?"

"어어, 그 '문제'를 가르쳐 주는…게, 아닐, 까? 가르쳐 줄 수 없는 이유가 있으면, 또 다르겠지만….."

피츠 선배는 조금 자신 없는 눈치였다.

그러고 보면 선배도 동정이었나. 연애 경험은 별로 없을지도 모르겠다.

"가르쳐 주는 건 문제없지만, 크리프 선배는 적잖이 자기 생각에 빠지는 타입입니다. 가르쳐 줘도 믿어 주지 않을 가능성이 크지요. 어쩌면 제가 그 여성을 좋아하니까 그런 소리를 한다고 착각할지도."

"어, 그럴지도 모르겠네."

"예. 그러니까 제 입으로는 말하지 않는 편이 좋지 않을까 해서."

응. 말로 하고 보니까 조금 정리가 됐다. 크리프가 신뢰하는 다른 여성을 통해 넌지시 정보를 흘리는 게 좋을지도 모르겠다. 아니, 아예 본인의 입으로 말하게 하는 게 최고일까.

"어어, 루데우스는, 그 여성을 좋아하는 거, 아냐?"

"싫어하는 건 아닙니다. 연애 대상으로는 보지 않습니다만."

엘리나리제는 아주 잘한다는 모양이니까 하룻밤 정도 해 보고 싶지만.

진지하게 사귀는 건 조금 싫군. 금방 바람이라도 피울 것 같고.

"그래…. 하지만 루데우스가 그런 식으로 보지 않을 뿐이지, 크리프는 다를지도 몰라."

글쎄. 티 없는 순백의 천사를 사랑하는 녀석이 엘리나리제를 달리 볼 수 있을 것 같진 않은데.

"으음."

소개해야 하나, 말아야 하나. 고민스럽다.

잠시 뒤에 피츠 선배가 조용히 말했다.

"어어, 나도 좋아하는 사람이 있으니까 그 사람의 마음은 이해해. 보통은 연애 대상으로 볼 수 없는 사람인 모양이지만, 그래도 난 좋아해."

피츠 선배에게 좋아하는 사람이?

누구일까…. 무난하게 생각하면 아리엘 왕녀일까. 아까도 엄청난 반응이었고.

분명히 아리엘 왕녀는 연애 대상으로 보기 어려울지도 모른다. 아슬라 왕국의 왕족이고, 높은 절벽 위의 꽃이다. 아니, 그건 됐어.

"보기만 할 뿐이지 고백할 수 없다니, 힘들 거라고 생각해."

피츠 선배의 얼굴이 붉다. 귀까지 새빨갛다.

"그러니까, 어어, 제대로 소개하고 고백할 기회를 주는 게 좋지 않을까?"

"하지만 나중에 문제가 일어날지도 모릅니다."

"그건 어쩔 수 없어. 소개를 받았으면 뒷일은 본인들끼리의 문제잖아?"

아하, 과연.

소개한 뒷일은 본인들의 문제. 분명히 그렇다. 그 사실을 먼저 명시해두면 더욱 좋겠지.

"알겠습니다. 그럼 그런 방향으로 가 보겠습니다. 피츠 선배, 감사합니다."

"아, 아니…. 도움이 되었다면, 다행이야…."

피츠 선배는 약간 자신 없는 눈치였다.

아무튼 방침은 정해졌다.

도서관에서 나올 때, 피츠 선배가 책상에 엎드려 있던 게 마음에 걸리지만….

그의 나이로 잘난 듯이 충고하는 게 다소 창피했던 거겠지.

하지만 경험이 없더라도 그 말이 지당하다면 아무런 문제도 없다.

나는 그저 감사할 뿐이다.

다음날, 나는 크리프를 불러냈다.

"소개하는 건 상관없지만, 한마디 해두겠습니다."

살짝 기대하는 시선의 크리프에게 나는 말했다.

"뭐지?"

"크리프 선배. 나는 엘리나리제 씨와 이전에 파티를 짠 적도 있어서, 그녀에 대해 다른 사람보다 어느 정도 안다고 생각합니다."

파티를 짰다는 부분에서 크리프의 눈썹이 꿈틀거렸다.

"그녀의 사람 됨됨이에 대해 나는 아무 말도 않겠습니다. 하지만 그건 속이려는 게 아닙니다. 실제로 만나서 이야기하고 자기 눈으로 확인하기를 바라는 겁니다."

"무슨 소리지?"

"말하자면 나중에 이야기가 다르다든가, 왜 말을 안 했냐든가, 사람을 속였다든가, 그런 식으로 따지지 말아달라는 겁니다."

일단 내 몸을 챙기고 예방선을 긋는다. 그녀에게 문제가 있다는 뉘앙스를 풍기는 것도 잊지 않고.

"당연하지. 나는 경건한 미리스교도야! 중개인에게는 상응하는 경의를 표하지!"

중개인? 미리스교도에게 중개인이란 뭘까.

그쪽 교인이 아니니까 모르겠다. 오오, 신이시여, 나를 인도해주시옵소서.

"나는 미리스교도가 아니니까, 나중에 그게 중개인이 할 짓이냐고 하지 말아 주세요?"

"안 하겠어."

"어떤 결과가 나와도 나는 모르니까요."

크리프는 물론이라며 고개를 끄덕였다.

"차이는 건 각오했다!"

차이기보다는 더 끔찍한 뭔가를 체험할 것 같은데.

엘리나리제는 아무도 없는 교실에 있었다.

오늘도 창가에 팔꿈치를 짚고 있는데, 상반신이 두 개 있는 켄타우로스처럼 된 건 아니라서 그저 창밖을 보며 멍하니 있는 듯했다.

그녀가 무슨 생각을 하는지는 알겠다.

얼른 밤이 안 되려나, 밤이 되면 시내의 주점이 열리고, 주점이 열리면 거기에는 잔뜩 쌓인 남자가 있는데. 그런 느낌의 핑크색이겠지.

하지만 아무것도 모르는 시선으로 보면 분명히 천사 같을지도 모르겠다.

"어머, 루데우스…. 어쩐 일인가요. 당신이 찾아오다니."

엘리나리제는 나를 발견하고, 딱히 웃지도 않으며 의외라는 듯이 말했다.

분명히 이 학교에 입학한 뒤로 그녀와 별로 이야기하지 않았다.

가끔씩 엘리나리제가 점심식사 시간에 분위기를 보러 오는 정도다.

"어머? 그쪽 분은?"

크리프는 내 뒤에서 튀어나오더니 배에 주먹을 대고 다리를 모아 섰다.

미리시온식 예의작법일까.

"엘리나리제 씨, 이쪽은 크리프 그리몰. 특별생으로 한 학년 위의 선배입니다."

"안녕하십니까, 소개받은 크리프입니다."

크리프는 그대로 고개를 숙였다.

"어머나, 이렇게 정중하게. 엘리나리제 드래곤로드랍니다. 그래서 크리프 씨는 제게 대체 무슨 일인가요?"

"꼭 좀 엘리나리제 씨를 소개해달라고 해서 데려왔습니다."

"예, 엘리나리제 양의 아름다운 얼굴은 항상 보아 왔습니다! 꼭 개인적인 교제를 부탁드리고 싶습니다!"

침묵이 흘렀다. 엘리나리제도 놀랐다.

그녀는 잠시 뒤에 의자에서 천천히 일어서더니 내 팔을 잡았다.

"잠깐."

그렇게 말하고 나를 교실 구석으로 연행하더니 귓가로 입을 가져왔다.

"뭔가요?"

"얼마나 필요한가요?"

말의 의미를 몰라서 몇 초 동안 주저.

혹시 얼마를 내면 이 남자를 자기 펫으로 데려갈 수 있겠냐 소리? 최악이네.

"돈은 필요 없습니다."

"그럼 뭐? 뭐가 목적인가요?"

"아니, 그는 엘리나리제 씨를 좋아한다나 봐요."

"거짓말…. 루데우스, 당신. 저에 대해 알죠? 저렇게 순진해 보이는 애를 데려오다니… 부끄러운 줄 아세요."

부끄러운 줄 알라니. 제일 부끄러운 줄 모르는 사람이 할 말 인가.

"부끄럽고 자시고, 나는 소개해달라고 하길래 데려왔을 뿐입 니다."

"정말인가요?"

"거짓말 아닙니다. 뭣하면 록시 선생님께 맹세해도 좋아요."

그렇게 말하자 엘리나리제는 몇 초 생각한 뒤에 눈썹을 찡그 렸다.

"루데우스의 말이 사실이라고 해도 진심으로 덤비는 애는 조 금 곤란해요."

곤란한가. 의외로군. 엘리나리제라면 기꺼이 '사실은 그런 일 도 있을까 하고 방을 잡아두었답니다.'라고 말할 줄 알았다.

"제 저주는 알지요? 한 사람과 사귈 수는 없답니다."

한 사람과는 사귈 수 없다.

고로 결코 진지하게 사귀는 게 아니라 불특정다수의 상대와 돈이나 놀이라는 관계를 계속한다.

그런 이야기는 나도 어딘가에서 들은 적 있는 것 같다.

뭐, 일단 그녀도 생각을 하나…. 그렇다면 사귀는 건 무리인 가.

"그럼 어쩔 수 없군요. 깨끗하게 차 주세요."

"괜찮나요? 루데우스의 얼굴에 먹칠을 하는 게 아니라?"

"문제없습니다."

결국은 진흙탕이다. 게다가 이제 이름을 팔 필요도 없고.

"하지만 최대한 진실을 말해 주세요. 내가 또 얽히지 않게."

"알고 있어요."

"좋아요."

이야기는 끝, 엘리나리제는 크리프 쪽을 향했다.

엘리나리제 쪽이 키가 크다. 크리프가 작다. 그렇게 보면 안 어울리는 것 같지만, 키가 안 맞는다고 해도 관계는 없다.

그렇게 생각하니 왠지 안타까운 마음이 드는군.

"루데우스, 남의 연애를 엿보는 게 아니랍니다."

"아, 그렇지요. 그럼 나는 이만 실례하겠습니다."

엘리나리제의 말에 나는 물러나기로 했다.

크리프가 조금 불쌍하지만, 이게 제일 좋은 결말이겠지.

저주의 영향도 있지만, 엘리나리제는 애초부터 호색한 여자.
반대로 크리프는 경건한 미리스교도.

물과 기름이다.

"루데우스…. 저기, 고맙다!"

크리프의 마지막 말.

가슴이 아팠다.

그로부터 또 1주일이 경과했다.

한 달에 한 번 있는 조례에서 대놓고 염장질하는 커플이 있었다.

키가 큰 여자 쪽이 남자의 무릎 위에 앉아서 바짝 붙어 있었다.

"혼합 마술이 일어나기 쉬운 사상만 암기하면 간단해. 두 가지 마술을 사용하지 않아도 자연의 것을 이용하면 재현할 수 있어."

"역시나 크리프, 박식하네요!"

"이 정도는 별거 아니지."

양쪽 다 아는 사람이었다.

크리프와 엘리나리제다.

나는 천천히 다가가 눈앞에서 고개를 갸웃거렸다.

"응? 루데우스! 저번에는 고마웠어!"

크리프는 일어서서 감사의 말을 하려고 했지만, 무릎 위에 앉은 여자 때문에 그 자리에서 고개를 숙이는 것으로 끝냈다.

"별 말을요…. 엘리나리제 씨, 어떻게 된 건가요?"

무릎 위의 엘리나리제는 부드럽게 미소 지었다.

"저희, 사귀기로 했답니다."

아이에에에? 왜? 닌자, 왜?

이야기가 다르지 않아?

"어어, 이야기가 다르지 않나요?"

"루데우스, 그렇게 남자다운 프러포즈를 받으면 아무리 저라도 와 닿는 게 있었거든요."

프러포즈? 아무리 그래도 너무 성급한 거 아냐?

"그만둬. 창피하잖아."

"'저주는 내가 반드시 고쳐 주지! 그러니까 결혼해 줘!'"

"어, 어이!"

"그리고 여관에서 크리프의 풋풋한…. 아앙! 떠올리기만 해도 또 갈 것 같아요."

"그, 그만두라니까. 사람들 앞에서."

크리프의 얼굴이 새빨갰다. 그만두라는 것치고 꼭 싫지만도 않은 눈치군.

아무튼 졸업 축하합니다.

분하단 느낌이 별로 없는 건 내가 이미 딱지를 뗐기 때문일까.

아니면 엘리나리제의 본성을 알기 때문일까.

하지만.

저주에 대해서 이야기했나. 한 명과 사귈 수 없는 이유로도 나쁘지 않은 사실이지만….

하지만 크리프는 왜 그 말을 듣고도 프러포즈를 했지?

"전 앞으로 크리프를 위해 최대한 참기로 했답니다."

"따, 딱히 괜찮다고 말했잖아. 저주니까 어쩔 수 없고, 마, 마음만 나를 봐 준다면 그걸로…."

"크리프…. 물론이지요. 다른 분은 몸뿐… 하지만 당신에게는 몸도 마음도 바치겠어요."

황홀한 표정의 엘리나리제의 머리를 크리프가 가만히 쓰다듬었다.

자연스럽게 시선이 얽혔다. 무릎 위에 앉았기 때문에 얼굴도 가깝다.

"엘리나리제…."

"크리프…."

그리고 키스.

그 뒤에 내 존재 따윈 없는 것처럼 굴기 시작했다.

남들 앞에서 당당하게 염장질, 염장질. 그래도 되냐, 크리프. 정말로 괜찮냐?

그 여자는 그렇게 기특한 소리를 하지만, 너를 비상식량으로

챙겨둔 거거든?

사랑은 맹목이라는 거 아냐?

"……."

그렇게 말하려다가 참았다.

소개해서 어떤 결과가 되든지 불평하지 않기로 했다. 내가 뭐라고 하는 것도 이상하다.

교실 뒤쪽을 보았다.

세 사람은 알 바 아니라는 느낌이었다.

프루세나는 건육을 씹고 있고, 자노바는 지난번에 시장에서 발견한 인형에 대해 줄리에게 말하고 있었다. 줄리의 눈은 진지해서, 근처에 있는 바보 커플은 안중에도 없었다.

리니아만큼은 반항적으로, 될 대로 되라는 느낌이었다.

고로 나는 리니아 쪽으로 다가갔다.

"보스, 저 여자 뭐냐? 한소리 했더니 매서운 반격이 돌아왔다냐."

"나도 잘은 모르겠어요."

이상하다고 생각하면서도 이야기를 정리했다.

저번에 헤어졌을 때는 깔끔하게 찬다는 쪽의 이야기였다.

그리고 엘리나리제도 그런 방향으로 이야기를 가져갔다.

엘리나리제라면 크리프가 뒤끝 없이 포기할 수 있도록 저주나 그런 것에 대해 깨끗하게 밝히고 항간의 소문도 사실이라고 말했겠지.

하지만 프러포즈를 받았다는 모양이다.

자기가 저주를 치료할 테니까 결혼해 달라는 느낌의 말을 듣고 함락된 모양이다.

크리프가 왜 그런 생각에 도달했는지 전혀 모르겠다.

아니, 하지만 반대로 엘리나리제의 입장이라면 어떨까.

병은 반드시 고쳐 줄 테니까 나와 결혼해 주세요.

정면에서 그런 말을 들으면….

사랑에 빠지나?

딱 와 닿을지도 모르겠다. 스스로도 걱정하는 것, 고민하는 것을 고칠 수 있을지 없을지 모르지만 열심히 노력해 주겠다고 말했다.

엘리나리제가 아무리 괴짜라고 해도 저주에 관해서 전혀 고민하지 않았을 리가 없겠지.

함락되나…?

아니, 엘리나리제 이야기만 할 순 없지.

크리프가 애쓴 거다. 남자다운 모습을 보여서 엘리나리제를 꼬신 거다.

"보스, 좋은 생각이 났다냐."

"뭔가요?"

"우리도 사귀어서 쟤네에게 보복하는 거다냐."

리니아가 그런 제안을 해 왔다. 어차피 순간적인 제안이겠지.

하지만 실험해 보고 싶어졌다.

"리니아 선배. 사귀는 건 좋지만, 사권 뒤에 내 불능을 고치기 위한 노력이나 협력을 해 줄 건가요?"

"어?"

그 말에 엘리나리제 이외의 전원이 어? 소리를 냈다.

시선이 집중됐다. 이 녀석, 무슨 소리야? 라는 느낌의 분위기.

뭐야? 내가 리니아랑 사귀는 게 그렇게 이상한가?

그때 리니아가 조심조심 말했다.

"보보, 보스, 호, 혹시, 저번, 저~번의 이야기, 들었냐?"

"저번?"

"보스는 너무 매력적인 우리를 감금했어도, 만지거나 벗기기는 했어도 교미하지 않았으니까 불능일지도 모른다고, 점심 먹을 때 프루세나랑 말했을 때 말이다냐."

그건 또 뭐야? 처음 듣는데?

프루세나를 보니 슬쩍 눈을 돌렸다.

"아, 아냐. 중상비방이 아냐. 전에 우리를 만졌을 때, 냄새가 약했으니까, 혹시나 그런 게 아닐까 생각했을 뿐이야…."

프루세나의 말에 나를 보는 시선이 일제히 불쌍히 여기는 것으로 변했다.

이해한 시선이었다. 하지만 사귄다 운운이 아니라 불능 쪽.

내가 불능인 게 그렇게 이상한가?

"소문내려는 마음은 없었어. 불능이라는 말을 쓴 건 리니아뿐이야. 저 녀석 진짜 문제야."

"프루세나도 '만지긴 해도 덮치진 않으니까 해가 없다.'고 했잖냐."

"칭찬이야."

"냐?!"

만담을 시작한 두 사람을 무시하고 나는 자리에 앉았다.

"뭐, 괜찮지만요. 알려져도 문제될 것도 아니고."

"그, 그러냐. 딱히 보스가 불능이라고 해서 우리는 편견을 갖지 않는다냐."

"그래, 불능인 보스도 유능한 보스도 보스는 보스야."

불능, 불능, 연호하지 말라고.

은근히 상처 입잖아. 역시 숨기는 편이 나았을까?

"스승님, 마음에 두실 것 없습니다. 우리는 인형의 길을 걷는 겁니다."

자노바는 그렇게 말하며 탁탁 어깨를 두들겨 주었다.

줄리만큼은 고개를 갸웃거렸다.

"마스터, 불능이란 게 뭐야?"

"음, 남자 역할을 못 한다…라고 해야 할까…. 아무튼 인형 제작과는 관계없는 일이다."

"흐응."

자노바는 위로라고 한 걸까.

말을 가리는 느낌이 절절히 전해졌다.

"보스, 야하다 야하다 싶었는데, 고치려고 애쓴 거였냐…. 눈물이 난다냐…"

"가능한 일이 있으면 협력할게. 고기 주면 말이지…"

개와 고양이의 어색한 동정.

그거군. 뭔가 달라. 이런 말로는 난 이 녀석들과 사랑에 빠지지 않아.

"루데우스. 일단 나는 미리스 신관으로서 신도의 참회를 듣는 훈련도 받은 적 있다. 그런 방면으로는 별로 재능이 없다는 소리를 듣지만, 함께 생각해 주는 정도는 할 수 있으니까. 무슨 일이 있거든 같이 생각해 주지."

반대로 크리프의 말은 진지하고 따뜻했다. 사랑에 빠질 것 같다.

아니, 나는 호모가 아니니까 빠지지 않지만.

하지만 엘리나리제의 마음을 조금 알겠다.

이렇게 크리프와 엘리나리제는 사귀게 되었다.

솔직히 저 엘리나리제가 다른 남자를 계속 참는 건 무리라고 생각한다. 크리프가 다른 남자와 자는 엘리나리제를 참아낼 수 있을 것 같진 않다. 지금은 좋지만, 조만간 파국을 맞겠지.

내가 뭐라고 나설 건 아니지만….

그건 그렇다고 하고, 내 병이 특별생에게 알려지게 되었다.

살짝 대미지는 있었지만, 일단 다들 무슨 일이 있거든 협력해 주겠다고 한다.

여기서 처음으로 1보 전진…인가?

나도 얼른 병을 치료해서 누군가와 연애를 하고 싶다.

막간　실피에트 3

오늘도 '공주님'의 뒤를 따라서 복도를 걷는데 문득 목소리가
들렸다.

"으음~ 크리프는 진지하다니깐요."

"물론 저주에 대해서는 생각하고 있어. 나도 당신과 저기…
살을 맞대는 건 좋아해. 하지만 우리는 여기에 공부를 하러 왔
지. 그런 짓만 하면, 으음. 타락한다."

"알고 있어요. 우선은 공부, 그리고."

사이좋게 걷는 건 크리프와 엘리나리제다.

최근 두 사람이 교제를 시작했다는 소문이 퍼졌다.

성실한 크리프와 별로 좋은 소문이 없는 엘리나리제.

어짜피 엘리나리제가 장난으로 크리프에게 손을 댔고 순진한
크리프가 그걸 진심으로 받아들였을 뿐일 텐데, 이렇게 보기에
는 서로 사랑하는 모습이다.

"저 두 사람이 사귀다니 예상 밖이로군요."

그러는데 '공주님'이 그렇게 중얼거렸다.

"신기한 일이에요. 고집 세고 자존심이 강해서 우리의 부름에

도 응하지 않았던 크리프가 안 좋은 소문의 엘프와 사귄다니."

"……."

"그는 대단하네요."

'공주님'이 그렇게 말하면서 바라본 곳에는 루디가 있었다.

루디는 쓴웃음을 지으면서 사이좋은 두 사람과 대화하고 있었다.

반대로 두 사람, 엘리나리제는 웃고 있지만 크리프는 살짝 골난 표정으로 보였다.

하지만 크리프의 얼굴에는 루디에 대한 경의가 있었다.

분명히 크리프는 루디를 싫어한다고 생각했는데, 역시 마음에 둔 상대와의 사이를 중개해 주었다는 것은 큰 모양이다.

그러고 보면 루디는 어떨까.

루디 주위에는 꽤 미소녀가 모여 있다.

'공주님의 기사' 왈, 루디도 노토스 그레이랫의 피를 이었으니까 호색한 건 틀림없다는 모양이다.

하지만 누군가와 사귀거나 누구에게 손을 댔다는 이야기는 못 들었다. 그런 기색도 없다.

흥미가 없지는 않아 보이는데.

예전에 내가 여자인 걸 알았을 때에도 태도가 변했고.

자제하는 걸까.

"……?"

그렇게 생각하면서 바라보는데 루디가 갑자기 이쪽을 보았다.

조금 기쁜 듯한 얼굴로 손을 흔들어 왔다.

그 얼굴과 동작에 예전의 루디의 모습이 겹쳐서 두근거렸다.

하지만 아니다. 알고 있다.

그는 나를 향해 손을 흔드는 게 아니다. '피츠'를 향해 손을 흔드는 것이다.

'공주님의 종자' 중 한 명인 '피츠'는 루디와 사이가 좋아서 여러 면에서 조언을 부탁받았다. 거기에 응해주면서 루디는 '피츠'를 신뢰하게 되었다.

그러니까 그가 손을 흔드는 상대는 내가 아니다.

그 사실에 조금 슬픈 마음이 들면서도 나는 앞서 가는 공주님의 뒤를 따랐다.

제3화 절벽의 약혼자 전편

마법대학에 입학하고 대략 반년의 세월이 흘렀다.

계절은 가을, 풍양의 가을.

이 계절은 지극히 짧다.

하지만 혹독한 겨울을 넘기기 위한 중요한 수확기이고, 시내에서는 모처럼 축제 같은 게 열리는 계절이기도 하고… 그리고 수족에게는 특별한 의미를 갖는 발정기다.

이 시기가 되면 수족은 남자고 여자고 안절부절못한다.

마법대학에는 그렇게 많은 수족이 재적하는 게 아니다.

1만 명의 학생 수를 볼 때 기껏해야 5퍼센트. 500명 정도다.

500명이라고 들으면 많아 보이지만, 마법대학의 규모를 생각하면 그렇게 많지 않다.

하지만 이 시기, 그 적은 종족이 곳곳에서 결투하는 모습을 찾아볼 수 있게 된다.

결투하는 것은 남녀다.

수족은 이 시기, 좋아하는 이성끼리 결투를 한다. 결투가 끝난 뒤 몇 개월 동안 연애질을 하고 결혼. 결투에 이긴 쪽이 '가족'이라는 무리의 보스가 된다나.

뭐, 어디까지나 '예로부터 이어진 관습'일 뿐이라는 모양이지만….

그 중에는 일부러 멀리서 여행을 하며 찾아와서 재학생에게 결투를 신청하는 자도 있다.

외부인이 학교 안에 들어오는 것이다.

원래 학교 측에서 제지할 사안이지만, 발정기란 풍습과 생식에 관한 지극히 섬세한 문제다. 완전 금지했다간 수족 학생들이 폭동을 일으킬 가능성도 있었다.

고로 학교 측은 확실히 허가를 받으면 '견학'이라는 명목으로 학생이 아닌 수족이 부지 안에 출입하는 것을 허가했다.

그리고 리니아와 프루세나.

두 사람은 수족 중에서 좋은 집안의 딸이다.

전투력은 이 학교에 있는 수족 중에서도 톱 클래스. 그리고 돌디어족 족장의 직계. 두 사람에게 구혼하고 결투해서 승리한다는 것은 돌디어족의 족장 자리를 노릴 수 있다는 소리이기도 하다.

곧바로 족장이 될 수 있는 건 아니지만, 다음 족장을 고를 때에 후보자로 꼽힐 수 있다는 건 틀림없다.

물론 리니아와 프루세나는 멀리서부터 공부를 하러 온 몸으로, 멋대로 결혼 상대를 정해선 안 된다.

열다섯 살이 되었을 때 두 사람은 모든 구혼을 거절했다.

하지만 그런 태도를 보였음에도 불구하고 다음해에도 두 사람에게 구혼하러 오는 수족 전사는 줄어들지 않았다. 인기가 많다.

그 중에는 기정사실로 만들면 어떻게든 된다는 듯이 억지로 공격해 오는 자도 있었다고 한다.

격퇴하는 건 간단했지만, 두 사람은 이 시기가 되면 기숙사에 틀어박혔다.

여자기숙사가 안전하다고는 하지 않겠지만, 적어도 내부에 침입했다간 여자 전원이서 쫓아낼 수도 있다.

고로 두 사람은 이 시기에 방에서 나오지 않는다. 조례도 패스.

이게 이른바 생리 휴가라는 거겠지.

발정기란 소리는, 두 사람은 지금 그런 상태란 뜻이고.

두 사람이 방에서 냥냥멍멍 하고 있다고 생각하면 나도 흥분되는 바가 있다.

물론 머리가 흥분할 뿐이지만.

두 사람은 나한테 '보스에게 폐를 끼치겠는데, 뒷일은 부탁한다.'라는 취지의 편지를 보냈다.

뒷일을 부탁한다지만, 난 아무것도 하지 않았다.

대리출석이라도 해달라는 소릴까.

또 가을이란 계절에 발정하는 것은 수족만이 아니다.

그리고 이 시기, 마법대학에는 강간 관련 사건이 끊이지 않는다.

종족이 뒤섞인 폐해라고 해야 할까.

이런 사정이 있다면 남녀 기숙사의 엄중한 경비태세에도 납득이 간다.

발정기의 종족끼리라면 자연의 섭리라고 흘려 넘기겠지만, 전혀 관계없는 1학년 중에 아무것도 모른 채 피해를 입는 사람도 있다는 모양이다. 물론 강간은 학교 규칙으로 금지되었다.

그렇기 때문에 이 시기에는 학교에 수위가 돌아다닌다.

강간은 안 되지만 결투를 통한 '합의'라면 오케이, 결투를 거절당한 뒤에 습격하는 건 엄중히 금한다는 모양이다.

조례에서도 교사로부터 그런 주의가 있었다.

이 시기에 함부로 결투행위를 받지 마라.

전투력에 자신이 없는 아이는 항상 여럿이서 함께 이동하라.

피츠 선배에게서도 조심하라는 말을 들었다.

"너는 강하니까 단순한 무사수행이라면서 싸움을 걸어오는 여자가 있을지도 모르지만, 그건 거짓말이야. 일단 거절하고 그 이상 이야기를 듣지 말고, 아무리 도발해도 받아들이지 말고 뒤를 조심하면서 얼른 자리를 떠."

라는 말이었다.

발정기 여자.

예전의 나라면 낱낱이 결투를 걸어서 하렘을 만들었을지도 모른다.

하지만 병에 걸린 이 몸으로는 그런 짓을 해도 그저 괴로울 뿐이다.

발정기? 쇤네와는 관계없는 소립니다. 관계있는 건 저기 젊은 두 사람. 정식으로 연인이 된 엘프와 인간 소년이지요.

만년 발정기인 엘프가 소년의 무릎 위에 앉아서 함께 공부를 하다니.

아니, 아침부터 밤까지 뜨겁군요. '하~트 마~크'가 여기까지 전해집니다 그려.

하지만 크리프는 몰라도 엘리나리제의 태도는 다른 남자를 대하는 것과 똑같아 보이는데.

그걸 크리프에게 알리는 건 조금 불쌍하니까 말하지 않겠지 만….

분명히 말해서 연기로밖에 안 보이는데, 저 두 사람은 괜찮은 걸까.

"스승님, 슬슬 신작에 착수하는 편이 좋지 않겠습니까?"

두 사람을 보고 있는데 자노바가 말을 걸어 왔다.

그는 평상운행이다. 발정기 따윈 알 바 아니라는 걸까.

"신작 말입니까…."

저번에 재활을 겸해서 만들기 시작한 '1/8 에리스' 말인데, 만들고 있으면 왠지 모르게 눈물이 나서 도중에 그만두었다.

그 이후로 왠지 손이 둔하다. 슬럼프일까.

"그렇군요. 누굴 만들까요…."

"아예 사람이 아니라 다른 쪽을 만드는 건?"

"그럼 적룡이라도 만들어 볼까요."

"오오, 그러고 보니 한 마리 해치우셨다고 했지요."

"그건 힘들었어요. 죽는 줄 알았지요."

"하하하, 겸손하신 말씀."

"……? 마스터, 무슨 소리?"

줄리가 고개를 갸웃거리기에 내가 모험가 시절에 적룡을 해치웠다고 말해 주었다.

그러자 그녀는 얼굴에 홍조를 띠고 눈을 반짝이기 시작했다. 역시 이 세계의 아이는 이런 이야기를 좋아하나보다. 그녀에게는 별로 아이 대접을 하지 않았지만, 그래도 아직 여섯 살이고.

"좋아, 그럼 줄리를 위해 적룡을 만들어 줄까요."

"음…. 스, 스승님, 제게는? 제게는 아무것도 만들어 주지 않습니까?"

"너는 제자니까 거들겠다는 말 한 마디라도 해야 하는 거 아니냐."

"……! 흠, 스승님. 미력하나마 돕겠습니다!"

조금 컨디션이 안 좋은 면은 있지만, 나도 평상운행이다.

신격과 결계 마술 초급 수업도 이제 곧 수업과정이 끝난다.

다음에는 어느 수업을 들을까 고민하는 나날이다.

역시 해독 중급일까. 하지만 지금으로선 해독 관련으로 고민한 적이 없다. 초급을 배웠으면 대충 할 수 있으니까, 중급 이상은 필요 없다. 아니면 치유 상급을 들을까. 이것도 중급으로 대충 어떻게 되니까 필요 없으려나.

아니면 소환계에 속한다는 부여 수업을 들어 볼까.

부여는 마도구 등의 제조와 관련된 마술이다.

왜 제조인데 소환계로 분류되는지 모르겠지만… 아무튼 새로운 분야에 도전하는 마음으로 배워 보는 것도 나쁘지 않을지 모르겠다.

아예 수업을 듣지 않고 도서관에 있는 시간을 늘리는 것도 좋다.

전이사건 쪽으로는 살짝 막힌 것을 느꼈지만, 다른 종족의 언어를 배워 보는 것도 재미있을지 모른다.

수업을 듣지 않을 거면, 크리프에게 신격을 배우는 건 어떨까?

아니, 그는 최근 엘리나리제와 딱 붙어 있으니까. 훼방꾼으로 여겨지는 건 싫으니 한동안 내버려둘까.

아니면 또 다른, 마술이 아닌 분야를 살펴 볼까.

승마술 수업 같은 것도 재미있겠고….

그렇게 생각하는 나날이 계속되었다. 평화로운 나날이다.

그렇게 생각했는데.

"외톨이 용을 단기單騎로 해치운 A급 모험가 '진흙탕' 루데우스인 걸로 보았다! 나와 정정당당한 혼인의 결투를!"

도서관에 가는 도중에 결투 신청을 받았다.

돌아본 내 눈에 비친 것은 미소녀였다.

볕에 탄 피부, 흐르는 듯한 진한 감색 머리를 목 뒤쪽으로 묶은 소녀. 나이는 열일곱에서 열여덟 정도일까.

꾹 다문 입, 얼굴은 씩씩하다고 해야겠지. 구태여 말하자면 여무사라는 느낌일까. 복장은 교복이 아니라 검사풍이라서 군청색이 눈에 띄었다. 파랑색을 좋아하는 걸까.

가슴은 그럭저럭. 근육은 상당히 붙었다. 떡 벌어진 건 아니지만 건강한 느낌.

허리에는 검신류 검사가 흔히 쓰는, 칼날이 굽은 외날검을 차고 있었다.

그런 소녀가 날 보고 있었다.

정확하게 말하자면 놀란 얼굴로 내 앞에 있는 인물을 보고 있었다.

나를 향해 결투를 신청한, 털이 북슬북슬하니 누추한 수족을 보고 있었다.

그래, 말한 건 누추한 남자였다.

아무리 봐도 마술사로는 보이지 않는, 근육이 불끈대는 개 계통의 수족이었다.

소녀는 아마 지나가는 길이겠지. 갑자기 바로 옆의 거한이 그런 소리를 하니까 놀랐을 거다. 지금은 그런 계절이니까 자기한테 말하는 줄 알았겠지.

"어어."

일단 소녀는 넘어가자.

문제는 나는 남자고, 이 녀석도 남자고, 남자에게 결투 신청을 받았다는 것이다.

큰 문제다.

"그건 그겁니까? 이 시기에 유행하는 구혼의 결투란 겁니까?"

"그렇다!"

으아!

"죄송합니다. 저기, 전 이렇게 보여도 노멀이라서, 호모는 조금 사양하겠습니다. 거절하겠습니다."

"조금 착각하는 모양인데."

"어차, 벌써 이런 시간인가. 피아노 연습이 있으니, 쇤네는 이만 줄행랑치도록 하겠습다…."

일단 거절했으면 그 이상 말을 듣지 말고 그 자리를 뜬다.

피츠 선배가 시킨 대로 행동했다.

"기다려!"

그랬는데 털북숭이는 쿵 하는 소리와 함께 날아올랐다.

그리고 나를 뛰어넘어서 눈앞으로 내려왔다. 무슨 역관절 같은 도약력이다. 용기사가 될 수 있겠다.

"네게 거부권은 없다! 내 이름은 브루크 아돌디어! 프루세나 님에게 구혼하여서 아돌디어의 족장이 되려는 자다!"

"프루세나 선배라면 지금 기숙사에서 발정 휴가 중이니까, 그쪽으로 가 주세요."

그렇게 말하자 브루크 씨는 고개를 내젓고 기염을 토했다.

"프루세나 님에게 편지를 보냈더니, 네가 무리의 보스라고 판명되었다! 규에스 님에게 익히 들은 그 이름! 적룡을 단기로 해치웠다는 그 실력! 그야말로 이 학교의 우두머리에 어울리는 실력, 상대로서 부족함 없도다!"

단기, 단기, 떠들지만 난 말을 인 다고 있었으니까.

"거부하면 어떻게 됩니까?"

"무리의 보스인 네게는 결투를 받아들일 의무가 있다!"

조금 정리해 보자.

말하자면 저번에 결투로 리니아, 프루세나를 이긴 나는 그녀들에게 보스라고 불리게 되었다. 보스의 밑에 있는 암컷을 원하면 보스를 쓰러뜨리는 게 당연해서, 나를 쓰러뜨리면 상품으로 프루세나가 손에 들어온다.

결투를 받아들이는 건 무리의 보스의 책무라는 모양이다.

나는 원해서 그녀들의 무리의 보스가 된 기억이 없지만, 그런 건 관계없는 모양이다.

애니멀 룰이군.

즉 일부러 지면 나는 무리의 보스에서 해임되고, 프루세나는 이 녀석의 신부.

앞으로 이 녀석처럼 결투를 청해 오는 놈이 없어진다는 소리다.

"그럼 정정당당히… 승부다!"

내 대답도 기다리지 않고 브루크 씨는 크게 소리를 치더니 덤벼들었다.

"'매드풀'."

똑바로 돌진해 오길래 진흙탕으로 다리를 잡고,

"'스톤 캐논'."

스톤 캐논으로 기절시켰다.

그야말로 초살이다. 입만 산 녀석이군.

"……"

반사적으로 쓰러뜨렸는데, 생각해 보니 내가 일부러 질 필요도 없네.

프루세나도 지금은 누군가와 결혼할 생각은 없는 모양이고….

아, 하지만 편지에 있던 '폐를 끼친다'란 건 이걸 말하나. 죄다 나한테 떠넘긴 것 같아서 마음에 안 들지만, 이 정도를 상대하는 건 어떻게든 되니까 괜찮겠지.

그렇게 가볍게 생각했는데, 도서관에 가는 동안에만 습격이 다섯 번이나 있었다.

이 날을 기다렸다는 듯하다. 리니아와 프루세나, 인기도 많군.

그런 녀석들의 어디가 좋은 걸까?

몸인가? 아니, 그녀들의 얼굴도 못 본 녀석이 많을 테지.

그렇다면 지위인가. 처음에 나타난 녀석도 족장이 되고 싶다고 그랬고.

그렇게 리더가 되고 싶나. 어디의 항공참모냐. 참나, 수족들은….

하지만 아무래도 결투를 신청하는 순서가 정해져 있는 모양이다. 도중에 나한테 싸움을 신청하려던 녀석이 순서가 틀렸다면서 꾸지람을 들었다.

이거고 저거고 수족의 관습인가. 수족은 뭐든지 관습을 따진다.

그런 수족이지만, 신기하게도 도서관 안에까지는 들어오지 않았다.

학교 측에서 건물 안에서는 소동을 피우지 말라고 했을까. 아니면 수족의 관습일까. 잘은 모르겠지만 잠시 피난이다.

저녁 무렵 피츠 선배가 도서관에 나타났다.

"루데우스, 밖이 장난 아닌데 무슨 짓 했어?"

살짝 나무라는 듯한 시선이었다.

"아무것도…. 리니아와 프루세나를 아내로 삼으려면 저를 쓰러뜨리면 된다나 봅니다."

"그게 무슨 소리…?"

피츠 선배가 눈썹을 찌푸리기에 자세히 설명했다.

리니아와 프루세나를 쓰러뜨린 나는 그녀들의 보스로 인식된 모양이다. 보스를 쓰러뜨리면 그녀들을 손에 넣을 수 있다나 보다.

설명을 마치자 피츠 선배는 언짢은 얼굴이 되었다.

"그럴 리가 없어. 너는 돌디어족의 족장이 아니잖아. 일시적으로 그녀들에게 이기긴 했지만, 그녀들을 어떻게 할 권리는 없을 거야."

흠…. 역시 그런가. 그건 그렇군. 그런 논리가 통한다면 나는 그 두 사람의 몸을 더 마음대로 다루어도 되겠지.

"그건 그렇고, 어떻게 해야 그만두게 할 수 있을까요?"

"어? 으음…. 발정기의 수족은 말로 한다고 그만두지 않으니까…."

피츠 선배는 턱에 손을 대고 생각했다.

"사실이라면 상대할 필요 없지만, 그들도 결투에 지면 체념하고 돌아갈 거야."

"…그건 결국 결투를 받아들이란 소린가요?"

"그렇게 되네."

간단히 말씀하시는군.

몇 명 있는지 모르지만, 밖에만 서른 명 정도가 순서를 기다리고 있는 모양이다.

대부분이 족장이 되려는 불한당. 그 녀석들을 죄다 쓰러뜨리라니….

"저는 그런 폭력적인 일상을 바라지 않습니다."

"그건 알아. 하지만 어떻게 하지 않으면 여기서 나갈 수 없어. 계속 숨어 있으면 참다못해 들어올지도 모르고, 도서관에서 일이 나면 곤란해."

"그렇군요."

일이 난처하게 되었다.

"땀내 나는 남자들과의 결투 대회라…."

누가 득을 볼까.

"어어, 남자들만 있는 건 아냐. 여자도 딱 한 명 있었고."

"진짠가요? 예쁜가요?"

"루데우스…. 그 애에게서 결투를 받아들이게?"

"아뇨, 설마."

나무라는 시선에 나는 간신히 고개를 내저었다.

하지만 얼굴 정도는 알아두고 싶군. 어디서 나에 대해 알았을까.

"하지만 궁금하잖아요."

내게 호의를 가졌다고 알면 나도 궁금하기 마련이지.

물론 그 뒤에 뭘 어떻게 해서 어떻게 될지는 병이 나은 뒤의 이야기지만.

"그래? 궁금해? 흐음?"

…왜인지 모르지만 피츠 선배의 기분도 안 좋다.

가볍게 결투를 받아들이지 말라고 했으니까.

아, 그렇지. 분명 루크나 누가 예전에 사고를 쳐서 그 뒤처리로 뛰어다녔던 거구나.

그러니까 경솔하게 생각한 나에게 화가 났구나.

"하지만 이렇게 큰일이 났는데 학생회 쪽에서 어떻게 수습 안 될까요?"

"발정기에 관해선 어쩔 수 없어. 금지했다간 일이 더 커지는 걸."

학생회 쪽도 이 시기는 여러모로 바쁜 모양이다. 폭주하는 학생도 많고, 학교 부지 밖에서 날뛰는 녀석도 있다. 결투소동에 편승해서 누군가를 해하려는 녀석도 있다.

학생회에 소속된 학생은 그런 자에게서 전투력이 낮은 학생을 지킨다는 모양이다.

몇 명 단위로 학교 안을 순찰하면서 좋지 않은 사건이 일어났으면 그 자리에서 막는다.

피츠 선배도 이 뒤에 곧바로 순찰 로테이션이 있다나.

"학생회가 그런 일을 하고 있다면 저도 좀 도와주세요."

"루데우스는 혼자서 어떻게든 해. 할 수 있잖아?"

오늘 피츠 선배의 목소리는 평소보다 차갑다.

뭐 안 좋은 소리라도 했나….

아니, 어쩌면 예전의 시험을 떠올린 걸지도 모른다. 내가 승리했던 그 시합을 피츠 선배는 신경 쓰지 않는다고 말했지만, 여기서 내가 도망 다녔다간 겁쟁이한테 졌다면서 피츠 선배의 평판도 내려가겠지.

피츠 선배에게는 여러모로 신세를 졌다.

되도록 하고 싶진 않지만, 여기선 조금 힘내 볼까.

"알겠습니다, 피츠 선배의 명예를 위해서라도 놈들을 죄다 죽여놓지요."

"주, 죽이면 안 돼!"

"알겠습니다. 농담이에요."

결투라고 해도 목숨을 빼앗지 않는다는 불문율도 있다.

어쩌면 강한 자가 섞여 있을지도 모른다.

방심할 순 없다. 바짝 정신 차리고 가자.

그렇게 방침이 정해졌으니 밖으로 나갔다.

"…이건 뭐야?"

거기에는 의외의 광경이 펼쳐져 있었다.

수많은 수족 남자들이 나뒹굴고 있었다. 그야말로 시체의 산이라는 표현이 어울리는 광경이다.

모두 수족 남자. 크기는 다양하고 귀의 형태도 다양.

수족 중에도 다양한 녀석들이 있군.

교복을 입은 녀석도 있지만, 안 입은 녀석도 많다.

아, 여자애가 한 명 있었다. 아까 본 검사풍의 아이다. 휘말려든 걸까.

아니면 나한테 반했든가?

그렇게 생각하던 중에 한 남자의 웃음소리가 울려 퍼졌다.

"푸하하하하하!"

시체로 뒤덮인 황야에 한 남자가 서 있었다.

그 녀석은 마지막 한 명을 들어올리고 드높게 웃음소리를 울렸다.

"나에게 도전하다니! 주제를 모르긴 하지만 마법대학이란 곳에는 기골 있는 자들이 모여 있는 모양이군!"

아연해진 나와 피츠 선배.

"…어어."

그 녀석이 마지막 한 명을 내던지더니 이쪽을 보았다.

"오오, 순서를 기다리기 싫거든 자기들을 쓰러뜨리라고 하길래 그래봤는데, 정말로 바로 나왔군! 좋아, 좋아! 약속을 지키는 남자는 바람직해!"

한눈에 마족이라고 알 수 있는 흑요석 같은 피부. 여섯 개의 팔.

제일 위의 팔은 팔짱을 끼었고, 가운데의 팔은 우리를 가리키고, 아래쪽은 허리에 대고 있었다.

허리까지 오는 장발은 보라색.

"나의 이름은 마왕 바디가디!"

마왕. 마왕이라면 그건가. 근처 마을에서 젊은 여성을 납치해서 성적인 의미로 먹어치워도 문제없다는. 가끔씩 나타나는 용사라는 이름의 자객을 어떻게든 하면 마음대로 할 수 있는… 아니, 그건 됐어.

그래, 문제는 왜 마왕이 여기에 있지?

"그 예견안! 네가 루데우스 그레이랫인가! 나의 피앙세, 마계대제 키시리카에게 이야기는 들었다!"

녀석은 내 앞으로 성큼성큼 다가왔다.

그리고 그는 한마디 말했다.

"네게 결투를 청한다!"

영문을 모르겠다.

개와 고양이를 제물로 바칠 테니까 놔주면 안 될까….

제4화　절벽의 약혼자 후편

마왕 내습.

그 보고는 마법대학 인근 나라에 전격적으로 퍼졌다.

내습과 정보. 원래 정보가 먼저 전달되어야 하는데, 마왕의 이동속도가 너무나도 빨랐기 때문에 각국에 정보가 닿는 것과 마왕이 목적지에 도착하는 게 거의 동시였다.

각국은 매우 당황했다. 마왕이란 것은 기본적으로 마대륙에서 나오지 않는다.

주전파나 무투파 마왕은 라플라스 전쟁으로 거의 전멸했다.

고로 이미 마대륙에는 싸움에 흥미가 없는 온건파나 보수파 마왕밖에 남아 있지 않다.

하지만 온건파나 보수파라고 해도 그들도 마대륙에 군림할 만한 힘을 가진 왕이다.

어떤 이유로 날뛰기라도 하면 압도적인 파괴를 선보이겠지.

마왕 바디가디의 내습 소식을 듣고 라노아, 네리스, 바쉐란트 삼국은 국내의 기사단을 움직였다. 그와 동시에 모험가에게 소집을 명했지만, 그래도 대학까지는 거리가 있었다.

라노아 마법대학이 있는 마법도시 샤리아에 있는 마술 길드와 모험가 길드, 주둔한 삼국의 합동기사단은 적은 병력을 긁어모아서 마법대학을 포위했다.

여차하면 삼국에서 증원군이 도달할 때까지 마왕을 붙들어 놓을 요량이다.

하지만 마왕의 목적을 도무지 알 수 없었다.

그럭저럭 유명한 외모의 마왕이었다. 칠흑의 피부에 여섯 개의 팔이라고 하면 불사신 마왕 바디가디.

라플라스 전쟁 이전부터 살았다는 태고의 마왕 중 한 명이다.

그 능력은 이름처럼 '불사신'. 온건파이기에 그 전투력을 아는 자는 적지만, 일설에 따르면 라플라스와도 싸운 적이 있다고 한다. 그게 사실이라면 라플라스조차도 죽일 수 없었다는 소리가 된다.

그런 마왕이 왜 마법대학에 나타났을까.

그리고 무슨 이유로 죄 없는 일반학생이나 수족을 기절시키고 다녔을까.

각국, 그리고 마법대학이 그 이유를 안 것은 얼마 뒤의 일이었다.

★ 루데우스 시점 ★

현재 나는 마법대학의 상급 마술용 연습장…이란 이름의 아무것도 없이 널찍한 교정의 한가운데에서 바디가디와 대치해 있었다.

팔짱을 끼고 다리를 벌린 채 턱을 쳐들고 당당히 서 있으려고 했지만, 속마음은 벌렁거렸다.

당연하겠지. 시커먼 피부의 대장부 마왕이 노려보는데 어떻게 태연히 있을 수 있을까.

분명히, 최근 난 '혹시 조금 강한 거 아냐?'라고 생각했거든?

하지만 마왕이라면 조금 정도가 아니다. 높아졌던 콧대가 팍 눌린 기분이다.

아니, 딱 잘라 말해서 내빼고 싶다.

이런 날을 위해서 달음박질을 거듭해 왔다.

체력과 마력이 닿는 데까지 계속 도망치고 싶다.

"……."

돌아보니 뒤에는 구경꾼들이 대량으로 있었다.

남자도 여자도 교사도 나를 보고 있었다.

여기서 재빠르게 내뺐다간 그들은 어떻게 생각할까…. 아니, 어떻게 생각하든 내가 알 바가 아니지만, 도망칠 타이밍을 놓친 기분이 들었다.

문득 구경꾼 중 한 명이 다소 빠른 걸음으로 내 옆으로 달려왔다.

다소 노골적인 헤어 액세서리—가발이 잘 어울리는 남자였다.

"지너스에게 사정을 들었다. 미안하지만, 잠시만 시간을 끌어

줄 수 없을까? 지금 전력을 모으고 있다."

그는 재빨리 그런 말을 남기고 돌아갔다.

그보다 지금 그거 누구지? 어디서 본 것 같은데….

누군지는 모르지만, 말의 내용은 이해했다.

지너스 수석교사가 어떤 사정을 알고 있고, 뭐가 어떻게 되는지는 모르겠지만 시간을 벌면 어떻게든 해 준다는 모양이다.

역시 이럴 때에 권력이 있는 사람은 강하다.

"흠, 아직인가."

바디가디는 칠흑색 팔을 죄다 팔짱을 낀 채 기다렸다.

"이제 곧 올 겁니다."

현재 피츠 선배에게 '아쿠아 하티아'를 가져다 달라고 했다.

그때까지 기다려 달라, 는 내 말에 그는 따라 주었다.

하지만 그렇긴 해도 늦네.

도서관에서 기숙사까지 그렇게 먼 것도 아니다.

이상한 곳에 놔둔 기억은 없다. 평소처럼 끝을 천으로 싸서 침대 옆에 세워두었다.

금방 찾을 수 있을 텐데.

"흠. 인간족은 조급하다고 해서 서둘렀는데, 자네에게는 여유가 있는 모양이군. 역시나 내 피앙세가 인정했을 만하다."

"피앙세…. 어어, 키시리카…님, 말이지요?"

그렇게 묻자, 바디가디는 고개를 끄덕였다.

마계대제 키시리카 키시리스.

잊을 리가 없다. 마안을 준 상대다. 당시에는 진짜라고 생각하지 않았고, 갑작스럽게 나타나서 갑작스럽게 사라졌기에 어안이 벙벙할 뿐이었지만….

하지만 왜 이제 와서 그 약혼자가 나타난 거지?

설마 수족처럼 결혼을 신청하러 왔을 리도 없다.

"키시리카 님과는 정말 잠깐 이야기했을 뿐입니다. 마안을 받았지만요."

"키시리카는 자네를 대단하다, 대단하다고 평했지. 그렇게 흥분해서 말하는 그녀를 보는 건 오래간만이었어. 관대한 나도 조금 질투를 했을 정도야."

한쪽 눈썹을 꿈틀거리고 히죽 웃으면서 바디가디는 말했다.

질투라.

질투를 살 만한 짓은 하나도 안 했을 텐데 뭐가 성미에 거슬렸을까.

어쩌면 농담처럼 한 번 부탁한다고 말했던 것 말인가?

아니, 그건 미수다. 약혼자가 있으니까 무리라고…. 으으, 제길 이 녀석이 그 때 말했던 약혼자인가.

"저는 피라미입니다. 가엾은 한 마리 생쥐에 불과합니다. 마, 마왕님 같은 분이 질투를 하실 것도 없지 않나요? 키시리카 님이 조금 과장스럽게 말씀하셨겠지요."

마음속의 동요를 숨기면서 나는 애써 냉정하게 대답했다.

그러자 녀석은 웃었다.

정말이지 웃기다는 듯이 웃었다.

"푸하하하하, 겸손한 소리. 다 들었다, 네 몸에 깃든 그 막대한 마력에 대해서."

막대한 마력.

그렇게 듣고 보니 남보다 압도적으로 많다고 깨달은 건 최근이다.

하지만 아무리 그래도 마왕이 질투할 정도는… 아니지?

아니, 하지만 그러고 보니 그때 무슨 말을 들었던 것 같다.

뭐라고 했더라. 웃음을 산 기억밖에 없다.

"어어, 마력은 남보다, 조금, 많은 듯하지만."

"푸하하하! 그렇지, 조금이지!"

바디가디는 한동안 웃어젖혔다.

하지만 갑자기 웃음을 멈추고 털썩 지면에 앉았다.

"앉아 봐라."

나는 시키는 대로 그 자리에 앉았다.

바디가디는 앉은 상태에서도 컸다. 근육과 골격이 우람하다고 해야 할까. 이런 근육이 있으면 좋겠다.

"자네는 마계대제 키시리카 키시리스가 대단하다고 평한 것의 의미를 잘 모르는 모양이군."

"…그렇게 말씀하셔도."

"대단한 마력을 가진 녀석이 있다. 라플라스보다 대단하다. 그녀가 그렇게 말한 것은 자네가 처음이다."

라플라스. 마신이었던가.

마신보다도 대단한 마력이라고 해도 딱 와 닿지 않는군. 분명히 언제부턴가 마력 고갈을 일으킨 적은 거의 없어졌지만, 딱히 신체능력이 상승된 것도 아니고.

"마신 라플라스의 마력 총량은 역사상에서도 톱클래스다. 즉, 자네는 세계에서도 손꼽히는 마력 총량을 자랑한다는 소리다."

"또 그런 농담을."

그렇게 말하면서도 내 가슴은 조금 두근거렸다.

상대는 마왕이다. 실적 있는 상대다. 프로 플레이어에게서 '사실 네게는 재능이 있어.'라는 말을 들은 기분이니 가슴이 뛸 만하지.

"나는 진위를 모른다. 키시리카는 항상 대충 말하니까. 진짜로 뭔가 착각했을지도 모르지."

그렇게 말하고 바디가디는 고뇌의 표정을 지었다.

짚이는 데라도 있을까. 그 마계대제님이라면 잘못 보기도 할 것 같다.

"분명히 예전부터 마력을 늘리는 훈련은 해 왔지만, 톱클래스란 말은 과찬이겠죠. 저와 같은 훈련을 하면 누구든 세계 제일이 될 수 있다는 소립니다."

"음, 보통은 불가능한 소리지."

보통 불가능하다면 나처럼 이세계에서 전생한 자라면 가능하단 소릴까.

아니면 나는 나도 모르는 사이에 인신에게서 치트 능력을 받기라도 했을까.

"마왕님, 한 가지 여쭙고 싶은 게 있습니다만."

"뭐지? 뭐든지 물어봐라."

"저기, 저는 결코 지금부터 말하는 인물의 끄나풀이라든가 부하라든가 그런 느낌이 아니니, 갑자기 공격하지 말아 주셨으면 합니다만."

"자네가 기다리라고 했잖나. 마왕은 약속을 깨지 않는다."

인디언 거짓말 안 한다[*]. 정말이겠지. 무르지 마. 절대로 무르기 없다?

"인신, 이란 이름을 혹시 아십니까?"

"…자네, 그 이름을 어디서 들었지?"

"꿈에 나옵니다."

바디가디는 위쪽의 팔을 풀고 턱을 만지작거렸다.

뭔가 아는 걸까.

"흠, 그래…. 꿈이라."

"뭔가 아십니까?"

그렇게 묻자, 바디가디는 잠시 생각했지만 한 차례 끄덕이더니 고개를 내저었다.

※인디언 거짓말 안 한다 : 1950년대 미국 드라마 「The Lone Ranger」의 대사. 일본에서는 CM에 사용되며 유행했다.

"모르겠다! 어디서 들은 적 있는 것 같은데, 떠오르질 않아! 적어도 요 수백 년 동안은 못 들었다!"

"그렇습니까. 감사합니다."

수백 년이라니 거참 대충이군.

"음, 떠오르거든 가르쳐 주지! 푸하하하하!"

"부탁드립니다."

"재미없는 녀석이군. 자네도 웃으라고. 푸하하하하!"

바디가디는 즐거운 듯이 웃는 인물이다.

방금 전부터 딱히 재미있는 소리를 한 것도 아닌데 웃음이 끊이지 않는다.

나는 문득 루이젤드를 만났을 적의 일을 떠올렸다.

그때도 그와 함께 웃으면서 친교를 다졌다. 웃음은 이 세계에서도 공통의 언어다.

저쪽이 웃으며 말을 걸어오니까 웃음으로 답하지 않으면 실례겠지.

좋아, 웃자.

"푸하하하하핫!"

"그래, 그래. 키시리카도 말했지. 어떤 때라도 일단 웃으라고! 그래, 기억났다. 전에 키시리카가 죽었을 때에도 녀석은 큰소리로 웃었지, 푸하하하!"

바디가디는 그렇게 말하고 웃었다.

겉모습은 무섭지만, 이 남자는 그렇게 못된 녀석이 아닌 듯했다.

"음?"

바디가디와 웃고 있는데, 뒤쪽의 구경꾼들이 다소 시끄러워졌다.

돌아보니 누군가가 떠들고 있었다.

귀를 기울여 보니 대화가 들려왔다.

"비켜 줘! 지팡이를 전해 줘야 해!"

"그만둬! 그 지팡이를 주면 결투가 시작된다고!"

"지팡이 없이 싸움이 시작되면 어쩔 거야! 죽게 내버려두게?!"

"그, 그건."

"여기는 내게 맡겨 주시길!"

"아, 자노바!"

"자노바 실론인가! 에잇, 놔라, 놔…. 으갸갸갸갸!"

구경꾼들 사이에서 피츠 선배가 튀어나왔다.

그리고 엄청난 속도로 이쪽으로 달려왔다.

엄청 발이 빠르군. 아마 내 세 배 정도로 빠르다.

빨갛고 뿔이 달리거나 한 것도 아닌데.

"허억… 허억…. 미안, 루디… 루데우스. 선생님이 방해를 했어."

피츠 선배는 지팡이를 들고 가쁜 숨을 내쉬었다.

"서, 선배, 발이 빠르네요."

"어… 하악…. 신발이 마력부여품이니까…."

그 말에 선배가 항상 신고 있는 부츠를 보았다. 마력부여품이었나.

어쩌면 항상 하고 있는 망토도 마력부여품일지 모르겠다.

이 사람은 따뜻해도 망토를 벗질 않고.

"혹시 그 선글라스도?"

"허억… 허억… 이것도…. 음, 아니. 이건, 비밀…."

피츠 선배는 웃었다.

이 사람은 왜 이리 웃는 얼굴이 귀여울까. 두근거린다.

"후우…. 자, 루데우스, 힘내…. 하지만 무리하진 마. 못 이길 것 같거든 미안하다고 말하고 도망쳐도 아무도 뭐라고 안 할 상대니까. 이상한 자존심 같은 건 생각하지 말고, 목숨을 소중히. 알았지?"

나는 피츠 선배에게 '아쿠아 하티아'를 받았다.

이걸 들고 진지하게 싸우는 건 오래간만이다.

힘내자고, 파트너.

저승길 선물로 가르쳐 주지. 우리는 돌아오면 파인애플 샐러드와 결혼할 거란 것을.

그렇게 적당히 사망 플래그를 세우면서 '아쿠아 하티아'를 감싼 천을 벗겨내자, 피츠 선배가 숨을 삼키는 소리가 들렸다.

살짝 장난기가 들었다.

"…피츠 선배, 이 끝의 마석을 봐 주세요. 이걸 어떻게 생각합니까?"

"크, 크고, 아름답네…."

아, 지금 왠지 허리 안쪽에 움찔 하고 왔다. 뭐지?

아니, 농담은 이쯤하고.

바디가디가 일어서서 어깨를 돌렸다. 시간은 충분히 벌었을까. 그보다 병력이 모일 때까지 대화로 때우는 게 무리 아닌가?

피츠 선배는 아쉬운 듯이 돌아갔다.

여기에 있으면서 원호해 줘도 좋은데. 아니, 그냥 살려 주세요….

"준비됐나?"

"가능하면 이대로 웃으면서 이야기를 했으면 싶은데요."

"푸하하하하! 그건 또 나중에라도 할 수 있지!"

목숨을 빼앗을 생각은 없다는 소린가?

아니, 뭐든지 대충인 느낌이다.

마력 총량이 많으니까 괜찮다고 생각했다, 라면서 날 죽일지도 모른다.

먼저 한마디 해두는 편이 좋을지도 모르겠군. 목숨을 빼앗지는 말라고.

바디가디는 허리에 손을 짚고 떠억 서 있었다.

먼저 공격할 생각은 없는 모양이다. 신호를 기다리고 있는 걸까.

아무튼 예견안을 개안했다.

"…어라?"

예견안에는 아무것도 비치지 않았다.

바디가디가 서 있는 장소에는 아무것도 서 있지 않았다.

"왜 놀란 얼굴을 하지? …아, 그런가. 일찌감치 키시리카에게 받은 마안을 썼군. 하지만 아쉽군. 나한테는 마안이 안 통한다."

태연하게 말한 바디가디는 흐흥 하고 콧소리를 냈다.

진짜냐. 마안이 안 먹혀? 역시나 마왕.

하지만 그렇다면 큰일이군. 아슬아슬한 치명상을 회피할 수 없을 확률이 커진다. 나는 신체능력 면에서는 그리 대단하지 않다. 안 좋은 곳에 맞을 확률이 커진다.

"마왕님."

"바디라고 하면 된다. 내가 웃으라고 해서 솔직하게 웃은 자에게는 그 이름으로 부르는 것을 허한다."

"바디 폐하. 한 가지 제안이 있습니다."

"뭐지?"

"혹시 제가 패했어도 부디 목숨만은 살려 주십시오."

그렇게 말하자 바디가디는 푸핫 소리 내어 웃었다.

"푸하하하하하! 시작하기 전부터 목숨을 구걸하나! 재미있는 녀석이군!"

"목숨은 소중히 해야 합니다."

"음, 그렇지. 인간족은 금방 죽으니까! 그런 생각을 갖는 자가 많다고 들었다!"

바디가디는 껄껄 웃었다.

"하지만 그렇게 막대한 마력을 가졌으면서 자기 힘에 자신을 갖지 않다니!"

"2년 정도 전에 용신이라는 이에게 죽을 뻔했기에."

그렇게 말하자 바디가디의 웃음이 뚝 멎었다.

"용신이라면 용신 올스테드 말인가? 녀석과 싸워서 살아남았어?"

"죽을 뻔했지요. 변덕으로 살려 주지 않았다면 지금쯤 전 유령입니다."

바디가디의 얼굴이 진지해졌다.

이런. 인신의 이름으로 괜찮았기에 안심하고 있었다. 올스테드 쪽은 안 되는 거였나.

실수였다.

"그 싸움에서 자네는 용신에게 조금이라도 상처를 입혔나?"

"예? 아, 예, 손등의 살가죽을 살짝 벗겨낸 정도입니다만."

"……."

바디가디는 입을 굳게 다물었다.

무서운 얼굴이다. 우, 웃자. 와하하.

"그럼 나도 한 가지 제안을 하지."

"뭐, 뭡니까?"

나는 조용한 얼굴로 바디가디의 안색을 살폈다.

"딱 한 방이다."

"……?"

"딱 한 방. 자네의 최고의 기술을 내게 날려라. 그래, 용신에 게 상처를 입힌 거면 된다. 그걸 내가 받아내고 나의 투기를 꿰 뚫어 대미지를 준다면 자네의 승리. 대미지가 없으면 나의 승리 면 어떤가?"

오오.

원하지도 않았던 제안이다.

훌륭하다. 꽤나 유리한 조건이다. 게다가 나는 맞지 않아도 된다. 이래도 되는 건가.

"하지만 그러면 제가 너무 유리하지 않습니까?"

"유리? 유리라고? 흠, 그렇군! 그럼 혹시 자네의 공격이 전혀 안 통하거든 나도 반격을 하지. 딱 한 방만!"

아, 이런. 이놈의 입이 방정이지.

그럼 그 한 방으로 심장을 꿰뚫겠지?

그만두자. 이 이상 무덤을 팔 순 없어. 가슴에 구멍이 뚫릴 수는 없다.

"알겠습니다. 그럼 그렇게 가지요."

"음."

그렇게 말하고 나는 지팡이를 들었다.

"후웁…."

심호흡을 하고 마력을 최대한 지팡이에 담았다.

만들어내는 것은 스톤 캐논. 하지만 올스테드에게 쏘았던 것보다 단단하게 만든다.

그때는 맨손이고, 한 손이고, 갑자기 만들었다.

이번에는 시간도 있다. 힘을 모을 수 있으면 위력은 몇 배가 된다.

형성.

마력을 다루어서 단단하게, 강하게 만든다. 기본은 피겨를 만들 때와 똑같다. 다만 유연성 따윈 생각하지 않고 그저 단단하게 한다. 최대한 날카롭게, 원뿔형으로. 드릴처럼 홈도 내었다.

회전.

최대한 고속 회전. 계속해서 돌렸다. 1초당 몇 회전하는지 나도 모른다.

속도.

마력을 다루어서 최대한 고속으로 사출한다. 스톤 캐논에 이정도 마력을 담은 적은 없다. 마력을 담는 데에 시간이 걸리고, 실전에서는 확실하게 못 써먹겠지. 썼다고 해도 어지간한 마물은 오버킬이 된다.

다만, 마왕이라면 견뎌낼지도 모른다.

하다못해 대미지를 주고 싶다. 저렇게 굵고 다부진 팔에 얻어맞는 건 싫다.

"그럼 갑니다."

"음! 와라!"

발사.

큐웅 하는 소리가 났다.

반동은 없었다. 왜인지 마술에 반작용은 존재하지 않는다. 하지만 당연하게도 작용은 존재한다.

스톤 캐논을 정통으로 맞은 바디가디는 콰앙 하고 큰 소리를 내면서 상반신이 산산조각 나고 여섯 개의 팔도 산산이 분해되어서 하반신만 수십 미터 정도 날아가고….

풀썩 떨어졌다.

"……어라?"

바디는 꿈쩍도 하지 않았다.

카앙 하고 튕겨낼 줄 알았는데… 이건 뭐지?

조심조심, 천천히 그의 하반신을 향해 걸어가서, 남아 있는 하반신을 바라보았다.

피가 흐르지 않는 것은 마왕이기 때문일까. 웃기만 하지 눈물이 없는 녀석이라고 생각했는데, 어쩌면 정말로 피도 눈물도 없는 녀석일까.

"…어?"

아니, 설마.

어? 거짓말이지…?

죽었어?

무슨 일이 일어났는지 알 수 없었다.

뒤를 돌아보니, 주위는 쥐 죽은 듯이 고요했다. 다들 이쪽을 보고 있었다. 시선이 따갑다. 아무도 움직이지 않았다. 미동도

하지 않았다.

침을 삼키자 꿀꺽 하는 소리가 났다.

주, 죽여 버렸나…?

아니, 그래도 거짓말이지? 아니, 이게, 이렇게 되다니. 그렇게 자신만만했잖아.

어? 하지만 불사신의 마왕이라고.

어라? 자신만만하게 딱 한 방만 쏴 보라고 그랬잖아. 그런데 왜?

어어어? 천천히, 조심조심, 다시 돌아보았다.

진정해, 내가 저지른 짓을 확인하는 거야.

"푸하하하하! 대부활!"

자칫 스톤 캐논을 날릴 뻔했다.

거기에는 절반 사이즈가 된 바디가디가 서 있었다.

나와 비슷한 체격이 되었는데, 얼굴 크기는 다름없었다. 그래서 언밸런스한 인상을 받았다. 크기 문제는 일단 넘어가고.

"아, 살아 있다."

안심했다.

나도 모르게 살인을 했다고 생각했는데, 다행이다. 상대는 사람이 아니었다.

"푸하하하, 죽는 줄 알았군! 음, 하지만, 그래. 잘 알았다. 싸우지 않기를 잘했군! 진심으로 싸웠으면 이 일대가 황야가 될 뻔했으니까!"

바디가디는 푸하하하 소리 내어 웃었다.

그 몸에서 여섯 개의 팔이 꿈틀꿈틀 기어와서 바디가디와 합체했다. 바디가디의 키가 쑥쑥 커졌지만, 원래 사이즈로는 돌아가지 않았다.

"오오, 꽤나 멀리 날아갔군…. 원래대로 돌아가려면 시간이 좀 걸리겠군!"

바디가디는 다소 흥분한 기색이었다.

"자네의 승리다, 루데우스! 용사라고 칭해도 좋도다!"

"아뇨, 그건 사양하겠습니다."

"그럼 하다못해 승리의 함성을 올려라! 푸하하하하!"

바디가디는 그렇게 말하더니 내 오른손, 지팡이를 든 손을 붙잡고 번쩍 치켜들었다.

복싱 챔피언처럼.

판정승이었나.

이해가 잘 안 가는 결말이다.

"이…."

하지만 승리는 승리겠지.

"이겼다아아아아아아!"

구경꾼들은 쥐 죽은 듯이 고요했다. 잘은 모르겠지만, 조용했다.

그걸 확인한 뒤에 바디가디는 고개를 끄덕이더니,

"거참 분위기를 모르는 놈들이로군. 어디, 그럼 한 방 때려 볼까."

라고 말했다.

"어?!"

약속이랑 달라! 라고 생각했을 때에는 이미 늦어서 그의 주먹이 내 안면을 노리고 있었다.

한 손뿐이었다. 다만 그는 한 손이라도 주먹을 세 개 가지고 있다.

팔을 붙잡힌 상태로는 방어할 수도 없어서 세 방을 맞고 기절했다.

거짓말쟁이….

그 뒤에 바디가디는 방금 전의 헤어 액세서리가 노골적인 아저씨, 갑옷 차림의 미남 중년, 그리고 로브를 입은 할아버지와 함께 어딘가로 사라졌다는 모양이다. 높으신 분들끼리 뭔가 할 이야기가 있겠지.

나는 의무실에서 정신을 차렸다.

그 뒤에 지너스 수석교사에게 연행되어서 교원동의 한 방에서 환대를 받았다.

홍차와 과자 대접을 받으며 한숨 돌렸다.

지너스 수석교사는 많은 말을 하지 않았다. 아무래도 그도 상황을 잘 이해하지 못하는 듯했다.

마왕이 갑자기 와서 외부인을 포함한 학생들을 기절시키고 내게 결투를 신청, 내가 승자라고 선언한 뒤에 때려서 기절시켰다. 그것만으로는 상황을 이해할 수 있을 리가 없다.

또 마왕이 기절시킨 학생들 중에 사망자는 없었다는 모양이다.

애초에 바디가디는 온건파니까 일부러 사람을 죽이지 않는다는 건가.

그의 목적에 대해서는 이제부터 높으신 분들이 조사한다는 모양이다. 헤어 액세서리의 아저씨는 이 학교의 교장이었다는 모양이다. 이름이 뭐였더라. 아, 그렇지. 풍왕급 마술사 게오르그.

입학식 때 본 적이 있었지.

대화에 참가한 것은 게오르그 외에 이 도시를 지키는 삼국기사단의 단장. 그리고 마술 길드의 총수.

네 사람이 모여서 현재 이런저런 이야기를 한다나.

"하지만 역시나 루데우스 씨로군요… 마왕을 선제일격으로! 그리고 그걸로 마왕에게 인정을 받다니…! 교장은 진흙탕이라고 해도 일개 모험가로는 시간벌이가 고작이라고 말씀하셨지만. 설마, 설마 이렇게 되다니! 이 나이가 되도록 그렇게 흥분되는 장면을 볼 줄은 몰랐습니다!"

지너스 수석교사는 흥분을 숨기지 않으며 그렇게 말하였다.

아무래도 결투 전에 말했던 내용에 대해서는 모르는 눈치다.

바디가디가 일부러 마술을 맞았다든가, 안 통해도 그걸로 끝이었다든가.

잠시 동안 지너스 수석교사의 존경의 눈빛을 받은 뒤에 나는 해방되었다.

아무튼 이것저것 정해질 때까지 기숙사에서 대기하라는 이야기를 들었다.

직원실을 나서자 자노바가 달려왔다.

"오오, 스승님. 다 봤습니다. 역시 나로군요. 아니, 당연하다고 해야 할까요."

자노바는 그렇게 칭찬했지만 나는 고개를 내저었다.

"연습상대가 되었을 뿐입니다."

분명히 통했지만, 상대는 회피도 방어도 하지 않았다.

그리고 그 뒤의 그 재생능력. 혹시 진짜로 싸웠으면 도저히 이길 것 같지 않았다.

"겸손하신 말씀. 마왕의 연습상대가 된 것만으로도 대단하지 않습니까."

자노바는 웃으면서 그렇게 말했다.

줄리는 평소보다 겁먹은 눈으로 나를 보았다. 멀리서 봐도 스

플래터였겠지.

무서운 것을 보여줬군.

기숙사로 돌아오는 도중에 꽤나 생생한 모습인 엘리나리제와
크리프를 만났다.

"어머, 루데우스. 무슨 소동인가요?"

"어어, 뭐 했습니까?"

"뭘 했답니다."

호호호 웃는 엘리나리제. 크리프는 새빨개져서 '괜한 소리 하
지 마!'라고 화를 냈다.

마왕이 나타난 동안 둘이서 어른의 시간을 보냈던 모양이다.

사이도 좋군.

"방금 전에 바디가디 님이 결투를 청해 와서 간신히 이겼습니
다."

"예? 그 녀석이 벌써 왔나요?!"

…벌써?

벌써라니 그게 뭔 소리야?

"온다는 걸 알고 있었나요?"

"예, 하지만 귀족鬼族의 마을에 붙잡혀서 한동안 체재할 테니
까 먼저 가라고 그러더군요. 그런 분은 시간관념이 허술하잖아
요? 그러니까 앞으로 10년은 꿈쩍 않을 거라고 봤는데. 실제로
저와 헤어진 것도 2년 전이었고…."

천 년 단위로 살면 시간 감각이 망가지겠지.

나도 생전에 서른이 넘은 뒤로는 시간의 흐름이 빠르게 느껴졌고.

단위가 조금 크지만.

"하지만 괜찮은 사람이었지요?"

"악인은 아니었네요."

내가 만난 귀족, 왕족 중에서 최고급으로 좋은 녀석이다. 잘 웃고.

약속은 깨졌지만, 한 대 때리고 한 대 맞았다고 생각하면 그건 그거대로 괜찮지.

"어이, 무슨 이야기야?"

"어머나, 크리프 질투하나요? 괜찮아요. 지금 제 마음을 마음대로 할 수 있는 건 당신뿐이랍니다."

"아니, 그게 아니야. 아, 달라붙지 마, 루데우스가 보잖아."

"보여주려는 거랍니다."

염장질을 시작하기에 나는 그 자리를 떴다.

뒤에서 '마왕이 이런 곳에 올 리 없잖아!'라는 소리가 들렸다.

나도 아까까지는 그렇게 생각했어.

기숙사 입구에서 피츠 선배가 기다리고 있었다.

그는 내 얼굴을 보더니 뭐라고 할 수 없는 표정을 하였다.

역시 이것도 흥분이겠지. 얼굴이 붉어졌고 주먹을 꾹 쥐고 있었다. 엄청난 걸 봤지만, 감상이 나오지 않는다는 느낌이다.

"루데우스는, 어, 어, 엄청 강하네!"

무슨 초등학생 같았다.

"설마 일격일 줄은 몰랐어!"

"한 대 때려서 그 위력으로 승패를 정하는 룰이었으니까, 최대한 강한 마술을 썼습니다."

"최강…? 그거 시험 때 나한테 썼던 거랑 같은 거지? 그걸 더세게 한 거지?"

"예, 스톤 캐논이에요. 꽤나 '모은' 거였지만."

"단순한 중급 마술이라도 극에 달하면 그런 위력이 되는구나…."

피츠 선배는 '헤에~'라는 감탄사를 내면서도 자기도 스톤 캐논을 만들어서 회전시키거나 발사해 보았다. 휘잉 소리를 내면서 저 멀리의 지면에 꽂혔다.

나 정도 위력은 아니지만, 그래도 한두 번 본 것만으로 바로재현할 수 있다니 대단하네.

"극에 달했다는 생각은 없지만요."

"평소에 흙 마술만 쓰는 거야?"

"그렇죠. 한때는 물만 썼지만, 어느 시기부터 흙 마술에 전념했지요."

"역시나! 같은 계통을 쓰면 점점 느는 거군."

그런 걸까.

아니, 하지만 피겨 제작 쪽으로는 점점 능해진 것 같다.

"…그렇군요. 정밀도가 올라간다고도 할 수 있을까요."

"하지만 사용하는 마력도 늘어나지!"

"그렇죠. 인형을 만들 때는 꽤나 고생이라서."

피츠 선배는 기쁜 듯했다.

그러고 보면 피츠 선배와 무영창 마술에 대한 기회는 그리 없었지.

"아, 미안. 힘들 텐데 붙잡아서 미안해. 오늘은 푹 쉬어."

"아, 예."

피츠 선배는 그렇게 말하고 학교 쪽으로 뛰어갔다.

조금 더 이야기하고 싶었는데, 뭐, 됐어. 그런 사건이 있은 직후니까.

그도 학생회니까 바쁘겠고.

나는 내 방으로 돌아가서 지팡이를 벽에 세웠다.

마왕이네 뭐네로 오늘은 힘들었다.

정신적으로도 육체적으로도 피로를 느껴서 나는 침대에 누웠다.

왠지 지쳤다….

그런 일이 있은 뒤로 순식간에 한 달이 지나갔다.

마법삼대국은 바디가디와 대화를 나눈 뒤 그를 국빈으로 대하기로 정한 모양이다.

그리고 바디가디는 폐를 끼친 것에 대한 사죄로서 불사성을 연구하는 용도로 팔 하나를 마술 길드에 제공. 또 합동기사단에 임시 무술 고문으로 참가하게 되었다.

그리고——.

조례에 두 명의 선배가 출석했다.

바디가디가 수족을 모두 해치웠기에 수업에 나올 수 있게 되었다는 모양이다.

"역시나 보스다냐, 고맙다냐. 다음에 뭐라도 주겠다냐."

"하지만 설마 마왕까지 올 줄은 몰랐어. 우리는 마성의 여자였구나. 용케 지켜줬네. 사례로 가슴 만지게 해 줄 게, 리니아 가슴."

"고맙습니다."

가슴을 만질 권리를 얻었으니 사양 않고 만졌다.

리니아 가슴을.

"냐앙!"

얼굴을 꼬집혔다.

괜찮다고 했잖아. 뭐라도 주겠다고 했잖아. 너무하다.

여자라면 누구든 가지고 있으니까 조금 정도는 괜찮잖아.

"스승님은 여성에 대해 꽤나 개방적입니다만, 그래도 뜬소문 하나 들리지 않습니다."

"어이, 그만둬, 자노바. 그 이상은 말하면 안 돼! 그거, 그거!"

"…어어, 그랬지요. 이거 실례."

최근에는 크리프의 자리도 가까워졌다.

엘리나리제에게서 내 이야기를 이따금 듣는다는 모양이다.

무슨 이야기를 했는지는 모르지만, 꽤나 좋게 말해 주는 모양이라서 나에 대한 크리프의 태도는 그리 나쁘지 않다.

참고로 내가 에리스에게 차인 것은 병 때문이라는 걸로 처리되었다.

뭐, 괜찮지만. 에리스에 대해서는 이미 마음을 정리했고…!

그렇긴 해도 한 달 동안 크리프와 엘리나리제가 사람들 앞에서 붙어 다니는 일이 차츰 줄어들었다. 그렇긴 해도 아직 헤어진 것은 아닌 모양이다.

크리프는 이틀에 한 번꼴로 축 늘어져 지낸다. 밤일은 확실히 하는 모양이다.

사람들 앞에서 붙어 지내지 않는 것은 두 사람이 의논해서 결정한 거겠지.

아니, 그렇게 쥐어짜이면서도 공부에 지장이 없을까.

뭐, 두 사람 문제는 둘이서 알아서 하라고 해. 내가 뭐라고 할 문제는 아니지.

그보다 조금 부럽다.

"…그랜드 마스터, 여기 딱딱한 곳 마력 부족해. 해 줘."

줄리는 매일 근면하게 인형을 계속 만들었다.

참고로 최근에는 병행해서 손으로 조각하는 것도 가르쳤다. 물론 그쪽은 본직이 아니라서 자노바와 같은 학년인 드워프에게 도움을 받지만.

"……."

마왕 바디가디에 대한 정보는 개요밖에 알려지지 않았다.

바디가디는 나를 질투해서 여기까지 왔다고 말했다.

그렇다는 소리는 나에게도 책임문제가 생기지 않을까?

아니, 그 점은 지너스 수석교사가 어떻게든 해 줄 거라고 생각하고 싶다. 나를 스카우트한 건 그니까.

"음?"

그런 생각을 할 때 벌컥 문이 열렸다.

특별생은 사일런트를 제외하고 전원이 출석하였다.

교사가 오기에는 아직 이른 시간. 설마 사일런트가 조례에 얼굴을 내밀었나?

그렇게 생각한 순간.

"푸하하하하!"

웃음소리가 교실 안에 울렸다.

그리고 교실 안에 들어와서 당당히, 누구 하나 거리낄 것 없이 교단에 서서 우리를 바라보았다.

"불사신의 마왕 바디가디, 등장!"

거짓말 같지?

교복을 입었다고…. 저 녀석.

그리고 바디가디는 마법학교에 광고탑으로서 입학했다.

딱히 뭘 배우거나 연구하는 것도 아니지만, 가끔씩 시찰을 하고 학생에게 말을 걸었다가 신고가 들어가는 사안을 발생시킨다는 모양이다.

물론 신고가 없으면 마왕의 지혜를 얻을 수 있다나 본데….

아무튼 이렇게 라노아 왕국에서 마왕 내습 사건은 끝났다.

제5화 하얀 가면 전편

최근 나는 두려움의 대상이 되었다.

마법대학에 다니는 거의 모든 학생에게 말이다.

처음에는 그런 줄 몰랐다. 단순히 날 피하는 건가 싶었다.

아니, 날 꺼린다는 사실 자체는 다를 바 없지만.

예를 들어서 불량한 녀석들이 저쪽에서 걸어온다. 나는 놈들을 보고 '시비 걸리지 않게 옆으로 비켜서 걷자.'라고 생각한다. 하지만 왜인지 저쪽의 녀석들이 먼저 날 알아차리고 벽 쪽으로 비킨다. 가끔씩은 창밖을 보며 "오늘은 날씨가 좋네~"같은 소리를 하는 녀석도 있다. 눈이 오는데 말이지.

나는 얽히지 않아서 다행이라고 생각했는데, 설마 저쪽도 그렇게 생각했다니….

해독 마술 수업을 마치고 돌아오던 중에 자각했다.

중급 해독 마술 수업을 마치고 복도로 나갔다가 골리앗을 보았다.

골리앗. 그래, 입학 첫날에 내게 팬티 도둑 누명을 씌우고 규탄했던 근육질 여자다.

저쪽도 동시에 날 발견했는지 눈이 마주쳤다.

일단 대화한 적도 있고, 저쪽은 선배다.

인사 한마디라도 하지 않으면 실례라고 생각한 나는 내친김에 입학 첫날의 일을 다시금 사과하려는 마음으로 다가갔다.

그러자 그녀는 부르르 몸을 떨더니 시선을 피했다.

그 넓은 어깨를 움츠리면서 안절부절못하는 태도로 발끝만 바라보았다.

"골리앗 선배. 입학 첫날의 그거 말입니다만."

내가 그렇게 말을 꺼내자 그녀는 몸을 덜덜 떨기 시작했다.

그리고 그 덩치에 안 맞게 가느다란 목소리로 말했다.

"그, 그때는, 저기, 미안… 죄송합니다. 잘못했습니다. 한 번만 봐주세요…."

입학 첫날과는 명백히 다른 태도.

나도 곤혹스러웠다. 내가 무슨 공갈이라도 한 것 같았다.

"어어…. 아뇨, 저기, 사과할 사람은 접니다. 저기, 기숙사 규칙에 대해 배웠으니까, 이제 그런 일은…."

허둥대는 사이에 구경꾼들이 몰려왔다.

"어이, 저기 봐. 루데우스야." "입학 첫날 사건을 아직도 마음에 두고 있나…." "골리앗 씨, 불쌍해…." "자기가 규칙을 깨놓고서 저러는 건…." "멍청아, 들으면 어쩌려고."

주위의 목소리는 동정과 비난이 섞여 있었고, 골리앗이 눈물을 글썽이기 시작했다. 나도 눈물이 날 것 같았다.

이상하다. 이게 뭐야. 시선이 따가운데.

"뭐냐, 뭐냐, 싸움이냐?"

"대낮부터 혈기도 왕성하네."

딱 그때 리니아와 프루세나가 지나갔다.

두 사람은 내 모습을 보더니, 이어서 울상을 한 골리앗을 보았다. 그리고 이해했다는 듯이 고개를 끄덕인 뒤에 의기양양하게 끼어들었다.

"보스, 그 정도로 해둬라냥. 골리앗도 악의는 없었다냥. 같은 수족으로서 여기선 우리 얼굴을 봐서 넘어가달라냥."

"그래, 얼른 가. 이번 일을 거울삼아서 두 번 다시 보스의 성질을 건드리지 않게 조심하고. 너는 운이 좋았어. 넘버 투인 내가 지나가지 않았으면 너는 산산조각 났을 거야."

"어, 예…."

골리앗은 살았다는 듯이 두 사람에게 고개를 숙이고, 그 넓은 등을 최대한 작게 보이도록 애쓰면서 서둘러 그 자리를 떴다.

"자, 너희도 흩어져라냐! 구경거리 아니다냐!"

리니아의 말에 구경꾼들은 거미새끼가 흩어지듯이 사라졌다.

나도 한숨 돌렸다.

"프루세냐, 아까 그 말은 뭐냐?"

"아까 그 말이라니?"

"넘버 투는 나다냐."

"최근에는 보스의 부하가 늘었으니까, 멍청한 리니아로는 어려워."

"프루세냐도 성적은 비슷하잖아냐!"

사정을 들을까 싶어서 그쪽을 보니, 두 사람은 언제나처럼 만담을 시작하였다.

"자, 두 사람 다 싸우지 마요. 넘버 투는 두 명 있어도 되잖아요."

"보스는 모른다냐. 조직의 서열은 확실히 해둬야 한다냐."

"그래. 중요한 일이야."

수족에게 서열은 중요한 것인가 본데, 애초에 나는 조직을 세운 기억이 없다.

그건 그렇다고 하고. 일단 두 사람에게는 감사해야지. 사례로 다음에 뭐라도 선물을 해 주자.

생선과 고기면 될까.

"하지만 보스의 성질을 건드리다니 골리앗도 바보다냐. 뭔 짓을 한 거다냐?"

"아니, 입학 첫날에 팬티 도둑이라고 몰려서…."

"아! 그건가! 우와, 팬티 도둑이 보스였나!"

"…으아아."

갑자기 경멸의 시선이 날아들었다.

내 말 좀 끝까지 들어. 누명이야, 누명. 또 절망과 굴욕을 선물해 줄까?

"그러고 보면 전에 골리앗이 자랑스럽게 말했지. 얼간이 1학년이 피츠의 도움을 받았다고. 얼간이는 그 녀석이네. 웃겨."

"자기를 바보 취급한 상대를 놓아 주다니 보스는 관대하다냐…. 하지만 그냥 놓아 주기만 해선 본보기가 안 서니까 다음에 내가 확실히 손봐주겠다냐."

손봐주다니. 너는 불량학생 관두고 우등생이 된 거 아니었어?

"그만두세요. 괜히 적을 늘려서 어쩝니까."

"하아, 보스는 상승의지가 부족하다냐. 지금 우리랑 손을 잡으면 아리엘을 해치우고 기숙사를 장악할 수도 있는데."

"그래. 보스는 피츠한테 이겼으니까 학교의 최고가 될 수 있어."

왠지 수족이란 녀석들은 정점에 오르고 싶어 하는군.

본격적인 뉴 리더병 환자일지도 모른다.

"기숙사를 장악하고 학교의 정점에 올라서, 그 다음에 어떻게 할 겁니까?"

나는 정점이고 뭐고 아무래도 좋다.

기본적으로 싸움을 하지 않는 주의로 가자는 마음이고, 애초에 남의 위에 선다는 것은 원한을 살 가능성도 있다는 소리다.

이 세계에서는 길을 걷다가 갑자기 심장이 꿰뚫리는 일도 있다.

그러니까 만나는 상대 전원에게 굽실거리는 정도가 딱 좋다.

"학교의 정점에 오른다면? 그러네…. 보스는 그걸 못 하니까… 연초에 여자기숙사 전원에게 팬티를 한 장씩 징수하는 건 어떠냐?"

"그게 좋겠네. 보스는 벽장에 장식할 만큼 팬티를 좋아하니까 분명 기쁠 거야."

"기쁘지… 않은데?"

따, 딱히 좋아해서 장식한 거 아니고.

팬티는 싫지 않지만, 얼굴도 모르는 여자의 것을 받아도 기쁘지… 않지?

예를 들어서 얼굴을 알아도 골리앗 씨의 것은 기쁘지 않아.

하지만 가끔은 귀여운 애도 있으니까. 취향은 아니지만….

예를 들어서 리니아나 프루세나의 것이라면 조금 기쁠지도. 이 녀석들은 기본적으로 누린내가 나지만, 이러니저러니 해도 미소녀고. 쓰다듬으면 여자 냄새가 나고.

아니, 하지만….

그래, 그렇지. 피츠 선배다. 피츠 선배는 그런 걸 싫어하겠지.

그러니까 안 돼. 응, 좋아. 이론구축 완료!

이제 안 흘린다. 사라져라, 악마야.

"유상무상의 팬티에는 흥미 없습니다. 할 거면 둘이서 하세요. 물론 피츠 선배에게 폐를 끼치게 된다면 나는 적이 되겠지만요."

좋아, 좋아. 큰일 날 뻔했군. 아직 못 만난 여학생들.

내가 병에 걸리지 않았으면 위험할 뻔했어.

"으으…. 뭐, 보스가 얌전히 있으라고 한다면, 거기에 따르겠다냐."

"…그래, 시키는 대로 할게."

…….

그런 일이 일어나서 간신히 자각했다.

아무래도 나는 두려움의 대상이 된 모양이다.

자각하고 보니 '왜지?'싶은 생각은 없었다.

학교 제일의 실력자 피츠를 쓰러뜨리고 문제아를 거느렸다.

그리고 학교를 공포에 빠뜨린 마왕을 쓰러뜨렸다. 일격으로.

그야 무서울 만도 하겠지.

바디가디에게 들은 이야기인데, 그의 투기를 두른 칠흑 바디에 상처를 낼 수 있는 건 검신류로 쳐서 왕급에 달하는 검기를 가져야만 한다는 모양이다.

왕급. 즉, 길레느나 루이젤드 정도 되어야 간신히 싸움이 되는 레벨이란 소리다.

그렇게 육체에 의지하는 식으로 싸우니까 바디가디는 일정 이상의 공격력을 가진 상대에게는 전혀 상대가 안 되나 본데….

그건 그렇다고 치고. 그 이야기를 믿는다면 내 스톤 캐논은 이미 왕급의 위력을 가졌다는 소리가 된다. 모르는 사이에 내 스톤 캐논도 꽤나 대단한 화력을 갖게 된 것이다.

물론 위력뿐이다.

나는 바디가디가 말하는 투기를 띠지 않았다.

투기란 세상의 검사가 아무렇지도 않게 두르는 것인 모양인데, 아무리 단련을 해도 내 육체가 에리스나 루이젤드 정도의 속도나 근력을 낼 수 없었다. 근육은 늘지만, 그것뿐이다.

결국 나는 공격력이 뛰어날 뿐이다.

마력 총량도 마신급으로 가졌다는 모양이고, 마안 등도 있어서 어지간한 상대에게는 이길 수 있다.

하지만 육체는 보통이다.

상대의 레벨이 일정 이상이면 그 순간 이길 수 없어진다.

물론 일반학생이 그런 걸 알 리도 없다. 공격력이 왕급이라면 육체도 거기에 준한다고 생각하는 걸지도 모른다.

마왕 이상의 존재. 내가 일반학생의 입장이라면 엮이고 싶다는 생각 따윈 하지 않는다.

"보스는 더 자신감을 가져라냐. 분명 그것도 자신감을 가지면 해결이다냐!"

"그래, 하지만 해결해서 덮치는 건 리니아만으로 해 줘."

그런 것이 리나아와 프루세나의 말.

자신감이라. 내 거기가 기죽은 건 내 자신감 상실에서 온 것일까.

듣고 보면 그런 것도 같다. 올스테드에게 패배하고 에리스에게 차이고 사라에게도 차이고, 힘을 보여줄 수 없는 채로 실의에 빠졌다. 자신감을 되찾으면 어쩌면 다시 일어설지도 모른다.

분명히 지금은 자신감을 되찾기에 절호의 기회일지도 모른다.

학생들은 나를 두려워한다.

시험 삼아서 리니아와 프루세나를 데리고 걸어 보니 학생들이 길을 터주었다.

생전에는 이런 입장에 선 적이 없었기에 신선했다.

어깨로 바람을 가르며 걷는 입장이라고 하던가. 마치 원장선생님의 회진 같다.

아니면 모세인가. 실로 기분 좋다.

비켜, 내 앞에 서지 마…. 그런 식으로 으스대려던 때에 문득 생각했다.

어쩌면 생전에 날 괴롭혔던 놈들도 이런 식으로 신이 났던 게 아닐까.

"……."

안 좋은 기억이 떠올랐다….

어느 정도 이 세계에서 노력해서 성과가 나왔다고 해도 생전의 나는 누구보다도 아래에 있는 존재였다.

예를 들어 앞으로 ED가 낫고 몸이 완전히 회복되더라도 그 사실은 변함없다.

그리고 내가 그 사실을 잊어버렸을 때에 기다리는 것은 생전의 반복이다. 이 세계에 와서 조금은 긍정적이 되었다고 해도 똑같은 나니까.

그러니까 너무 콧대가 높아지지 않도록 하자.

나는 니트족으로 돌아가지 않겠다.

그런 나날을 보내던 어느 날.

그 날, 나는 평소처럼 도서관에서 조사를 하고 있었다.

조사하는 내용은 물론 전이와 소환에 대한 것이다. 조사하면 할수록 전이와 소환의 공통점은 늘어났다. 불러내는 것과 보내는 것. 이 차이는 있지만, 모든 면이 비슷했다.

이건 본격적으로 소환에 대해 공부할 필요가 있겠다.

그렇게 생각했지만, 이 대학에서는 전문적으로 소환 마술을 가르치는 교사가 없다.

마술 길드까지 가면 쓸 수 있는 사람이 있나 본데, 기껏해야 초급이나 중급. 별거 아닌 사역마나 거의 자아가 없는 정령을 불러내는 정도다. 전문적인 지식은 들을 수 없다.

부여계라면 상급까지 쓸 수 있는 인물이 있다지만, 부여와 소환은 꽤나 다르다. 게다가 전이에 대해서는 질문해도 답이 돌아오지 않는다.

지너스 수석교사는 이 학교의 교사진에 대해 자랑했지만 말뿐이었다.

그렇다고는 해도 이런 세계에서는 어쩔 수 없는 일일지도 모른다. 생각해 보면 모험가 시절에도 소환 마술사란 건 못 봤다. 소환 마술사는 절대수가 적은 거겠지.

어쩌면 결계나 신격과 마찬가지로 어느 나라에서 기술을 독점하는 걸지도 모른다.

하지만 난 왠지, 한 사람, 소환술에 능한 사람을 알았던 것 같은데.

어디서 들었었지? 만나면 떠오를 것 같은데.

뭐, 떠오르지 않는 걸 보면 만나지 않았단 소리겠지.

그렇긴 해도 도서관에 있던 소환에 관한 문헌은 눈에 띄는 거라면 대충 다 독파했다.

이 이상 독학으로는 배울 것도 없고, 점점 앞이 막힌 느낌을 받았다.

그런 때에 피츠 선배가 찾아내 주었다.

"루데우스. 겨우 찾았어. 이 학교에도 소환 마술을 전문적으로 연구하는 사람이 있대!"

"오오!"

"지너스 수석교사와 게오르그 교장 선생님께 들었어. 누구일 것 같아?"

피츠 선배는 장난이라도 떠올린 것처럼 히죽거리며 물었다.

학교에도 한 명. 일단 교사는 아니겠지. 학생 중에도 소환을 배우려는 사람은 있었지만, 상급, 성급 이상으로는 전혀 없을 터이다. 대체 어디에 있다는 소리지?

"…마술 길드의 분입니까?"

마술 길드라면 소환술을 메인으로 쓰는 사람도 있겠지.

그 연구원이 이 학교를 근거지로 삼고 연구하는 걸지도 모른다.

"으음…. 일단 마술 길드의 A급 길드원이라고 그래."

"호오."

내가 조사한 바로 마술 길드는 A급이면 지부장급, S급이면 간부급이라고 했다.

분명히 게오르그 교장은 S로, 지너스 수석교사가 B다.

"A급이면 마술 길드의 지부장과 같은 랭크 아니었나요?"

"응, 놀랍지?"

B급이면 다른 나라에서 마술학교를 세울 때에 노하우를 배우거나 자금 원조를 받을 수 있다고 들은 것 같다.

"그래서 누구입니까?"

"루데우스도 이름만큼은 들은 적 있을 거야."

이름은 들은 적이 있다…?

글쎄, 내 지인 중에 마술 길드의 A급 길드원은 없는데….

"누구인데요? 슬슬 가르쳐 주세요."

"후후…. 특별생 사일런트 세븐스타야."

피츠 선배가 말한 이름은 분명히 나도 들은 적 있는 이름이었다.

사일런트 세븐스타.

이름만 들은 게 아니다. 그가 이 학교에 남긴 공적도 익히 들었다.

일단 식당 메뉴의 개선. 아슬라 왕국에서 식재료를 수송하는 루트를 확립하고, 원래 북방대지에서 먹을 수 없는 식재료도 쓸 수 있게 되었다.

또한 독자적인 요리로 케리 수프라는 것을 만들어냈다. 감자나 당근, 양파 같은 재료를 냄비에 넣고 끓인 뒤에 십여 종류의 향신료를 섞은 스파이스를 투입. 끈적한 갈색 수프를 빵으로 찍어먹는 것이다.

말하자면 카레다. 내 혀가 기억하는 카레의 맛과는 꽤나 동떨어졌지만, 그래도 레시피는 카레와 흡사했다.

교복을 고안한 것도 사일런트다.

그는 아슬라 왕국의 디자이너나 공방에 연줄이 있어서 거기서 교복을 만들게 했다.

교복을 만드는 것으로 잡다한 종족이 모인 야만스러운 학교라는 이미지를 불식. 학교의 이미지 상승에 성공했다.

그리고 칠판이라고 불리는 것을 고안한 것도 사일런트다.

시커멓게 칠한 판자에 석회를 굳힌 막대기로 글자를 쓴다. 그 것뿐이지만, 수업이 편해졌다고 호평이었다.

그 외에도 찾으면 얼마든지 있다.

정말로 사소한 일에도 사일런트가 고안한 것이 사용되었다.

그런 공적을 인정받아서 마술 길드는 그에게 A급 길드원 칭호를 내렸다.

하지만 그가 만든 것들 말인데… 전부 다 알고 있다.

그 대부분이 이 세계의 주민은 모르지만 내가 아는 것이다.

그렇다면 아무리 둔한 나라도 왠지 모르게 이해가 된다. 사일런트가 어떤 존재인지….

하지만 그때 나는 아직 그 단어를 말하려고 하지 않았다. 왜 인지는 모르겠다.

나라는 존재를 특별하게 보고 싶었던 걸지도 모른다. 이 세계에서 특별한 존재라고 생각하고 싶었던 걸지도 모른다. 다른 세계의 기억을 가진 유일한 존재라고.

하지만 생각해 보면 나 한 명만 특별할 이유 따위 없었다.

솔직히 말해서 나는 지금까지 사일런트라는 존재를 두려워했다.

가능하면 접촉하고 싶지 않았다.

같은 조건에서 나보다 잘 나가는 녀석을 보고 싶지 않다고 생각했다. 그런 녀석을 만나서 '너는 이렇게 축복받은 환경에서 왜 놀고 있는 거지?'라는 소리를 듣기라도 하면 도저히 못 견딜

것 같은 기분이 들겠지.

"알겠습니다. 그럼 만나 보죠."

하지만 피츠 선배에게 이름을 들었을 때, 나는 즉각 사일런트를 찾아가기로 결의했다.

아마도 기가 살았던 것이다.

신의 아이가 제자로 들어와서 나를 스승님이라고 부르고, 학교에서 제일가는 불량학생에게 승리하여 보스라고 불리고, 학교에서 제일가는 천재에게 동정의 시선을 받고, 마대륙의 마왕에게 승리하여 친구라고 불리고, 전교생들에게 두려움을 사서 기세가 높아졌던 것이다.

물론 마음속으로는 그렇지 않다고 생각했지만….

'이 정도 해냈으면 사일런트도 날 얕잡아볼 순 없어.'

그에게 가겠다고 즉각 결심한 것은 무의식 중에 그렇게 생각했기 때문일지도 모른다.

사일런트가 어디 있는지는 지너스 수석교사에게 들었다.

연구동의 3층 제일 안쪽. 사일런트는 거기에 있는 방 세 개를 뚫어서 통째로 연구실로 만들고 거의 거기서 나오지 않으며 생활한다고 했다.

나는 일부러 혼자서 그 연구실을 찾아갔다.

이유는 모르겠다. 원래 피츠 선배와 함께 가야했겠지만, 왠지 혼자서 가야만 한다는 생각이 들었다.

문 앞에서 심호흡을 한 번. 각오는 되었다.

사일런트가 나와 마찬가지로 '전생자'라고 해도. 나는 결코 겁먹지 않는다.

가볍게 노크했다.

"…들어와."

그러자 짧게, 살짝 짜증 섞인 목소리의 대답이 돌아왔다.

나는 문에 손을 대고 천천히 밀어서 열었다.

방 안쪽, 대량의 책이나 종이다발이 흩어지고, 곳곳에 뭐에 쓰는 건지 모를 마도구가 방치되었고, 그리고 대량으로 비치된 마력결정이나 마석이 산더미처럼 쌓여 있는 연구실.

그 안쪽에 앉은 인물. 그 사람이 돌아본 순간 나는 경악했다

"…또 만났네."

그 녀석은 흑발이었다. 그 녀석은 여자였다.

그리고 잊을 수도 없다. 절대로 잊을 수도 없다.

밋밋하고 하얀 가면을 쓰고 있었다.

"끄아아아아아아아!"

나는 비명을 지르며 도망쳤다.

그 하얀 가면의 소녀. 올스테드와 함께 있었다. 이름은 기억

나지 않는다. 하지만 올스테드는 기억한다. 그래, 올스테드, 올
스테드다. 전생자와 상대할 각오는 있어도, 올스테드와 상대할
각오는 되었을 리도 없다.

죽을 뻔했던 기억이 순식간에 살아났다. 그 순간 거의 느끼
지 않았던 공포가 하얀 가면을 본 순간 재생되었다. 폐를 꿰뚫
릴 때의 괴로움. 무슨 짓을 해도 무력화되는 무력감. 심장을 꿰
뚫릴 때의 고통. 그리고 죽음을 눈앞에 두었을 때의── 공포.

모든 것이 재생되어서 나는 도망쳤다.

도망치고, 도망치고, 도망쳤다. 어디를 달리는지도 몰랐다.

뒤를 돌아보니, 녀석은 왜인지 쫓아오고 있었다.

그렇게나 뛰었는데 왜… 아니, 그게 아니다. 나다, 내가 느린
거다. 힘껏 달린다고 달렸는데 전혀 이동하지 않았다. 마음은
이미 땅 끝까지 뛰고 있는데.

나는 더 도망쳤다. 구르고 넘어지고, 주정뱅이처럼 미덥지 않
은 발걸음으로 도망쳤다.

이럴 때를 위해 도망치는 것만큼은 빠르게 단련했는데도, 내
다리는 말을 듣지 않았다.

마치 꿈속에 있는 듯이 미덥지 않은 다리에 힘이 들어가지 않
았다.

녀석과의 거리를 벌릴 수가 없었다.

마왕과 대치했을 때에도 떨리지 않는데.

"……!"

문득 계단 아래에서 피츠 선배의 모습을 발견했다.

그라면, 그라면 도와준다. 그렇게 생각하니 마음이 풀어졌다.

"후우, 사람의 얼굴을 보고 느닷없이 비명을 지르고 도망치다니 실례 아냐?"

툭 하고 어깨를 두드리는 손.

돌아보니 녀석이 있었다.

"아흐아악!"

나는 이상한 목소리를 내고, 몸은 경악과 공포로 움찔 경련하고, 다음 순간 다리가 미끄러져서 계단에서 굴러서 한심하게도 기절했다.

누군가가 내 머리를 쓰다듬고 있었다.

부드러운 손이었다. 그 손에서 뭔가가 흘러들어서 내 혈액순환이 안 좋은 곳을 해소해 주는 듯한 감각이 있었다.

손의 주인에게로 시선을 옮기니 피츠 선배가 있었다.

나를 쓰다듬던 것은 피츠 선배였다. 피츠 선배의 손은 따뜻했다.

그리고 남자라고 생각할 수 없을 만큼 가늘고 부드럽고 섬세했다.

나는 왠지 모르게 그 손을 붙잡았다.

"아, 루데우스. 정신이 들었어? 갑자기 위에서 굴러 떨어지기에 걱정했어."

"…악몽을 꿨습니다. 하얀 가면을 쓴 여자한테 죽을 뻔한 꿈이었어요."

"어어…."

피츠 선배가 난처한 표정을 하였다.

뭐지? 아니, 잠깐만. 애초에 여긴 어디지? 기숙사의 내 방이 아니다. 애초에 기숙사가 아니다.

하지만 본 적이 있다. 피츠 선배의 뒤에는 침대가 줄줄이 있었다. 그래, 여기는 의무실이다.

나는 몸을 일으키면서 고개를 돌렸다.

의무실에는 아무도 없었다. 나와 피츠 선배뿐이었다. 아니, 상주하는 치유 술사가 있었다.

고개를 더 돌리자….

"우아아아…!"

침대 반대편.

거기에 있었다. 하얀 가면을 쓴 여자가.

나도 모르게 침대에서 굴러떨어지자, 녀석은 한숨을 한 차례 내쉬더니 나를 노려보았다.

"실례잖아…. 왜 그렇게 겁을 먹는 거지? 전에 구해줬잖아? …아니, 넌 죽었으니까 기억을 못 하나."

전에 죽었으니까. 역시나 틀림없다. 이 녀석은 그 때의 그 녀

127

석이다.

올스테드의 옆에 있던 녀석이다.

"오, 올스, 올스테드는?!"

"여기에 없어. 그는 바빠."

가면 여자는 대수롭지 않은 듯이 말했다.

없다. 올스테드가 없다. 정말인가? 아니, 거짓말이더라도 나로선 수가 없다.

"안심해. 그는 당분간 당신을 노리지 않으니까."

"당분간이란 말은 시간이 지나면 또 죽이러 온단 말입니까?"

"그럴 예정은 없으리라고 생각하는데…. 하지만 그럴 가능성은 있어. 당신한테 달렸어."

지금 당장은 별일 없다.

그걸 안 순간 내가 노골적으로 안도한 것을 느꼈다. 나도 참 단순하다.

"어어, 무슨 이야기인지 모르겠는데, 설명을 들을 수 있을까?"

내 모습에 피츠 선배가 귀 뒤를 벅벅 긁으면서 가면 여자에게 물었다.

"일단 너는 루데우스와 어떤 관계지?"

"아무 관계도 아냐."

가면 여자는 피츠 선배를 향해 딱 잘라 대답했다.

피츠 선배가 노골적으로 울컥하는 게 느껴졌다.

"하지만 루데우스가 이렇게 허둥거리는 건 처음 봤어. 네가 무슨 짓 한 거 아냐?"

피츠 선배의 어조는 매서웠다.

이렇게 글러먹은 후배를 지켜 주려는 것이다. 고맙습니다. 고맙습니다.

"전에 만났을 때 용신에게 심하게 당했으니까 그걸 기억하는 거겠지."

"용신…? 칠대열강인?"

"그래."

"네가 용신이야?"

"설마. 전에 같이 여행했을 뿐이야."

가면 여자는 아무래도 좋다는 듯이 그렇게 말하고 머리를 빗어올렸다.

지금 깨달은 건데, 그녀가 입은 건 이 학교 교복이었다.

"그렇긴 해도 여기서 재회할 줄은 몰랐어."

가면 밑으로 엿보이는 시선은 강했다.

"하지만 '적룡의 아래턱'에서 만나서 플래그를 세우고 이 학교에서 재회한다. 그런 루트였겠지."

그녀는 품에서 종이 한 장을 꺼냈다.

"당신에게 세 가지를 묻겠어. 정직하게 대답해."

뭐라고 토를 달 수 없는 그 어조에 나는 침을 삼키고 끄덕였다.

"하나, 이걸 본 적 있어?"

건네는 종이를 받아보니, 거기에는 '시노하라 아키토 쿠로키 세이지'라고 적혀 있었다.

……일본어로.

인명이라는 걸 곧 깨달았다. 그와 동시에 역시나, 하는 감정이 생겼다. 역시나 그녀는.

[둘, 이 말을 알겠어? 셋, 당신은 이 둘 중 누구?]

이 질문도 일본어였다. 이 정도면 확정적이겠지. 그녀는 나와 같은 존재다.

하지만 이 종이에 적힌 이름은… 전혀 기억에 없다.

잠시 망설였지만 각오는 하였다.

천천히 대답했다. 일본어로.

[어느 쪽도 아냐. 나는 이 이름을 몰라.]

[그래, 말은 아네.]

"어? 무슨 말이야? 루데우스?"

피츠 선배는 종이를 들여다보더니 애가 탄 듯이 말했다.

"아무것도 아냐. 그와 나의 고향이 같을 뿐이야."

"고향이? 그럴 리가 없어!"

피츠 선배가 부정했다. 무슨 근거로 부정할 수 있는지는 모르겠지만, 지금은 그런 것보다도.

[그럼 너도 그래?]

내가 조심조심 묻자, 녀석은 끄덕였다.

[그래, 나도 정신을 차리고 보니 갑자기 이 세계에 날아왔어.]

그렇게 말하면서 그녀는 하얀 가면을 벗었다.

그 순간 딱 기억이 맞물렸다.

생전의 기억. 마지막 순간. 트럭에 치이려는 고등학생. 싸우던 남녀. 그 중 여자 쪽.

그녀와 똑같은 얼굴을 한 소녀가 거기에 있었다.

동시에 살짝 어긋나는 걸 느꼈다.

뭐지…? 그래, 완전히 똑같은 얼굴이라는 점이다.

그로부터 15년이나 지났는데 그때와 똑같은 얼굴이다.

이상하다. 왜 15년이나 지났는데 똑같은 얼굴이지?

아니, 애초에 왜 얼굴이 똑같지?

전생이라면 얼굴이 변해야 한다. 나처럼 말이다.

내 의문. 그 대답은 곧 그녀 자신의 입에서 나왔다.

[이른바 트립이야. 나는 이 하찮은 세계로 날아온 거야.]

트립. 이 의미는 전생과 다소 다르다.

나는 이른바 전생자다. 육체는 다르고 기억만 가진 채 이 세계에 태어났다.

트립은 다르다. 트립은 즉, 전이다. 워프다.

나이나 육체는 그대로 갖고 이 세계에 왔다.

녀석은… 나와 다른가?

[내 이름은 나나호시 시즈카. 일본인이야. 최근에는 사일런트

세븐스타라는 가명을 쓰고 있어.]

　의문과 혼란.

　내 머릿속은 엉망진창이라서 아무 말도 할 수 없었다. 그런 나를 향해 그녀는 계속해서 물었다.

　[그렇긴 해도 당신, 어디 출신이야? 미국? 아니면 유럽? 백인이네…. 하지만 일본어를 알고… 혹시 혼혈? 재일 외국인이라든가?]

　질문은 세 개 아니었나? 라는 말은 하지 않았다.

　나는 대답하지 않았다. 대답하지 않았지만, 그녀는 계속해서 말했다.

　[어찌되었든 이걸로 사태가 한 걸음 진전했어. 역시 살려두길 잘했네. 올스테드가 모른다고 말한 시점에서 왠지 모르게 그런 기분이 들었어….]

　나나호시는 다소 흥분한 듯이 거듭 말했다.

　내 혼란 따윈 무시했다.

　[앞으로 잘 부탁해. 어어, 이름 가르쳐 줄래?]

　[루, 루데우스. 루데우스 그레이랫.]

　[그건 여기서 쓰는 가명이지? 본명은?]

　나는 생전의 본명을 말하고 싶지 않았다.

　입을 다물자 나나호시는 다 안다는 듯이 끄덕였다.

　[그래, 이해해. 경계하는 거지? 알아. 그 마음은 알아. 그런 일이 있었으니까. 하지만 안심해. 나는 같은 편이야.]

[…….]

[그렇긴 해도 나 말고도 온 사람이 있다니…. 나도 이 세계에 와서 '지구인'을 만나는 건 처음이야. 아주 든든하네.]

나나호시는 내 손을 잡았다. 피츠 선배가 눈썹을 찡그렸다.

피츠 선배는 무시하고 나나호시는 기쁜 듯한 목소리로 말했다.

[원래 세계로 돌아가기 위해 서로 협력하자.]

원래 세계로 돌아가기 위해. 그런 말에 엉망이 되었던 내 사고가 정리되었다.

나온 단어는 단 하나.

그것은 [싫다.]다.

나는 즉각 손을 뿌리치고 말했다.

[나는 원래 세계로 돌아가고 싶지 않아.]

[어…?]

놀라는 나나호시.

"루데우스도 사일런트도… 아는 말로 말해…."

그리고 일본어를 모르는 피츠 선배.

의무실에서는 왠지 미묘한 공기가 흘렀다.

제6화　하얀 가면 후편

나나호시 시즈카.

한자로 쓰면 七星静香.

그녀는 트리퍼다. 트리퍼란 다시 말해 전이자다.

사망해서 아기로 이 세계에 다시 태어난 내가 전생자라면 그녀는 길을 잃고 흘러든 것에 가까울까.

거기에 응해 나도 내가 전생자라는 것을 밝혔다.

트리퍼가 아니라 전생자라고.

사인에 대해서는 사고사. 하지만 그 상황에 대해서는 입을 다물었다.

생전의 모습은 추했다. 기억하면 분명 편견의 눈으로 보겠지. 사람의 외견은 중요하니까. 그리고 혹시 나나호시는 나 때문에 트립했을 가능성도 있고. 그런 이야기가 나오는 것도 싫다.

나는 나나호시와 이야기를 했다.

그리운 일본어로.

서로 모르는 사이기 때문에 피츠 선배도 동석했지만, 오가는 말은 일본어. 피츠 선배는 지루한 시간을 보냈으리라 생각한다. 미안하다.

이야기를 시작할 때 그녀는 이렇게 선언했다.

"나는 이 세계에 흥미가 없어. 하찮은 소환물 만화나 라이트 노벨처럼 원래 세계의 지식을 써서 이 세계에서 번영을 누릴 생각도 없어. 그저 나 자신을 위해, 원래 세계로 돌아가기 위해서 전력을 다할 거야."

그 생각은 이 세계에서 살아가려는 나와는 정반대인 것이었다.

하찮다, 하찮다고 연호해대기에 아무리 나라도 마음이 불편했지만, 모를 것도 아니었다.

그녀는 분명 '익숙해질 수 없었던 것'이다.

자기가 있을 곳을 포함하여 흥미가 생기지 않는 것을 얕잡아 보고, 한심하다고 선을 긋는 마음은 모를 것도 아니다.

그러니까 그 점에 대해서 그녀의 생각을 수정할 생각은 없다.

하지만 나나호시는 나를 경계하였다. 처음에 비협력적인 언동을 취한 게 잘못이었겠지.

아마 알고 있을 사실을 내게 숨겼을 것이다.

당연하겠지. 적인지 아군인지 모를 상대를 전면적으로 신뢰할 수 없다.

나도 나나호시를 경계하였다.

그렇긴 해도 조금 실수했다고 생각한다. 혹시 거기서 얼굴을 보고 도망치지 않고 '나는 이 세계에 남겠지만, 돌아갈 방법을 찾는 건 돕겠습니다.'라고 말했으면 그녀도 경계를 풀었겠지.

뭐, 지나간 일을 후회해도 소용없다.

나나호시는 정신을 차리고 보니 아슬라 왕국에 있었다는 모양이다.

아무것도 없는 초원이고, 나중에야 거기가 아슬라 왕국이라고 알았다는 모양이다.

아무것도 없고, 주위에 아무도 없고, 어쩌면 좋을지 몰라서 난처할 때에 올스테드가 나타나서 보호해 주었다는 모양이다.

"왜 올스테드가?"

"…글쎄. 다만 그가 나를 불러낸 건 아닌 모양이야."

그녀는 아슬라 왕국에서 이 세계에 대해 배웠다고 한다. 말부터 시작해서 마법의 존재나 통화, 생활습관 등등. 이런 점은 나와 같다.

놀랍게도 그녀는 1년 만에 인간어를 마스터했다는 모양이다.

올스테드가 미움을 받는 저주를 갖고 있기에 서둘러 배울 필요가 있었겠지.

필요하다고 생각되면 누구든 빨리 배우게 된다.

아슬라 왕국에서 보낸 것은 총 2년.

그동안 원래 세계의 요리나 의복 기술 등을 전수하여 돈을 벌고, 돈으로 이권을 따내고, 이권을 써서 돈이 자동적으로 들어오는 시스템을 만들어냈다. 또한 칠대열강의 용신이 뒤에 붙어 있다는 걸 선전해서 신용을 얻고, 자신의 말솜씨로 유통 루트를 확립. 현재는 이미 평생 놀고먹을 수 있는 재산이 있다는 모양이다.

말도 배웠고 돈이라는 기반도 생겼다. 하지만 그것들은 모두 원래 세계로 돌아간다는 목적을 위한 바탕에 불과하다.

그녀는 올스테드를 따라서, 원래 세계로 돌아가기 위한 정보를 모으기 위해, 그리고 이 세계에 트립했을지도 모르는 지인을 찾기 위해, 1년 정도 세계를 돌아다녔다.

올스테드에게는 적이 많아서 여기저기서 싸움이 일어났지만, 대개의 상대는 일격으로 처리했다.

나와의 싸움도 그 중 하나였는데, 나만큼은 약간 낌새가 달랐던 모양이라 살려두라고 말했다는 모양이다.

거기에 대해서는 솔직하게 고맙다고 말했다.

원인이나 과정은 몰라도, 나나호시의 한마디가 없었으면 나는 죽었을 테니까.

"그렇긴 해도 왜 올스테드 씨는 인신과 싸우는 겁니까? 갑작스러워서 놀랐습니다."

"나도 자세하게는 몰라. 하지만 개인적인 원한이라고 그랬어. 또, 인신의 사도는 내버려두면 귀찮아지니까 일찌감치 밟아놓는다고."

개인적인 원한으로 느닷없이 공격하는 건 참아 줬으면 싶다.

또, 나는 인신의 사도가 아니다. 최근에는 시키는 대로 하지만, 만나는 건 1년에 한 번 정도다. 사도라고 할 만큼 친밀한 사이도 아니다.

아무튼 그녀는 세계를 돌며 여러 사람과 만났다.

올스테드는 미움을 받지만, 용신의 이름은 이용가치가 있어서 그가 쓴 편지 한 장만으로 유명한 마술사나 기사단장, 왕 등과 만났다는 모양이다.

"1년 만에 세계를 돌았다…?"

그 부분이 마음에 걸렸다.

나는 세계를 일주하는 데에 3년 걸렸다.

"그래, 어떤 특수한 방법을 써서."

"어떤 방법입니까?"

"그래, 알기 쉽게 말하자면 워프 장치야. 이 세계에서는 '전이 마법진'이라고 불리지. 알아?"

"이름은 들은 적 있습니다."

언제 들었더라. 분명히 마대륙에서 돌아올 때였지.

루이젤드에게 들었다. 그립군.

"전이마법진은 이미 존재하지 않는다고 들었습니다만?"

"인마대전 무렵에 만들어진 유적에는 남아 있나 봐."

"헤에, 유적. 어디에 있습니까?"

"그건 말하면 안 된다고 했으니까 말 못 해. 이 세계에는 전이 마술이 금기라는 모양이니까, 남에게 말할 게 아니라고."

"…그런가요."

"애초에 나는 따라갔을 뿐이니까 자세한 장소는 기억 못 하고."

전 세계를 돌았다고 해도 전이마법진에서 다른 전이마법진으로 돌아다니는 여행.

기억 못 한다는 건 거짓말이 아니겠지. 지도도 없이 여기저기를 워프로 돌아다니면 정확한 장소를 알 리가 없다. 가능하면 그런 편리한 것은 하나 정도 알아두고 싶다.

또 언제 무슨 일이 일어날지 모르니까.

뭐, 그건 그렇다고 치고 이야기를 되돌리자.

나나호시는 찾는 사람을 못 만났지만, 여러 사람과 만났다.

그 중에서 어떤 사람에게서 이런 말을 들었다는 모양이다.

'너는 누군가의 손에 의해 이 세계에 소환된 게 아닐까?'

"…그 사람이 누굽니까?"

"그건 말할 수 없지. 만났다는 사실을 누구에게도 말하지 말라고 했어."

"왜?"

"'나와 알게 된 것을 알면 돈이나 권력에 굶주린 자들이 꼬여든다. 귀찮은 일이 생기는 걸 원치 않는다면 이름을 숨기는 게 좋겠지.'라고 했어."

이름을 말할 수 없는 그 사람.

그 인물은 소환술의 세계적인 권위자인 듯했다.

하지만 그 인물도 이세계에서 인간을 소환하는 술법은 없는 듯했다.

애초에 이세계가 아니더라도 인간은 소환할 수 없고.

아무튼 그녀는 소환 마술에 대해 조사하기 위해 마법대학에 거점을 두기로 했다.

벌어놓은 돈 중 거액을 기부하여서 마술 길드의 B랭크와 특별생의 지위를 구입.

또한 아슬라 왕국에서의 연줄을 이용하여 교복 등을 도입. 교육제도의 개선이나 교육에 사용하는 도구를 일신. 순식간에 마술 길드의 A급으로 올라갔다.

또한 가지고 있는 지식을 제공하면 S급 지위도 가능하다는 이야기도 있었나 본데, 그녀는 그걸 사양했다.

"다시 말하지만, 나는 이 세계를 좋게 만든다든가 이 세계에서 출세하고 싶다는 생각은 요만치도 없어."

고로 자기에게 필요한 것만 만들고 제공도 하지 않는다.

나로서는 조금 불만이었다.

세상이 편리해지는 건 나쁜 일이 아닐 텐데.

그런 나의 분위기를 읽었겠지. 나나호시는 한숨을 한 차례 쉬더니 이렇게 말했다.

"있잖아, 우리는 이 세계에서 이물질이야. 너무 역사를 크게 바꾸는 짓을 하면 세계에게 배제될지도 몰라."

"세계에게 배제? 그게 무슨 말입니까?"

"SF 같은 거 안 읽었어? 말하자면 본래의 자연스러운 역사로 돌아가려는 힘 말이야."

본래의 자연스러운 역사로 돌아가려는 힘. 그리고 보면 예전에 그런 만화를 읽은 기억이 있다.

인과율이라고 하던가.

"…그런 게 정말로 있습니까?"

"모르지만 조심은 해야 한다고 생각해."

그런 건 과거로 타임 슬립한 녀석이 걱정할 일이지, 우리 같은 이세계인은 별로 신경 쓰지 않아도 될 텐데.

…뭐, 됐어. 누가 어떻게 행동하는지는 자유다.

누구에게도 방해받지 않는 환경을 만든 그녀는 소환에 대한 연구를 시작했다.

가명을 쓴 것은 나나호시의 이름에 꼬여드는 녀석들이 있었기 때문이라고 했다.

그렇긴 해도 사일런트 세븐스타라니. 조금 더 꼬아도 좋았을 텐데…. 아, 나머지 두 사람이 들어도 알 수 있게 한 건가…. 그보다 두 사람이나 더 있나?

나나호시 이외의 이름은 들은 적도 없는데….

그리고 소환 마술의 연구.

그걸 위해서는 일단 마법진의 연구에 대해 배울 필요가 있었다.

이 세계의 소환 마술은 기본적으로 마법진을 이용하여 한다. 공격이나 치유 같은 동적인 마술이 주문을 주체로 한다면, 소환이나 결계 같은 정적인 마술은 마법진을 주체로 한다는 모양이다.

그녀는 문헌을 뒤져서 마법진이란 게 어떤 것인지를 알았다.

교사에게 묻는 게 아니라 책이나 과거의 문헌을 통해 혼자 힘으로 지식을 얻었다는 것이다.

"이 세계의 인간은 생각이 너무 굳었어. 살아가려면 어쩔 수 없을지도 모르지만, 지금까지 하지 않았던 일을 하는 거니까 남에게 배울 수도 없어."

그런 식으로 말하면, 남에게 배우기만 한 나는 대체 뭐란 말인가.

뭐, 나는 지금까지 없던 것을 하려고 하지 않았으니까 괜찮지만.

"그리고 우리는 마력이 없잖아? 그러니까 마력이 있는 걸 전제로 말하는 건 곤란해."

"…엥?"

스스로 생각해도 이상한 소리가 튀어나왔다.

뭐? 마력이 없어?

"왜 그래? 뭐 이상한 소리 했어?"

"나는 마력이 있습니다. 마술도 쓸 수 있고. 지난번에는 이 세계에서도 최고급의 마력을 가졌다는 말을 들었습니다."

내가 그렇게 말하자, 그녀는 가면을 눌렀다.

가면 때문에 표정을 알 수 없지만, 감정에 움직임이 있었던 것은 느껴졌다.

"…그래, 전생이니까 다른 걸까. 내 마력 총량은… 0이라는 모양이야."

마력 총량 0. 전혀 마술을 쓸 수 없다는 소린가.

"참고로 이 세계에는 모든 것이 마력을 가지고 있다고 그래. 길바닥의 시체도. 나는 마력이 없는 세계에서 왔으니까 그것도 당연하다고 생각했는데…."

길바닥의 시체도 마력을 가졌다니 처음 알았군.

하지만 그렇다면 마력이 없다는 건 꽤나 힘든 상황 아닐까?

"그렇지, 또 이것도 당신에게는 적용되지 않으려나."

그녀는 그렇게 말하더니 가면을 벗었다.

그리운 일본인의 얼굴이다. 미소녀…라고 할 정도는 아니지만, 평균보다는 조금 위겠지. 그렇긴 하지만 나도 이 세계에 온 뒤로 예쁜 얼굴을 많이 보았다. 의외로 나나호시도 학급에서 1, 2위 레벨의 얼굴일지도 모른다.

"나는 말이지, 이 세계에 온 지 5년 정도 되었는데 나이를 먹지 않아."

불로. 5년. 그녀의 나이는 16~17세 정도일까.

"그건… 부럽네요."

그렇게 말하자 그녀는 얼굴을 찌푸렸다.

웃더니 도로 가면을 썼다.

"…뭐, 전혀 모르는 동네에서 늙어죽는 것보다는 낫겠지."

그러고 보면 인신의 꿈에 나오는 나도 늙지 않았다. 생전의 모습 그대로다.

이세계인은 기본적으로 나이를 먹지 않는 걸까.

"어떤 원리인지 모르지만, 웃기는 일이야."

"나는 평범하게 나이를 먹는데요."

"…그래. 몸의 문제일지도. 또 기회가 있으면 조사하자. 무슨 실마리가 될지도 몰라."

나나호시는 그렇게 말하더니 수중의 수첩에 뭔가를 기록했다.

알게 된 사실이나 나중에 조사하려는 것을 적는 걸까.

"그럼 이야기를 되돌릴게."

그녀는 마법진을 습득했다.

마법진이란 마력결정을 분말로 만들고 정해진 몇 종류의 재료를 섞어서 만든 염료로 그린다는 모양이다. 염료는 부착하면 대상물에 녹아들어서 그리 쉽게는 지워지지 않는다. 염료는 마력을 흘리면 그 힘이 증폭되어서 마법진의 형태에 맞는 효과를 발휘한다.

기본적으로 염료는 한 번 쓰면 증발한다.

또한 마법에 따라 사용해야 할 염료의 재료도 정해진다는 모양이다.

일단 왕급 이상의 대규모 마술을 쓰려면 특수한 염료가 필요해진다는데, 실제로 준비하려면 국가예산급의 돈이 필요하다나.

"그럼 유적의 전이마법진도 한 번 쓰면 사라집니까?"

"그건 또 달라. 더 특수한 방법으로 새겨졌어."

그렇다나 보다.

염료를 쓰는 마법진은 어디까지나 현재의 기준. 마법진이 전성기였던 시대에는 더 여러 형태가 있었던 모양이다.

현재도 그 방법은 남아 있어서, 예를 들어 돌 등으로 마법진을 조각해서 직접 마력을 흘려 넣는 방법도 있는 모양이다. 나나호시는 자기가 마술을 쓸 수 없기에 잘 조사하지 않은 모양인데, 마도구를 만들 때에는 그런 기술을 쓴다나.

"그보다 오히려 그쪽이 기본 아닙니까?"

"나는 쓸 수 없으니까 아무래도 좋아."

마법진은 형태, 염료, 마력이 있으면 어지간한 마술을 실현할 수 있지만 한 가지 문제가 있다.

마법진의 '형태'는 구전되었기 때문에 대부분은 이미 실전되었다는 모양이다.

현재 마법진을 새롭게 만들어낼 수 있는 이는 존재하지 않는다.

유적의 오지에 있는 벽화나 고대의 왕의 보물창고 안쪽에서 잊힌 스크롤. 그런 것에서 베끼지 않으면 새로운 마법진은 탄생하지 않는다.

하지만 나나호시는 그런 상황을 뒤집었다.

마법진의 법칙성을 조사하고 대량의 마법진을 그려서 실험을 반복하는 것으로 몇 가지 독자 마술의 개발에 성공했다는 것이다.

대단하다. 꼭 나도 배우고 싶다. 그렇게 생각했을 때 그녀가 못을 박듯이 말했다.

"하지만 내가 조사한 건 그리 쉽게 알려줄 수 없어."

뭐야? 싶었는데, 그녀는 계속해서 말을 이었다.

"거래를 하자."

여기부터가 본론인 듯하였다.

"나는 마력도 없고, 싸울 방법도 없어. 아마 불로지만 불사는 아냐."

"예."

"나는 이 세계가 싫어. 현실미는 없고, 밥도 맛이 없고, 윤리 관은 이상하고 불편하고…. …알 거라고 생각하지만 이 세계에는 샴푸도 없거든? 게다가 원래 세계에 남겨두고 온 사람도 있어. 그러니까 돌아가고 싶어. 당신은 어때?"

그 질문에 나는 즉답했다.

"나는 이 세계가 좋습니다. 이쪽에 지인도 많고, 돌아가고 싶지 않습니다."

"그래, 원래 세계에 남겨두고 온 가족은 없어?"

"아무런 미련도 없습니다."

생전의 일은 떠올리고 싶지도 않다.

나는 이 세계에서 살아가기로 결심했다. 그로부터 15년 지났다. 그동안 많은 일이 있었다. 좋은 일도 있었고 안 좋은 일도 있었다. 하지만 지금은 제법 충실하다.

이제 와서 돌아가라고 해도 전력으로 저항할 거다.

"그래, 미련 없이 죽었던 거구나."

나나호시는 멋대로 그렇게 해석했다.

거듭 말하지만, 그녀에게는 그때 내가 끼어든 사람이라고 말하지 않았다.

사인은 사고라고 했지만, 구체적인 상황은 숨겼다.

"나와 당신은 목적이 달라. 하지만 서로 원하는 것을 가졌어. 그러니까 거래야."

"내가 가진 것 중 나나호시 씨가 원하는 게 있습니까?"

"아까 말했잖아? 톱클래스의 마력이 있다고."

마력을 원하는 건가.

그녀의 연구실에는 대량의 마력결정이 있는 것 같았는데, 그걸로 부족한 모양이겠지.

"당신은 내 실험을 도와줘. 그리고 당신이 알고 싶은 걸 내가 가르쳐 줄게. 모르는 거라면 조사하고. 나는 인맥이 넓고 조사하는 것은 자신이 있어. 그 외에도 무슨 일이 있으면 도울게."

"말하자면 기브 앤드 테이크 관계가 되자는 겁니까?"

"그래. 이해가 빨라서 좋아."

그녀는 똑똑한 모양이니 내가 돕지 않아도 되지 않을까.

그렇게 생각했지만, 역시 같은 세계 출신이라면 생각하는 바가 있을지도 모른다.

같은 지구인은 든든하다고 말했고.

"알겠습니다. 그럼 협력하죠."

"그래, 고마워. 그 말을 들어서 다행이야. 미리 말해두겠는데, 나중에 가서 딴 소리 하긴 없기."

"남자한테 두 말은 없습니다."

"…그런 일본의 관용어를 들으니 왠지 감동하게 되네."

"동감이에요. 아무도 이해를 못 하니까요."

나나호시는 어흠 하고 헛기침을 한 뒤에 의자에 고쳐 앉았다.

주머니에서 반지를 꺼내어 장착했다. 한둘이 아니라 세 개나.

뭘 하려는 걸까?

"그럼 일단 뭐 알고 싶은 거 있어? 전이사건에 대해 조사한다고 들었는데."

"어어, 누구한테 들었습니까?"

힐끗 시선을 보내자, 우리의 대화에 섞이지 못해서 살짝 골난 피츠 선배.

아하, 내가 기절한 동안에 그와 조금 이야기를 했나.

"어어, 뭐야? 왜 그래?"

갑자기 시선을 보냈기에 그는 불안한 듯이 고개를 갸웃거렸다.

"이제부터 그 사건에 대해 이야기를 듣겠습니다. 나나호시씨, 여기부터는 인간어로 부탁합니다."

"알았어."

피츠 선배가 내 옆에 앉았다.

나나호시 쪽을 돌아보았다.

이제부터는 일본어가 아니라 인간어.

"그 사건이 어떤 구조로 이루어진 건지는 몰라. 하지만 5년 전, 딱 내가 이 세계에 왔을 때와 들어맞아."

나나호시는 다소 이야기하기 거북한 눈치였다.

5년 전, 아슬라 왕국. 이 시점에서 아무리 둔한 나라도 예상은 하였다.

그리고 그녀도 내가 다른 장소로 전이했다는 것을 피츠 선배에게 들었겠지.

"그 말은?"

"아마도 그 사건은 내가 이 세계에 왔을 때의 반동으로 일어난 거야. 즉…."

나나호시는 거기서 일단 말을 끊었다가 다시 말했다.

"즉, 내가 원인이라는 이야기가 되려나."

역시나.

반쯤은 예상했던 대답이었다.

소환과 전이가 비슷하다는 사실. 그리고 나나호시가 소환된 것. 아무리 내가 바보라도 이만큼 조건이 갖추어지면 안다.

오히려 내가 원인이 아니라서 안도했을 정도다.

하지만 피츠 선배는 그러지 않았다.

"너였냐아아아!"

평소에는 들어본 적도 없는 큰 소리를 내면서 나나호시를 향해 손을 쳐들었다.

"…그쪽?!"

나나호시가 반지를 낀 손을 들었다.

반지가 빛났다. 피츠 선배의 마술이 발동하지 않았다. 저 반지는 뭐지?

"내가, 우리가 그 재해 때문에! 아버지도, 어머니도…! 너 때문에!"

마술이 나오지 않는다는 것을 안 순간 피츠 선배는 나나호시에게 덤벼들었다.

하지만 두 번째 반지가 빛나자 그 주먹이 공중에서 뭔가에 퍼억 하고 부딪쳤다.

저 반지, 마도구…. 아니, 마력부여품인가.

"아니, 루데우스 그레이랫, 구경만 하지 말고 도와!"

나나호시의 애탄 목소리.

헉헉 숨을 내뱉으면서 또다시 주먹을 휘두르려는 피츠 선배의 손을 붙잡았다.

"피츠 선배, 진정하세요."

"이런데 어떻게 진정을 해! 이 녀석이 원인이라고 지금 자기 입으로 말했어! 왜 그렇게 냉정할 수 있지! 너도, 너도 고생했잖아!"

피츠 선배는 평소에 본 적 없을 정도로 흥분하였다.

평소에는 공사를 딱 가리는 태도지만, 역시 전이사건으로 소중한 사람을 잃은 것이다.

5년이 지나면서 어느 정도 마음의 정리가 되었다고 해도, 사건을 일으킨 장본인을 눈앞에 두고 냉정하게 있을 수 있을 리가 없다.

하지만 내가 들은 이야기로는 그 사건을 일으킨 것은 나나호시가 아니다.

나는 생전에 그녀가 전이했다고 여겨지는 순간 함께 있었다. 왜 나와 그녀 사이에 10년의 차이가 생겼는지는 불명이지만….

즉, 그녀 또한 휘말려들었을 뿐이라고 할 수 있다.

아, 그렇지. 그런 이야기는 일본어로 하였다.

즉, 피츠 선배는 듣지 못했다. 착각해도 이상하지 않다.

"죄송합니다. 설명이 부족했습니다. 그녀도 자기가 오고 싶어서 온 게 아닌 모양입니다. 즉, 피해자입니다."

"피해자…. 그, 그래?"

피츠 선배는 아직도 숨을 헐떡이고 있었다.

하지만 내 말을 믿는 건지 크게 숨을 내뱉더니 의자에 앉았다.

"미안해. 조금 사려 부족한 말이었네. 사죄할게."

"…아니, 됐어. 나야말로 갑자기 그래서 미안."

피츠 선배는 아직 흥분이 가라앉지 않은 느낌이라서 표정도 험악한 상태였지만, 일단 냉정을 되찾은 모양이었다.

그렇긴 해도 나나호시는 내가 화를 내며 덤벼들 가능성이 있다고 생각하고 반지를 낀 걸까. 의외로 만만찮군.

그보다 저 반지 편리해 보인다. 방어수단일까. 나도 하나 있으면 좋겠다.

"아무튼 그 사건에 대해서는 나도 잘은 몰라. 그 사건으로 내가 소환되었지만, 누가 어떤 목적으로, 그리고 어떻게 그런 재해를 일으켰는가, 그런 쪽으로는 아무도 몰라."

"올스테드…씨는 아무 말 안 했습니까?"

"그래, 이런 일은 처음이라는 말밖에 하지 않았어."

그래, 모르는 건가.

뭐, 신이라는 이름이 붙은 놈들이 모른다면 그렇게 간단히 해명되지 않겠지.

아니, 잠깐. 그 재해는 올스테드가 일으켰을 가능성도 있지 않나?

나나호시의 말을 전면적으로 신용한다면 올스테드가 일으켰다고는 도저히 생각할 수 없지만, 뭔가 숨기고 있을 가능성도 있다.

아니, 그건 이상한가. 혹시 그렇다면 인신은 올스테드가 그랬다고 말하겠지. 저주 때문인지 올스테드를 싫어하는 모양이고.

게다가 자기가 소환해 놓고서 돌아가려는 이를 전면적으로 지원한다면 말이 안 된다.

"그럼 왜 자기가 원인이라고 말했습니까?"

"나중에 이러네 저러네 하는 소리 듣기 싫잖아. 그러니까 미리 말했어. 아마도 내가 원인이라고."

"과연."

숨기기보단 먼저 말해두는 건가.

그리고 사실은 아니라고 정정한다. 나중에 알려지는 것보다 분노가 수습되기 쉽겠군.

물론 나나호시나 올스테드가 거짓말을 했을 가능성도 고려해야겠지만.

"하지만 전혀 알 수 없나요."

"알 수 없어. 하지만 연구의 가닥은 잡혔어."

"연구가 진행되면 전이사건의 진상도 알 수 있다?"

"적어도 이론적으로는 설명이 가능할 거야."

알 거라고 단언할 순 없나. 오히려 신용할 수 있군.

"그러기 위해선 대량의 마력이 필요해."

"과연, 내 존재는 때맞춰 내려온 두레박이었군요."

"때맞춰 내려온 두레박이라…. 후후, 그래, 맞는 말이야."

우리의 대화에 피츠 선배는 퉁명스러운 기색이었다.

그는 아직 나나호시를 의심하는 걸까.

그렇긴 해도 설마 그 온후한 피츠 선배가 그렇게 흐트러지다니. 지인 중 한 명은 찾았다고 했는데…. 그래, 부모님이 돌아가셨나….

조금 진정이 된 뒤에 말하는 편이 좋았을걸.

"알겠습니다, 나나호시 씨. 오늘은 저도 정리가 안 되니까 나중에 다시 만나러 오겠습니다. 구체적인 일의 내용은 그때에."

"알았어. 그럼."

마지막에 짧게 말을 나누고 나는 피츠 선배를 데리고 그 자리를 떴다.

★　★　★

피츠 선배에게 나나호시의 사정을 처음부터 말해 주자 조금은 진정했다.

억지로 이 세계에 끌려와서 돌아가려고 필사적으로 노력한다고 말하자, 피츠 선배도 화가 가라앉은 듯했다.

하지만 마지막에 이렇게 물었다.

"그래서 루데우스는 그녀를 어떻게 생각해?"

어떻게 생각하냐니.

이건 결코 얼굴 이야기가 아니겠지. 신용하느냐 아니냐의 이야기다.

전생한 나는 그녀의 이야기를 쉽사리 받아들일 수 있지만, 이 세계에서 나고 자란 피츠 선배에게는 다소 믿기지 않는 이야기일지도 모른다.

하지만 나나호시의 어조에서는 이 세계 따윈 아무래도 좋다고 생각하는 느낌이 들었다.

마치 얼른 일을 끝마치고 집에 돌아가고 싶다고 말하는 듯.

그녀는 나와 달리 이 세계에 온 뒤로 성공이 계속되었던 모양이고.

많은 것을 가볍게 생각하는 구석이 있을지도 모른다.

고생을 자랑할 생각은 없지만… 조금 마음에 안 드네.

"솔직히 마음에 안 드는 구석은 있습니다만, 일단은 신용합니다."

"…그래, 마음에 안 드는구나…. 응, 그럼 됐어."

피츠 선배는 쓴웃음을 지었다.

혹시 여기서 나나호시를 전면적으로 신용한다고 말하면 '더 경계해야 해.'라고 충고했을까. 이쪽이 찾아간 거니까 속임수고 뭐고 없을 거라 생각하는데….

뭐, 그만큼 뜬금없는 이야기고.

쉽사리 믿은 나를 걱정하는 마음은 모를 것도 아니다.

"걱정해 주는군요, 선배. 감사합니다."

"어?! 아, 아니, 거, 걱정은, 아냐. 응…, 별 말을."

허둥대는 피츠 선배의 모습에 조금 안도했다.

아무튼 이렇게 나와 나나호시는 협력 체제를 맺었다.

물어보고 싶은 건 아직 많지만, 서두를 건 없다. 조금씩 물어보면 된다.

막간   실피에트 4

최근 초조한 마음이 늘었다.

사일런트는 여성이었다.

뭐, 그건 좋다. '공주님'의 정보망으로 그런 소문은 들었었다.

실제로 그녀가 여태까지 해 온 일도 따지고 보면 여성이 기뻐할 것이 많았다. 음식에 의류, 두발용 비누 등은 자기 자신을 위한 것이었다고 생각하면 납득이 간다.

내 초조함은 그녀 자신 때문이 아니다.

루디다.

아무래도 루디는 그녀에게 열을 올리는 모양이다.

루디의 주위에는 아름다운 사람이 많다. 리니아와 프루세나, 엘리나리제는 크리프와 교제를 시작했지만, 아름다운 여성이라는 사실은 변함없다.

루디는 그런 그녀들에게 별로 관심을 보이지 않는다.

하지만 사일런트만큼은 달랐다.

루디는 분명히 그녀를 특별시한다.

그녀가 곤경에 처했으니까 돕는다는 마음은 있겠지. 루디는 곤란해 하는 이를 돕는 사람이니까. 하지만 그뿐만이 아니다.

루디와 사일런트 사이에는 뭔가 특별한, 내가 모르는 관계가 있다.

그 관계가 틀림없이 두 사람의 사이를 가깝게 하였다.

그것은 연애감정과는 다른 거겠지.

실제로 루디에게서도 사일런트를 좋아하는 느낌은 없었다.

하지만 사일런트와의 경우는 마음의 거리가 다른 아이들과 비교해서 가까운 듯했다.

그 거리는 어쩌면 부에나 마을에 있을 때의 나보다도.

루디는 사일런트의 실험을 거들게 된 뒤로 '피츠'와 함께 전이 사건을 조사하는 기회도 줄었다. 사일런트와 함께 있는 시간이 늘었다.

함께 있는 시간이 늘어나면 연애감정과 비슷한 것이 싹틀지도 모른다.

리니아나 프루세나 때에는 그만큼 강한 생각이 들지 않았지만, 사일런트에게 루디를 빼앗긴다고 생각하면 마음이 답답했다.

어쩌면 나는 사일런트를 싫어하는 걸까.

아니, 사일런트와는 별로 이야기한 적이 없다. 싫어하고 뭐고 없겠지.

다만, 루디를 빼앗기는 게 싫다.

그녀는 갑자기 튀어나온 주제에 루디와 옛 친구처럼 굴며 예전부터 같이 있었다는 듯이 옆에 앉았다. 아주 가까운 위치에.

하지만 거기는 내 자리다.

그야 지금은 아무도 앉지 않았을지도 모르니까 내가 불평을 할 순 없지만.

하지만 혹시 앉고 싶다면 제대로 순서를 밟았으면 싶다.

지금부터라도 좋으니까 루디와 함께 이것저것 하면서 추억을 만들었으면 싶다.

그게 아니라면 앉는 장소를 바꾸었으면 싶다. 그렇다면 나도 납득할 수 있을지도 모른다.

"하아…."

이대로 루디와 소원해지는 걸까.

'공주님'은 시간을 들여도 된다고 말씀해 주셨다.

그렇긴 해도 본격적으로 틀렸다 싶으면 '공주님'은 '피츠'에게 루디와의 접촉을 그만두라고 말하겠지.

멀어진다.

루디는 '피츠'와 떨어져도 지금까지처럼 생활하겠지.

내가 있던 장소에는 사일런트가 앉고, 어쩌면 그대로 함께….

…역시 싫다.

이대로는 좋지 않다.

하지만 어쩌면 좋을까?

그건 뻔하다. 얼른 내 정체를 밝히고 당당히 할 말을 하면 된다.

그러면 적어도 한 걸음 전진할 수 있다.

"……."

뻔한 사실이지만 다리가 굳어서 앞으로 나갈 수 없다.

혹시 그랬다가 안 되면, 하는 생각이 들어서 발을 내딛을 수가 없다.

현황을 유지하면 확실히 후회할 텐데도 나는 발을 내딛을 수가 없다.

나는 언제부터 이렇게 겁쟁이가 되었을까. 분명히 옛날에는 겁쟁이였지만, 최근에는 조금 용감해졌을 텐데.

어디서 용기를 잃어버린 걸까.

누가 내 용기를 좀 돌려줬으면.

제7화　마법대학에서의 하루

마법대학에 들어온 지 이제 곧 1년이 경과한다.

나는 열여섯 살이 되었다.

이 세계에서는 다섯 살, 열 살, 열다섯 살 이외에는 축하하는 풍습이 없어서 나도 내 생일이 언제였는지 전혀 기억이 안 나게 되었다.

모험가 카드를 매일 보면 알겠지만, 매일 볼 만한 것도 아니고.

뭐, 나이는 아무래도 좋다.

나나호시를 만난 뒤로 하루의 흐름에 변화가 생겼다.

일단 아침에 일어나서 트레이닝.

이건 평소와 거의 같은데, 검술 훈련을 하고 있으면 가끔씩 바디가디가 나타나게 되었다.

그는 같이 연습을 해 주는 것도 아니고, 충고를 해 주는 것도 아니고, 그냥 묵묵히 구경만 했다. 여섯 개의 팔로 팔짱을 끼거나 허리에 대고서 고개를 끄덕인다.

뭘 납득하는 건지는 모르겠지만, 딱히 아무 말도 하지 않았다.

입을 열면 새벽부터 큰 소리로 웃어젖혀서 사람들에게 민폐를 줄 테니 나도 묻지 않았다.

솔직히 말해서 그를 어떻게 대해야 좋을지 알 수 없었다. 시원시원한 인물이기는 한데, 무슨 생각을 하는지도 알 수 없다. 일단 마왕이니까 성미를 거슬렀다간 문제일 것 같았다.

그런 식으로 생각하던 어느 날, 바디가디는 입을 열었다.

"흠, 매우 흥미로운 훈련인데 무슨 의미가 있지?"

최초의 말은 내 가슴에 쿡 하고 박혔다.

"헛수고는 아닐 겁니다."

그렇게 반론하자,

"자네는 이상하게 마력이 많아. 그럼 투기를 두르지 않고 훈련해 봤자 의미는 없겠지."

그런 대답이 돌아왔다.

투기. 투기 말이지. 생각해 보면 이 투기란 단어는 여태까지 몇 번이나 들었다. 하지만 그걸 어떻게 두르는가 하는 점이 애매모호했다.

좋은 기회니까 물어보자.

"투기란 건 뭡니까?"

"투기란 마력이다!"

바디가디 왈, 투기란 체내의 마력을 사용하여 신체능력을 폭발적으로 상승시키는 기술이라는 모양이다. 말하자면 신체강화. 이건 내가 예상한 대로였다.

"어떻게 두릅니까?"

"몸을 이루는 살점 하나하나를 마력으로 뒤덮고 감싸는 거지!"

"오오."

훌륭한 조언을 얻었다.

이게 마왕의 지혜인가. 이걸로 나도 강해질 수 있다. 한 단계 위의 존재가 될 수 있다.

그런고로 드래〇볼처럼 마력을 방출해 보거나 염〇력처럼 몸의 주위에 흔드는 느낌을 의식해 보는 등, 이것저것 해 보았다.

하지만 내 신체능력에는 차이가 없었다. 강해질 수 있다는 느낌이 들었을 뿐이었다.

"자네는 그거로군! 재능이 없어!"

내가 못 하는 이유를 간단히 해설.

보통 투기란 것은 몸을 단련하면 자연스럽게 그 사용법을 알게 된다는 모양이다.

나도 그럭저럭 트레이닝을 했다고 생각하지만, 아직 투기를 두를 수 없다.

고로 재능이 없다는 소리.

아무리 단련해도 투기를 쓸 수 없는 녀석이 가끔은 있다나

보다.

"푸하하하하! 하지만 자네에게는 필요 없겠지! 라플라스도 투기 같은 걸 쓰지 않았지만, 강했다!"

바디가디는 나와 비교할 때 곧잘 라플라스의 이름을 들먹인다.

막대한 마력량이란 점에서 공통점이 있기 때문일까.

"바디 님은 라플라스와 만난 적이 있습니까?"

"음, 일격으로 몸의 대부분이 소멸되어서 부활하는 데에 시간이 많이 들었지! 그때는 진짜 죽는구나 싶었어! 푸하하하하!"

자랑스럽게 말할 내용인가?

뭐, 강한 상대와 싸워서 살아남았다는 것만으로도 충분히 자랑이 되겠지.

바디가디 왈, 라플라스는 의문이 많고 수상쩍은 남자지만, 마력 사용법만큼은 대단했다는 모양이다.

"저도 라플라스처럼 싸우면 강해질 수 있을까요?"

"그만둬라. 녀석처럼 마력을 썼다간 자네의 몸은 순식간에 박살나겠지. 애초에 인간의 몸으로 그 마력을 유지하는 것 자체가 이상하니까!"

강대한 마력은 몸을 망친다.

나도 그게 왠지 모르게 이해되었다. 마력을 담는다는 작업은 팔을 한계까지 뻗는 작업이다. 반대로 구부러질 때까지 뻗으면 당연히 팔이 부러진다.

라플라스란 녀석은 막대한 마력과 어울리는 육체와 기술을 가졌다.

나는 육체도 기술도 없다. 인간의 몸으로는 아무리 단련해도 라플라스처럼은 될 수 없다.

"애초에 강해져서 뭘 할 거지?"

"뭘 할 거냐고 하셔도."

한 차례 죽을 뻔했으면 다음에는 그런 일이 없도록 하려는 게 당연할 텐데.

"나는 강함과 명성을 추구하다가 도를 넘은 남자를 몇 명 알고 있는데, 좋은 모습들이 아니었다. 특히나 내 조카 녀석은 콧대만 높아서 말이지. 지금은 꽤나 얌전해졌지만, 죽기 직전까지 세계 최강의 영웅이 되고 싶다고 선언하고 다녔지. 그런 것보다 중요한 건 얼마든지 있는데."

"중요한 것? 이를테면?"

"이를테면 여자지! 자네도 한 명 찾으면 알게 될 거야! 푸하하하!"

바디는 의기양양하게 말했다.

생전의 만화 같은 데에서도 강함만을 추구한 녀석은 좋은 꼴을 보지 못했다. 나도 딱히 그렇게까지 추구할 생각도 없다.

이 세계에도 강한 녀석은 잘난 척할 수 있지만, 힘이 곧 정의인 것은 아니고.

강함을 추구하기보다 여자를 추구한다는 향락적인 생각이 더 이해가 된다.

하지만 병 때문에 여자에게 세게 나갈 수 없는 나는 어떻게 해야 할까.

"그런데 마왕님."

"뭐지?"

"불능을 치료하는 법을 모르십니까?"

"······모른다."

내게는 마왕의 지혜가 별 도움이 되지 않는 듯했다.

트레이닝 후에는 아침식사를 하고 수업에 나간다.

오전 중에는 중급 해독 마술에 대해 배운다.

해독 마술은 초급으로 대부분의 증상에 대응할 수 있다.

하지만 특정 병이나 랭크가 높은 마물이 쓰는 독, 증상이 진행된 상태에 대해서는 딱 맞는 주문과 막대한 마력이 필요하다.

중급 이상의 해독 마술에서는 그런 정확한 주문을 배운다.

그 주문이 또 길다. 중급 시점에서 공격 마술의 몇 배 길이였다. 옛날의 높으신 분이 길었던 주문을 줄였다고 하는데, 중급 이상은 그게 통용되지 않는 모양이다.

종류도 많다.

중급에서 50개 이상의 주문을 외워야만 했다. 게다가 개중에는 독을 만들어내는 마술도 존재했다. 독은 약도 된다는 말이 흔히 있다.

상급은 100개 이상. 이 정도 되면 보통 이상의 암기력이 필요하다.

성급 이상이 되면 암기할 필요성도 쑤욱 줄어들지만, 대신 소비마력이 올라간다.

또한 왕급 이상은 각 나라에서 연구해서 비밀에 부친다.

치유 마술이 안 듣는 독을 만들어서 다른 나라를 위협하고 그걸 치료하는 술식을 만든다.

어느 세계고 바이러스와 백신은 쳇바퀴 도는 꼴이다.

참고로 신급 해독 마술은 어떤 기병을 치유하는 마술이라는 모양이다.

분명히 마석병이라고 했던가. 체내의 마력이 차츰 마석으로 변하는 병이라는 모양이다.

역대 딱 한 명밖에 쓸 수 없었다는 마술의 주문은 미리시온의 대성당에 소중하게 보관되어 있다고 한다.

참고로 중급, 상급, 성급으로 랭크가 오름에 따라 주문이 길어진다.

왕급 정도 되면 책을 한 권 읽는 레벨이 아닐까.

아무리 이 몸의 암기력이 뛰어나다고 해도 죄다 암기하려면 시간이 필요하겠다.

경문을 외워야만 하다니 어느 세계고 승려는 큰일이다.

뭐, 나도 주문을 기록한 책을 가지고 다니지만.

어쩌면 해독 마술을 습득하면 내 병도 고칠 수 있을지도 모른다.

그렇게 생각하며 고른 수업이었는데, 교사에게 물어보니 적어도 상급 레벨까지는 ED를 고치는 방법이 존재하지 않는다는 모양이다.

당연한가.

수업 후에는 점심식사다.

지금까지 밖에서 먹었지만, 슬슬 추워지니까 건물을 만들기로 했다.

흙 마술을 써서 테이블 주위에 지붕과 벽을 두르고 테이블 한가운데에 구멍을 뚫어서 거기에 불을 피운다. 천장에 환기구를 뚫으면 순식간에 눈집이 완성된다. 불로 달군 돌 테이블은 꽤나 따뜻하고 쾌적하다.

그 정도 되었을 때 지너스 수석교사가 나타나서 야단쳤다.

밖에서 건물을 만들 거면 안에서 먹으라고 하기에 같이 식사하기로 했다. 자노바가 싫어할까 싶었는데 의외로 아무 말도 하지 않았다.

"3층이면 줄리가 자리에 앉을 수 없으니까요."

3층이면 노예 신분인 사람에게는 의자가 없다는 모양이다.

물론 로컬 룰이다.

자노바는 줄리를 노예 취급하지 않는다. 어디까지나 자신의 사제로서 대접했다.

그렇긴 해도 입장은 자기보다 아래라서 이것저것 턱짓으로 부리는 장면도 보았다.

노예 대접은 천차만별이지만, 자노바의 경우가 좋은 건지 나쁜 건지 나로서는 모르겠다.

하지만 대놓고 노예 대접을 하는 것보다는 기분이 괜찮다.

"어, 어이, 루데우스다…."

"대단하네. 고작 1년 만에 특별생을 죄다 해치웠어."

"나는 마왕을 해치우는 모습을 봤어. 일격이라고, 일격…."

식당에 들어가자 인파가 갈라지고 쑥덕대는 소문이 들렸다.

죄다 해치운 기억은 없고, 마왕은 한 대 때리고 세 대 얻어맞았는데….

기분은 나쁘지 않지만, 너무 콧대가 높아지고 싶지는 않다. 올스테드 때는 그랬다가 아픈 맛을 봤다. 나는 콧대가 높아지면 안 되는 인간이다.

참고로 갈라진 인파는 제일 안쪽에 있는 테이블로 이어졌다.

"푸하하하! 아무리 자네라도 추운 건 싫은가."

어째선지 거기에는 바디가디가 앉아서 식당 메뉴에 없을 터인 알콜을 벌컥벌컥 마시고 있었다. 피부가 검정색에서 검붉은 색으로 변색된 것을 보면 술기운이 돈 걸까. 녀석의 근육은 정체를 알 수 없다.

주위 학생들은 얼른 앉으라는 느낌으로 멀찍이서 구경하고 있었다.

밥을 먹을 때는 항상 여기를 쓰라는 소리겠지.

참고로 2층에는 엘리나리제와 크리프가 있다. 딱 한 번 그 광경을 본 적이 있는데, 그야말로 바보 커플이다. 아앙~을 하면서 먹여 주거나 남의 눈을 신경도 쓰지 않고 키스를 하거나.

보고 있으면 허무해지기에 최대한 가까이 가고 싶지 않다.

"마스터, 마왕님이 마시는 거, 아주 맛있어 보입니다."

"푸하하하! 역시나 드워프로군! 딱 한 번 보고 이 술의 훌륭함을 알다니! 그래, 이건 머리에 털뭉치를 올려놓은 남자가 숨겨놓은 비장의 물건이야!"

줄리는 자노바의 소매를 잡아당기면서 그런 말을 하였다.

드워프는 주당이라고 들었는데, 역시 줄리도 그런 걸까.

하지만 아무리 그래도 너무 어리겠지…라고 생각한 것은 나뿐이었던 모양이다.

"흠, 바디 님, 조금 나누어 주실 수 있겠습니까?"

"물론이지. 술은 혼자 마셔도 맛이 없으니까! 조금 정도가 아니라 벌컥벌컥 마시라고! 푸하하하!"

줄리는 바디가 찰랑찰랑하게 술을 따라준 컵을 받고 꿀꺽꿀꺽 마셨다.

괜찮은 걸까? 아무리 그래도 너무 어리지 않나?

나중에 해독을 걸어 주면 된다고는 하지만….

뭐, 나도 이 세계에서 일곱 살 때 조금 마셨으니 남보고 뭐라고 할 순 없지.

"어디, 그럼 저도 한 잔."

"너는 수업이 있으니까 안 돼."

"스승님이 그렇게 말씀하신다면. 바디 님, 죄송합니다만."

"푸하하하! 술도 마음대로 못 마시다니 학생은 고생이군!"

그런 대화를 나누면서 그 날 점심식사를 마쳤다.

점심식사를 마쳤으면 또 수업이다.

여기서는 치유 마술 상급을 배운다. 5학년 교실이다.

의외로 여기서 프루세나와 같은 교실이 되었다. 뭐가 의외냐
하면, 프루세나가 혼자라는 점이다. 리니아는 다른 수업을 받는
다는 모양이다.

프루세나는 주로 치유 마술 방면, 리니아는 공격 마술 방면
의 수업을 받는 듯하다.

보통은 불량해 보이는 프루세나지만, 건육을 씹으면서도 진지
하게 수업을 들었다.

물론 특별생에 불량했던 탓에 두려움을 사서 최근에는 외톨
이 신세.

실기 수업 때는 2인조를 짤 수 없어서 고생이라는 모양이다.

그래서 내 존재를 꽤나 고마워했다.

"보스에게라면 내 소중한 것을 줘도 좋아."

그러면서 먹던 건육을 줄 정도였다.

나는 고맙게 그걸 받아서 날름날름 핥아가면서 먹었다.

프루세나는 아주 싫은 얼굴을 했다. 자기가 줘놓고서….

리니아로 말하자면 최근 나에게 공격 마술에 대해 이것저것 묻고있다.

주로 혼합 마술 쪽을 모르겠다는 모양이다.

공격 마술사가 고민에 빠지는 것은 대개 혼합 마술인 모양이다.

실피는 별로 막히는 인상이 없었는데, 이것도 어른과 아이의 사고방식의 유연함이 다른 탓일까.

오늘은 물과 불의 혼합 마술에 대해서. 옛날 생각이 나는군.

증발과 응고, 융해라는 상전이에 대해 '비의 메커니즘'으로 설명해도 리니아는 고개만 갸웃거렸다.

"바다가 죄다 비가 되면 바다가 없어지는 거 아니냐."

"비가 되면 그 다음에는 바다로 흘러드니까 총량은 똑같습니다."

"거짓말이다냐, 대삼림에서 물은 지면으로 스며든다냐."

이 말을 한 리니아는 기분 좋을 만큼 의기양양한 얼굴이었다.

"지면에 스며든 물은 나무가 빨아들이든가, 아니면 지하수가 되어서…."

일단 그렇게 순서대로 설명했지만 고개만 갸웃거렸다.

바닷물이 증발해서 구름이 되고, 구름 안에서 빗방울이 성장하고 마침내 떨어진다는 것을 이해할 수 있으면 어느 정도 응용이 되는데….

그렇긴 해도 길레느만큼 이해력이 없는 것도 아니니까 조만간 이해하겠지.

마술로 물을 만들 수 있는 이 세계의 비가 전생 세계와 똑같다고만 할 수 없지만.

공격 마술이라면 토(土) 속성의 성급 마술을 습득했다.

'샌드스톰'.

상급 마술 '더스트스톰'의 상위호환이다.

말로 하면 대단할 것 없지만, 실제로 써 보니 엄청난 양의 강풍과 모래가 일대를 뒤덮었다.

시야는 가려지고, 숨쉬기도 힘들어졌다.

효과 시간이 끝나고 광범위에 걸쳐서 무너지기 쉬운 모래가 남았다.

수성급의 '큐므로닌버스'가 비와 폭풍의 마술이라면 '샌드스톰'은 모래와 폭풍의 마술이다. 성급은 기후에 작용하는 게 많은 모양이다.

가르쳐 준 교사의 말로는 '작물 등에 피해를 줄일 수 있으니까 시내에서는 쓰지 않도록.'이라고 했다.

성급을 가르칠 때에는 그렇게 말해두는 게 관습일까.

아무튼 이걸로 나도 토성급 마술사가 되었다.

다른 두 속성에 관해서도 짬이 나면 교사를 찾아서 배우기로 하자.

덧붙여서 그 토성급 교사는 '네가 성급을 모를 줄은 몰랐어.' 라는 말을 들었다.

내 무영창 마술의 공격은 이미 왕급의 영역에 도달했다는 모양이고, 이미 성급 정도는 당연히 알 거라고 생각했다는 모양이다.

그 마왕님은 자신에게 날린 스톤 캐논은 제급의 위력이라고 가르쳐 주었다.

그럼 토제급이라고 칭해도 좋겠냐고 물었더니, 그렇게 말하는 건 자유라고 그랬다.

뭔가 의미심장한 말이기에 그만두기로 했다.

이유도 없이, 나는 대단하다고 선전해도 좋은 꼴은 못 보겠고.

오후에는 나나호시의 연구실로 간다.

그녀의 연구실은 넓다.

하지만 들어가면 물건들이 정신없이 놓여 있기 때문에 비좁은 인상을 받는다.

창고 같은 구역에서 조금 이동하면 내마 벽돌로 둘러싸인 실험실이었다.

거기서 또 옆 교실로 가면 나나호시의 침실이다.

침실 한켠이 식량창고처럼 되어 있는 모양인데, 음식물과 함께 자도 쥐나 바퀴벌레가 나오지 않는 걸까?

방의 상황을 스윽 보고 안 건데 그녀에게는 골방지기가 될 재능이 있다.

내가 하는 말이니까 틀림없다.

참고로 침실 출입은 당연히 금지되었다.

자, 그녀를 돕는 것 말인데, 기본적으로는 소환 마술에 관한 실험이었다.

실험에서 내가 하는 일은 그녀가 독자적으로 그린 마법진에 마력을 넣는 단순작업이다. 그렇다고 해도 양이 많았다. 그것은 '아마도 실패하리라고 여겨지는 마법진'에 대한 어프로치도 하기 때문이다.

아무리 돈이 남는다고 해도 마력결정이 항상 쌓여 있는 것도 아니고, 시장에 유통되는 마력결정의 양에도 한도가 있다. 그걸 독점했다간 곳곳에서 원한을 살 테니까 주저하던 실험이라는 듯했다.

그저 마법진에 마력을 넣을 뿐.

대개는 아무것도 나오지 않았다. 염료가 사라지고 밑그림만 남는다.

하지만 가끔씩 의외로 엄청난 양의 마력이 쉬익 빨려들더니 이상한 게 덩그러니 튀어나왔다.

더러워진 검은 새의 깃털이나 벌레 다리라든가.

성공한 거냐고 묻자 물론 실패라는 대답이 돌아왔다.

말하자면 나나호시는 수천만 개의 마법진 패턴 중에서 무차별로 정답, 혹은 법칙성을 찾으려는 거라고 생각하지만… 정신이 아득해지는 작업이다.

"그보다 구체적으로 이건 무슨 실험입니까?"

"우리 세계에서 인간을 소환하기 위한… 그 전의 전의 전의 전단계의 이론을 위한 실험이야."

인간을 소환하는 마법진이 완성되면 반대로 돌려보내는 마법진도 만들 수 있다…일지도 모르겠다.

그렇다고 해도 전의 전의 전의 전인가. 아직 앞날은 아득하군.

"그건 좋지만, 인간을 소환하다니. 똑같은 짓을 했다간 또 그 재해가 일어나는 거 아닙니까?"

"물론 재해를 일으킬 생각은 없어. 하지만 앞으로 두 개의 이론이 실증되면 그 재해가 일어난 이유의 가설이 세워져."

"실험에 실패는 따르는 법이라는 말도 있으니, 너무 가볍게 생각하지 말아 주세요. 그 재해로 사망자가 많이 나왔으니까요."

"그렇게 말하자면 '인생에'겠지. 그런 말 안 해도 알아. 그러니까 이렇게 밑바탕을 다지고 있잖아."

잘은 모르겠지만, 이건 밑바탕을 다지는 작업인 모양이다.

이거 나도 소환술을 배우는 편이 나을지도 모르겠다.

"나도 소환 마술에 대해 배우고 싶은데요."

"소환술은 내 생명선이야. 그렇게 쉽게 가르쳐 줄 수 없어."

"뭐든지 가르쳐 준다고 그랬잖아요?"

그렇게 말하자 나나호시는 쯧 하고 혀를 찼다.

"그럼 지금 실험이 끝나거든 질문에 하나 대답해 줄게."

"하나? 수지가 안 맞는데요?"

"어찌 되었든 모든 실험이 끝나고 내가 돌아갈 때에는 실험성과나 정보나 연줄을 죄다 당신에게 줄 거니까, 지금은 좀 참아."

나나호시는 짜증을 냈다.

뭐, 아직 아무런 성과도 안 나오는데 이거 달라 저거 달라 하는 것은 아닌가.

그렇게 생각하고 있는데, 책 한 권을 내게 내밀었다.

시그의 소환 마술이라고 적힌 책이었다.

"그렇게 알고 싶거든 자기 손으로 조사해."

어디서 본 적은 있는데 읽은 기억이 없다. 고맙게 읽기로 하자.

─나나호시의 실험은 지금으로선 그런 느낌이다.

도서관에 가는 일은 없어졌다.

하지만 피츠 선배는 이따금 실험에 따라왔다.

그를 보면, 내가 하는 작업이 가혹하다는 걸 알 수 있었다.

그는 스크롤을 스무 장 정도 발동시킨 것만으로도 마력 고갈을 일으켰으니까.

"루데우스, 이거 한 장만으로 상급 마술과 비슷하게 소모해."

피츠 선배는 무영창 마술을 쓰지만, 그래도 마력 총량은 그렇게 많지 않은 모양이었다.

아니, 일반적인 레벨에서 보면 꽤나 많은 축인 모양이지만, 역시 내가 상식밖이란 걸까.

누가 숫자로 좀 표시해 주면 좋겠다.

하지만 실력자라는 피츠 선배도 이 정도다.

나나호시가 어떤 마법진을 그렸는지는 모르지만, 소환 마술이란 그렇게나 마력을 무식하게 먹는 것일까.

공격 마술과 달리 전투 중에 몇 번이나 쏠 수 있는 게 아니고, 다소 많더라도 이상할 것 없다지만 명백히 실패한 스크롤조차도 피츠 선배가 마력 고갈을 일으키는 건 이상하지 않나?

아니, 이세계에서 소환하는 거니까 그렇게나 마력을 소비하는 걸까.

"미안, 나는 호위 일도 있으니까 이걸 도울 순 없어…. 무슨 일이 있을 때에 마력을 남겨두어야만 해…."

"그건 어쩔 수 없지요."

최근 피츠 선배의 표정이 어둡다.

조금 상처입은 걸지도 모르겠다. 마술에 관해서는 자존심도 있었겠고.

그래, 누구든 자존심은 있다. 나는 그렇게 중시하지 않지만, 그처럼 나이가 어리면 그 자존심을 소중히 여겨도 이상하지 않다.

"……."

나나호시는 피츠 선배에게 말을 걸지 않는다.

피츠 선배도 나나호시를 다소 거북하게 여기는 모양이었다.

"난… 도움이 안 되나."

피츠 선배는 쓸쓸하게 말했지만 나는 고개를 내저었다.

"그렇지 않습니다."

"그래?"

"예, 피츠 선배가 있어 주면 든든하죠."

1년 동안 나는 피츠 선배에게 많은 신세를 졌다.

이제 와서 도움이 안 되니까 그만 하라도 말하고 싶지 않다.

피츠 선배가 도저히 안 되겠다고 하면 붙잡진 않겠지만, 그래도 도움이 안 되니 빠지겠다라고 한다면 '기다려 주세요.'라고 외치고 싶다.

"시간이 있을 때라도 좋으니까 와 주세요. 지금까지 같이 조사했잖습니까. 같이 진상을 캐죠."

"…그래, 고마워."

피츠 선배는 그렇게 말하고 빙그레 웃었다.

나는 왠지 이 미소에 약하다. 피츠 선배, 올해로 열세 살이라고 생각하는데, 몇 년만 더 있으면 여자깨나 울리는 미남이 되겠지.

아니, 뭐라고 할까. 요즘 피츠 선배가 여자로밖에 안 보이는데.

내 눈이 이상한 걸까. 어쩌면 나는 그런 쪽으로 눈뜬 걸까.

해가 지면 피츠 선배와 함께 기숙사로 돌아온다.

여자기숙사 앞에서 헤어진다.

"아, 그렇지, 루데우스."

"무슨 일인가요?"

"너 이제 이 길을 가도 괜찮지 않아?"

피츠 선배는 그렇게 말하며 눈앞에 있는 길을 가리켰다.

이 학교에 들어온 직후에 속옷 도둑으로 몰려서 고생했던 길이다.

나는 그 날 이후로 이 길 근처에 얼씬거리지 않았다.

"그렇게 말해놓고서 여길 지나가면 소리칠 거죠?"

"후후, 넌 여자기숙사에서 꽤나 인기가 생겼어."

"어? 진짜가요? 테니스 서클에서 인기 많은 왕자님입니까?"

"테니스…?"

피츠 선배는 놀란 얼굴을 하였다.

"어어, 못된 녀석은 혼내 주지만 보통 학생한테는 손대지 않는 신사라고. 그러니까 수족의 전사를 죄다 해치운 마왕을 일격으로 해치울 만큼 강하면서도 그렇게 포위되고 공갈을 들으면서도 반격을 하지 않았다고."

거짓말.

저번에 소문 들었습니다. 분명히 들었습니다. 인기 없어요. 절대로 없어요.

"후후, 처음에는 두려움을 샀지만, 리니아랑 프루세나가 그렇게 말하고 다녀. 보스는 관대한 신사니까 약한 자에게는 손대지 않는다냐, 라고."

피츠 선배는 그렇게 말하고 귀 위에 손을 올려서 리니아 흉내를 냈다.

뭐라고 할까.

아, 귀엽다. 허리 근처까지 신이 내려오는 느낌이다.

"그래서 다들 간신히 루데우스의 매력을 깨달은 모양이야. 옷차림은 좀 궁상맞지만, 잘 보면 얼굴은 나쁘지 않고 그늘이 있는 부분도 멋지고 강한데도 잘난 척 하지 않는 점이 좋다면서."

호오. 그 두 사람, 제법 괜찮은 짓을 해 주었군.

듣자 하니 불능에 대해선 입다물어 준 모양이고. 프루세나한테는 비싼 고기라도 사 주자. 리니아는 뭘 좋아할까. 지위나 명예나 현금일까.

"아직 무서워하는 사람도 있긴 해. 골리앗 씨라든가."

"아, 그녀는 선두에 있었으니까 어쩔 수 없죠. 저번에도 시비 비슷하게 좀 일이 있었고."

"그렇구나. 리니아랑 프루세나도 골리앗 씨를 볼 때마다 그날 일을 걸고 넘어져."

그 말에 나는 저번에 골리앗의 겁먹었던 모습을 떠올렸다.

"피츠 선배는 안 막습니까?"

"안 막아. 그건 골리앗 씨가 잘못한 거였으니까. 일방적으로 루데우스가 잘못한 걸로 우겼잖아? 좋은 약이 될 거야."

피츠 선배도 제법 심술궂군.

하지만 괴롭히는 건 좋지 않다.

"그녀도 악의가 있었던 건 아니니까 너무 몰아붙이진 마세요…. 리니아랑 프루세나에게도 그렇게 전해주시겠습니까?"

다소 목소리가 딱딱해졌다.

피츠 선배가 당황한 듯이 손바닥을 이쪽으로 향했다.

"아, 아냐. 딱히 몰아붙인 건 아냐. 뭐라고 할까, 화기애애하달까, 골리앗 씨도 '우우, 적당히 좀 해 주세요~'라는 느낌이라고 할까."

골리앗 씨, 그런 식으로 놀림받는 캐릭터였나.

괴롭힘과는 종이 한 장 차이니까 그런 점에서 주의하지 않으면 위험하다.

"그런가요. 장난의 범위라면 좋지만… 아무튼 저는 이제 신경 안 쓰니까 지나치지 않게 피츠 선배 쪽에서 지켜봐 주세요."

"루데우스는 착하네. 응, 골리앗 씨한테도 전할게."

골리앗 씨에게는 따로 전하지 않아도 된다.

감사의 표시로 팬티 같은 걸 보내오면 처분하기 곤란하고.

"에헤헤…."

피츠 선배는 부끄러운 듯이 웃으면서 길을 갔다. 나는 그 자리에 남았다.

세 걸음 정도 걸어갔을 때 피츠 선배가 돌아보았다.

"어, 그런 거니까 괜찮겠지?"

"아뇨, 모처럼 좋은 이미지가 붙었다니까, 으스대면서 걷는 건 그만두겠습니다."

나는 멋진 표정을 만들면서 그렇게 말했다.

"그, 그래? 루데우스답네."

피츠 선배는 머뭇거리면서 입가를 손으로 가렸다.

웃는 걸까. 역시 나는 멋진 표정을 하려고 들지 않는 편이 좋을까.

웃으면 기분 나쁘단 소리를 들은 게 하루 이틀이 아니다.

"그럼 루데우스, 다음에 봐."

"예, 또 봐요."

그렇게 나는 피츠 선배와 헤어졌다.

다만 떠나갈 때 피츠 선배는 왜인지 평소 이상으로 쓸쓸하게 보였다.

저녁식사 후에 자노바의 방에서 줄리에게 마술을 가르쳤다.

줄리는 근면하고 똑똑해서 스펀지처럼 가르침을 흡수했다.

손재주도 좋아서, 마술로 못 하는 것은 손으로 할 수 있다. 이런 식의 말은 좋지 않을지도 모르지만, 참 잘 샀다고 생각한다. 그녀야말로 진흙 속의 진주인 노예겠지.

그렇긴 해도 겨우 1년 지났다.

절대적으로 마력 총량이 부족하고, 정밀성도 아직 멀었다. 손재주가 좋다고 해도, 조각용 도구를 이제 막 쓰기 시작해서 어색함이 있었다. 장기적으로 볼 필요가 있겠지.

나는 그녀를 가르치면서 내 인형을 만들었다.

최근에는 '1/8 피츠 선배'를 만들기 시작했다.

그렇다고는 해도 피츠 선배는 항상 헐렁한 옷을 입어서 몸매를 모르겠다.

엘프족은 근육이 거의 없으니까 말랐을 거라고 생각하지만….

그런 것보다 문제는 달렸는가 달리지 않았는가다.

하지만 고민된다. 내 뇌세포는 붙이고 싶지 않다고 말하지만, 그래도 본인이 보면 화낼지도 모른다. 완성되면 본인에게도 보여주고 싶고. 어쩐다….

"뭐하면 제가 틈을 타서 벗겨 볼까요?"

"그만둬."

망설이는 내게 자노바가 그런 말을 하였지만 기각했다.

참고로 자노바는 내 지휘 하에서 적룡 피겨를 계속해서 제작 중이다.

적룡은 각각의 파츠가 거대해서 자노바에게 잘 맞겠지. 물론 자노바는 여전히 손재주가 부족해서 진행은 느리다. 느긋하게 하면 된다.

자기 전에는 독서다.

나나호시에게 받은 『시그의 소환 마술』을 읽는다.

시그라는 마녀가 마수를 차례로 소환하는 이야기다.

그리고 최종적으로는 대량의 공물에서 거대한 마력을 소비하여 자기보다 강한 마수를 소환했다가 잡아먹힌다.

제자는 그걸 한탄하여, 자신의 역량에 맞지 않는 마수는 소환하지 않기로 맹세한다.

교훈이 있는 점에서 동화에 가깝다.

나처럼 마력만 센 초보가 대량으로 마력을 소비하여 소환수를 불러내면 제어할 수도 없는 위험한 놈이 나올 가능성도 있다고 쉽사리 상상이 갔다.

배울 거면 그러한 메리트, 디메리트를 확실히 파악한 뒤에 배우는 게 좋겠지.

하지만 책에는 소환의 구체적인 방법이나 마법진에 대해서 적혀 있지 않았다.

이걸로 뭘 조사하라는 걸까.

이렇게 나의 하루는 지나간다.

병을 고칠 실마리는 보이지 않았다.

그러는 도중에 나나호시라는 다음 스테이지로 넘어간 듯하였다.

어쩌면 조언이 있었다고 너무 낙관적으로 있지 말고 더 다양한 방향으로 필사적으로 모색해야 했을까….

─하지만 그런 고민은 어느 날을 경계로 단숨에 해결로 나아갔다.

제8화 눈치 빠른 둔감

겨울. 여기 라노아 왕국 마법도시 샤리아는 눈으로 뒤덮인다.

이 나라가 자랑하는 마도구로 건물에서 건물로 이어지는 길은 제설이 되지만, 학교 뒤 같은 곳에는 눈이 잔뜩 쌓인다.

그런 계절에 나는 편지 한 통을 받았다.

발신인은 '졸다트 헤켈러'.

S급 모험가로, 파티 '스텝트 리더'의 리더.

모험가 시절에 종종 어울렸던 민완 모험가들의 파티다.

편지에 따르면, 졸다트 일행은 이 도시에 왔다는 모양이다.

클랜의 집회가 있다나.

'스텝트 리더'가 소속된 클랜 '선더볼트'의 클랜 리더 파티는 마왕 바디가디 토벌 의뢰를 받아 이 도시로 이동했고, 그 일이 적당히 처리된 뒤에도 이곳에 계속 머물게 되면서 매년 하는 클랜의 항례회의도 이 도시에서 하게 되었다고 했다.

겨울 동안 2~3달에 걸쳐 열심히 의견을 주고받으면서 앞으로의 일을 결정한다.

대형 클랜 정도 되면 그런 것도 해야만 한다나 보다.

졸다트는 S급이고 간부 중 한 명이다.

고로 결석할 수도 없어서 일부러 라노아까지 찾아왔다. 졸다트는 클랜 리더와 사이가 나빠서, 솔직하게 말하자면 라노아 왕국 같은 곳에 오고 싶지 않다고 생각했다.

이거 몇 달 동안 재미없겠구나 싶었다.

그렇게 생각했다가 문득 내 생각이 났다고 한다. 그러고 보면 '진흙탕'도 이 동네에 있었지, 라고.

소뿔도 단김에 빼라. 졸다트는 모처럼이니까 오래간만에 만나서 밥이라도 먹자고 생각하여 편지를 보냈다는 것이다.

나로서도 기대된다. 졸다트와는 그럭저럭 사이도 좋았고, 신세도 졌다.

그런 졸다트에게 크리프와 엘리나리제의 러브러브한 모습을 보여주는 건 조금 복잡한 기분이지만, 뭐, 그는 나만큼 약하지 않겠지.

그렇게 생각하고 다음 달 휴일에는 실험 도우미를 쉬겠다고 나나호시에게 전했다.

피츠 선배에게도 같이 가지 않겠냐고 물어봤는데, 그는 미묘한 얼굴을 하며 고개를 내저었다.

"어어, 그 날에는 오후에 외출을 해야 해… 아리엘 님의 호위로."

호위 직무의 일환이겠지.

그는 다른 이들이 쉬는 날에도 쉴 수 없다. 오히려 다른 이들이 쉬는 날에 바쁘다. 그런 사축이다. 어차, 사축이라고 말하는 건 피츠 선배에게 결례겠지. 일에 열심이다.

아무튼 예정이 안 맞으면 어쩔 수 없지.

나는 엘리나리제와 크리프를 데리고 모험가 길드에 가기로 했다.

모험가 길드로 걸어갔다.

제설 작업을 했다고 해도 길은 밟아서 다져진 눈으로 새하얗다.

낮 동안에 제설 작업을 하지만, 밤중이 되면 눈보라가 강해지니까 손길이 따라갈 수가 없다.

"어이, 루데우스. 듣고 있냐?"

"예이, 듣고 있습니다."

방금 전부터 크리프가 현재 상황에 대해 자랑스럽게 떠들었다.

그는 최근 저주에 대한 연구를 하는 모양이다.

엘리나리제의 저주를 풀기 위해서.

저주는 고대부터 존재했고 현재까지 연구가 진행되었지만, 그렇게 간단히 풀 수 있는 것은 아니다.

실제로 반년 동안 성과는 아무것도 없다는 모양이다.

"성과가 없는데 괜찮습니까?"

"나는 천재니까. 언젠가 어떻게든 하겠어!"

크리프는 자신만만하게 그렇게 말했다.

대단한 녀석이다. 나는 노력해도 도달할 수 없는 영역이 있다는 걸 알기에 그렇게 노력할 수 없다.

지금까지 아무도 도달하지 않았던 영역에 발을 디디는 건 천재의 역할이다.

"루데우스, 저주에 대해 뭔가 아는 게 있으면 가르쳐 주겠어?"

"음…?"

그 말에 나는 생각했다.

저주라는 키워드는 마대륙에서 지금까지 여행하는 동안 몇 번 들었다.

"그렇군요."

어디 보자, 그런데 어디서 들었더라?

저주, 저주. 이 단어를 떠올리자 왠지 다리가 오그라드는 듯하다. 그건 아마도 올스테드가 저주를 가졌기 때문이겠지. 그것은 인신에게 들었다.

…그러고 보면 라플라스도 저주를 가졌다고 그랬지.

그 저주를 창에 옮겨서 스펠드족을 박해의 역사로 몰아넣었다나.

"과거에 라플라스는 자기 저주를 도구에 옮겨서 다른 종족에게 씌웠다는 모양입니다."

"도구에?"

"예, 스펠드족이 라플라스 전쟁에서 지녔던 창이 그것에 해당된다는 모양입니다. 그 바람에 스펠드족의 전사들은 미쳐 버렸고 일족은 박해를 받기에 이르렀다나…."

그렇게 말하자 크리프는 눈을 치뜨고 나를 바라보았다.

"스펠드족?! 그게 사실이야?"

"글쎄요, 저도 남한테 들은 이야기라서 진실인지 아닌지는…."

누구한테 들었더라.

그것도 인신인가. 일단 신용할 수 있는 출처라고 말할 수 있다. 그런 쪽으로 거짓말을 해 봤자겠고.

"하지만 그렇군…. 저주는 도구에 옮길 수도 있나."

내 이야기를 듣고 크리프가 생각에 잠기듯이 턱에 손을 댔다.

"하는 방법은 모르지만요."

"아니, 전례가 있다는 것만으로도 큰 진보야."

저주를 도구에 옮긴다는 건 지금까지 라플라스밖에 하지 않았나. 뭐, 마신이니까 그런 위험한 짓도 했겠지만, 금지되지 않았던 걸까.

분명히 신의 아이나 저주의 아이는 같은 거란 이야기였다.

그 힘을 도구에 옮긴다는 것은 다른 이가 생각할 수도 있지 않았을까.

"저주의 아이가 아니라 신의 아이의 능력을 옮긴다는 생각은 아무도 안 했을까요…."

"음? 왜 여기서 신의 아이가 튀어나오지?"

크리프가 고개를 갸웃거렸다.

어라? 무슨 어폐가 있나?

"그건, 신의 아이와 저주의 아이는 같은 거잖아요? 선천적으로 마력이 이상을 일으켜서 이상한 능력을 가졌다니까. 그게 좋은 쪽이냐 나쁜 쪽이냐는 것뿐이죠."

"…처음 듣는데?"

엘리나리제를 보니 그녀도 놀란 듯한 얼굴로 나를 보았다.

아무래도 처음 듣나 보다. 의외로 알려지지 않았나?

아니, 하지만 누군가에게서 얼핏 들은 것 같은데…. 아, 이것도 인신인가. 전부 그 녀석이잖아. 상식적으로 알려지지 않은 것을 상식처럼 말하고 말이야.

"하지만 그런가…. 그래, 도구라…. 과연…. 어쩌면…."

크리프는 내 이야기를 듣고 뭔가 실마리를 붙잡았다는 듯이 중얼거렸다.

남의 말을 곧이 곧대로 믿지 않는 게 좋을 텐데.

하지만 저주에는 '신'이란 단어가 관련되는군.

인신, 용신, 마신. 그리고 신의 아이. 관련성이 있느냐 없느냐.

"고마워, 루데우스. 네 덕분에 뭔가 깨달은 것 같아."

크리프는 그렇게 말하고 환한 얼굴을 하였다.

내친김에 내가 걸린 저주스러운 병도 어떻게 좀 해 줬으면 좋겠습니다.

"여어, 진흙탕! 오래간만이구나!"

졸다트 일행은 나를 보자 웃음으로 맞아 주고 근처 가게로 이동해서 자리를 잡았다.

크리프와 엘리나리제의 관계를 안 졸다트와 파티원들은 크게 놀랐다.

너 같은 가벼운 여자가 결혼이라니 무슨 헛소리냐는 농담을 해서 크리프를 화나게 했다.

그리고 그런 크리프의 태도도 웃어넘기는 바람에 크리프의 분노는 머리 끝을 넘어서 하늘 끝을 찔렀다.

이 분노는 한동안 시들 줄 모르겠다…고 생각했는데, 엘리나 리제가 쉽사리 크리프를 다독여서 대화의 방향을 바꿨다. 역시 나 엘리나리제라고 해야 할까.

어떤 때라도 어그로 관리는 완벽.

그리고 보면 나는 그녀가 진짜로 화내거나 우는 걸 본 적이 없다.

울컥하는 모습을 본 적은 몇 번 있지만, 뚜렷하게 화내는 모습을 본 적이 없다.

싫어한다고 명언한 상대도 파울로뿐이다. 파울로는 대체 무슨 짓을 한 걸까.

그런 생각을 했더니 화제는 내 복장 쪽으로 넘어갔다. 나는 오늘 교복을 입고 왔다.

"진흙탕, 네가 그런 차림을 하고 있으니 흔해빠진 루키로밖에 안 보이거든?"

마법대학의 학생 중에는 모험가로서 교복 위에 로브를 걸치고 길드에 오는 사람도 있다는 모양이다.

대부분이 F에서 E급, 졸다트 일행과 관계가 있을 리도 없지만, 이따금 졸다트에게 파티에 넣어달라고 조르는 녀석도 있다나.

"그럼 루키답게 '짐꾼'이라도 해 볼까요?"

"네가 짐을 들어? 멍청하긴, 우리가 들어야겠지."

"외톨이 용 때도 그랬지요."

"그때는 두둑하게 벌었지…."

그리운 이야기다.

외톨이 용을 퇴치했을 때, 그 고기나 비늘을 똑같이 나누기 위해 다함께 가지고 돌아갔다.

"그러고 보면 진흙탕, 저번에 네리스의 영구동토까지 다녀왔는데 말이야──."

그 뒤로 화제는 추억담이나 모험담으로 넘어갔다.

크리프는 한동안 골난 얼굴을 하였지만, 졸다트 일행의 모험담을 듣고 있다 보니 차츰 눈을 반짝이기 시작했다. 그러고 보면 크리프는 모험가를 동경했다고 그랬다. 평소에는 건방진데, 그런 면은 나이와 다를 바 없군.

"──뭐, 그런 느낌이지. 어차, 슬슬 가게를 옮길까. 이제부터 어디로 갈까?"

모험담과 식사가 끝나고 2차로 갈까 하던 때.

"졸다트 씨, 또 집합입니다."

졸다트에게 클랜의 심부름꾼이 왔다.

"또냐? 오전 중에 했잖아!"

"어쩔 수 없습니다. 이번에는 리더도 기합이 들어갔으니까요."

아무래도 파티 리더를 모은 긴급회의를 하는 모양이다.

"오늘은 하루 종일 진흙탕이랑 놀까 했는데…. 어쩔 수 없군. 진흙탕, 미안하다. 다음에 또 부탁해."

"예, 또 불러 주세요."

졸다트는 느긋하게 고개를 끄덕이면서 떠나갔다.

자, 이제 어떻게 한다. 집회의 주역이 없어졌으니 해산인가. 시간은 오후로 접어든 지 조금 되었다. 2시 반 정도니까 돌아가기에도 시간이 남는군.

"어떻게 할까요?"

"글쎄요…. 저는 크리프에게 모험가로서의 기초를 가르쳐 줄까 하네요."

"호오."

엘리나리제는 지금 이야기를 듣고 크리프에게 모험가로서 멋진 모습을 보여주고 싶어진 모양이다.

"어, 그거 좋은데. 루키 교육인가?"

"우리도 따라가도 돼?"

스텝트 리더의 다른 멤버들도 거기에 찬동했다.

자리의 분위기는 크리프에게 모험가의 진수를 가르쳐 준다는 흐름이 되었다.

A급 토벌 의뢰라도 받아서 크리프에게 경험을 쌓게 해 준다는 느낌이다.

크리프는 얕잡아 보여서 살짝 화난 기색이었지만, 그 이상으로 흥분하기도 한 모습이었다.

"루데우스는 어떻게 할 건가요?"

"나는… 사양하도록 하겠습니다."

크리프에게 다양한 마술을 쓰는 마술사의 모습을 가르쳐 줘도 좋겠지만, 크리프도 연하인 내가 잘난 듯이 이래라 저래라 하는 건 싫겠지. 이럴 때는 주위에 연상만 있는 상황 쪽이 솔직해질 수 있다.

더 말하자면 나는 의뢰를 위해 며칠이나 비울 생각은 없다.

하다못해 전언 한 마디라도 남겨놓지 않으면 나나호시가 화낼 것 같고.

그 인간은 그렇게 골방지기 생활을 하는 주제에 사람이 그리운 건지, 내가 안 가면 기분을 해친다.

골방지기로 살 거면 고독에 긍지를 좀 가지란 말이야.

뭐, 일본이 꽤나 그리운 모양이고, 일본어가 통하는 상대가 그리운 건 모를 바도 아니다. 이 세계에서 살아가기로 결심한 입장에서 보면 조금은 밖으로 나와 보라고 하고 싶기도 하지만.

"그래요, 그럼 다른 분들에게 잘 좀 말해 주세요."

"여러분도… 초심자가 함께니까 너무 힘든 곳에는 가지 않도록 조심해 주세요."

"당신이 아니니까 용이나 마왕에게는 덤비지 않을 거랍니다."

딱히 좋아서 덤빈 것도 아닌데… 뭐, 됐어.

나는 그들과 헤어져서 혼자서 귀로에 올랐다.

모험가지구에서 시내 중심에 있는 광장으로 돌아왔다.

그러자 고기꼬치를 굽는 좋은 냄새가 풍겼다.

냄새 나는 쪽으로 시선을 돌리자, 광장에 눈이 쌓여 있는데도 상인들이 노점을 낸 모습이 보였다.

이렇게 추운데 고생도 많다.

하지만 시간이 남는군. 돌아가도 공부와 수행과 피겨 제작 정도밖에 할 일이 없다. 괜한 신경 쓰지 말고 그냥 따라가도 좋았을지 모르겠다.

"모처럼 시내에 나왔으니 조금 돌아다녀 볼까."

혼잣말을 중얼거리고 나는 상업지구 쪽으로 정처 없이 걸어갔다.

물건을 살 정도는 아니지만, 뭐 재미있는 거라도 눈에 띌지 모른다.

또 크리프와 이야기를 하면서 마력부여품이나 마도구에 대해서도 관심이 생겼다.

라플라스가 만든 저주받은 창이란 것도 마도구의 일종이겠고.

지금까지는 파는 물건도 값비싸서 별로 탐이 나지 않았지만,

피츠 선배도 마력부여품을 장비하고 있다. 나나호시도 편리해 보이는 걸 갖고 있었다.

마술 길드의 밑에 있는 이 도시라면 뭔가 재미있는 게 있을지도 모른다.

살 생각은 없지만, 아이 쇼핑으로 멋을 부려 볼까.

참고로 나도 처음에는 구별하지 않았는데, 마력부여품과 마도구에는 차이가 있다.

둘의 차이는 다음과 같다.

마도구 : 어딘가에 마법진이 새겨져 있어서 사용자가 마법진을 발동시키기 위한 주문을 외우는 것으로 마력이 흘러들어가고 효과가 발동한다. 사용자의 마력이 계속되는 한, 몇 번이고 사용할 수 있다. 인공품.

마력부여품 : 물건에 마력이 흘러들어서 특수능력을 얻은 것. 어떤 일정한 동작을 하는 것으로 효과가 발동한다. 하루에 몇 번밖에 쓸 수 없지만, 시간경과로 마력이 회복된다.

쉽게 설명하자면 마도구는 사용 횟수 제한이 없지만 마력을 쓴다.

반대로 마력부여품은 하루의 사용 횟수 제한이 있지만 마력을 쓰지 않는 것이다.

현재는 매일의 사용 횟수 제한이 있지만 마력을 쓰지 않고,

마력을 흘려넣는 공정(주문)도 없는 마력부여품 쪽이 편리하다고 한다.

하지만 미궁 등에서 발굴되는 것이 태반이라서 효과도 랜덤성이 강하다.

그렇기 때문에 좋은 효과를 가진 마력부여품은 지극히 비싸다.

피츠 선배가 신은 부츠 같은 것은 아마도 내 현재 전재산으로도 못 사겠지.

참고로 마검 등으로 불리는 일부 물건은 인공품이면서 마력부여품의 특성을 가졌다.

하지만 내 경우 마력은 썩을 만큼 많으니까 마도구라도 문제없다.

발동에 마력을 너무 쓰는 마도구라도 나라면 괜찮겠지.

그렇게 언뜻 보면 일반인에게 결함품으로 여겨지는 것도 마술 길드의 밑에 있는 이 마법도시 샤리아라면 찾을지도 모른다.

"음?"

그러다가 문득 아는 얼굴을 발견했다. 루크와 피츠 선배다.

두 사람은 뭔가 즐거운 듯이 이야기하면서 옷가게 앞에 있었다. 피츠 선배는 가게 앞에 있는 장식품을 보며 꽤나 기쁜 얼굴을 하고 있었다. 루크는 쓴웃음을 짓고 있군.

그의 손에는 커다란 꾸러미가 들려 있었다. 마치 데이트라도 하는 것 같다.

외출이라고는 들었는데, 둘이서 여기에 있어도 되는 건가.

왕녀님의 호위는 어떻게 됐지….

뭐, 인사 정도는 해둘까.

"안녕하십니까. 우연이네요, 이런 곳에서."

"넌 루데우스…!"

말을 걸자 루크의 얼굴이 굳었다.

여전히 나를 마음에 안 들어하는 모양이다.

그들의 체면은 지켜 주었다고 생각하는데… 뭐, 최근에는 나도 너무 유명해졌고, 그들로서는 재미없을지도 모르겠다.

나는 피츠 선배와 친하게 지낼 수 있으면 그걸로 족한데.

"…어라?"

왠지 오늘의 피츠 선배는 분위기가 다른데.

뭐지? 복장이 조금 다른 걸까. 아니, 조금 더, 뭐라고 할까….

"피츠 선배, 오늘은 조금 이미지가 다른데요?"

그렇게 말하자, 피츠 선배는 놀란 얼굴을 하고 나를 보았다.

흠, 뭐가 다른 걸까. 뭐라고 해야 하나, 거동? 전체적으로 둥글둥글한 것처럼 보이기도 한다.

그렇게 보는데 피츠 선배가 고개를 돌렸다.

동시에 루크가 스윽 앞으로 나섰다.

"루데우스인가. 뭐지? 이런 곳에서 무슨 일이지?"

그는 피츠 선배를 등 뒤로 숨기듯이 섰다.

어조는 부드럽다. 시선도 다소 강하긴 해도 노려보는 정도는 아니다. 하지만 목소리가 딱딱했다.

내가 안 좋은 타이밍에 나서기라도 했나.

설마 루크와 피츠 선배가 데이트 중이라든가? 루크는 사실 남자도 오케이라는 쪽이고, 피츠 선배랑은 몰래 레슬링하는 사이라는가. 왕녀의 호위가 그런 호모호모한 사이라는 걸 들키면 큰일이니까 남몰래 만나는 거로군.

농담이긴 하지만 왠지 내가 생각해놓고 조금 쇼크다.

"아뇨, 눈에 띄었길래 인사라도 할까 하고···. 어어, 피츠 선배?"

선배는 방금 전부터 내 쪽으로 보려고 하지 않는다.

···어라? 혹시 날 피하나?

뭐지? 내가 무슨 짓 했나?

"그래, 인사는 고맙다. 피츠는 왕녀님의 호위 중에는 말을 하지 않게 되어 있다. 미안하지만 이해해 주겠나?"

루크는 은근히 무례한 태도로 나를 쫓아내려고 했다.

···역시 뭔가 타이밍이 안 좋았던 걸까.

하지만 말을 한 마디도 하지 않는 건 또 뭐지?

"······."

피츠 선배는 내 쪽을 보지 않았다.

아니, 힐끔힐끔 보긴 하는데, 왜인지 부정적인 느낌이라서 눈썹을 찌푸렸다.

노골적으로 얼른 좀 가달라는 느낌.

이러면 나도 알 수밖에 없다. 거절하는 것이다.

"왜 그러지?"

"아뇨, 아무것도 아닙니다. 실례하겠습니다."

나는 그 자리를 뒤로 했다.

겉으로는 태연한 모습을 가장했다고 생각하지만, 내심 쿵 하고 와 닿았다. 피츠 선배가 날 피한다는 게 아무런 생각도 들지 않게 될 정도의 대미지였다.

아이 쇼핑이고 뭐고 마음이 싹 가셨다. 돌아가자.

"……."

눈앞에는 조금 더러운 하얀 길이 이어졌다. 눈이 내리기 시작했다.

바람이 춥다.

마법대학으로 돌아왔다.

도중에 이런저런 생각을 했지만, 왜 피츠 선배가 날 피했는지 알 수 없었다.

생각해도 알 수 없다. 미움받을 만한 짓을 한 기억이 없다.

누군가에게 지금의 마음을 의논…, 아니, 푸념하고 싶은 마음이었다.

자노바는 분명히 신의 아이의 연구네 뭐네로 마술 길드 쪽에 나갔지. 줄리도 데려갔겠고. 리니아와 프루세나는… 왠지 진지하게 들어줄 것 같지가 않아. 괜히 야유나 할 것 같다. 엘리나리제는 아까 헤어졌다. 바디가디도 오늘은 학교에 오지 않은 모양이다. 나나호시…는 의외로 바쁘니까, 내 푸념 같은 걸 들어주지 않을지도 모른다.

얼추 생각해도 떠오르지 않았다. 나는 친구가 적다.

그러니 나는 그대로 도서관으로 이동했다. 이럴 때에는 아무 책이나 읽으면서 조용히 보내는 게 제일이다. 그래, 뭔가 정신이 맑아지는 책이 좋겠군. 영웅담 같은 걸로.

키시리카나 바디가디의 이야기가 담긴 책 같은 건 없을까.

그들의 책이라면 분명 후련해지는 내용일 거다. 웃으면서 가엾은 마법사를 날려 버리며 무쌍을 펼치는 이야기 말이다.

그런 생각을 하면서 도서관 안에 들어갔다.

수위에게 목례. 대화를 나눈 적은 없지만, 이미 얼굴만으로 통과될 정도로 낯이 익었다.

입구에서 눈을 털어내고 무영창 마술로 옷 표면을 가볍게 말린 뒤 한차례 숨을 내뱉고 안에 들어가서 항상 이용하던 자리로 향했다.

오늘도 도서관에는 인기척이 없었다. 이 세계에서는 휴일에 도서관에서 시간을 보내려는 학생이 적은 모양이다. 문맹률도 높고.

"…어라?"

거기에 피츠 선배가 있었다.

그는 한가한 눈치로 책을 읽고 있었다. 항상 나와 함께 있던 자리에서 턱을 손으로 짚고.

"아, 루데우스."

그리고 내 모습을 보자 평소처럼 부끄러운 듯이 웃었다.

"어서 와. 금방 왔네. 친구랑은 만났어?"

"어, 어어, 예…"

나는 그의 앞에 앉아서 뚫어져라 그 얼굴을 보았다.

평소와 같다. 평소와 같은 모습과 분위기다.

그리고 위화감.

아까 만났을 때부터 도서관까지 나는 딴 길로 새지 않고 직행하였다. 아마도 최단 루트였을 거다.

그런데 왜 여기에 그가 있지…?

"왜, 왜 그래? 얼굴에 뭐 묻었어?"

피츠 선배는 그렇게 말하고 자기 얼굴을 만졌다.

하지만 이 분위기. 방금 전에 거절당했다고 느꼈던 때와 달리 경계심이고 뭐고 없는 느낌이다.

지금의 피츠 선배는 나를 완전히 받아들여 주는 느낌이었다. 아까와는 전혀 다르다.

"아까는 왜 무시했습니까?"

그렇게 묻자 피츠 선배의 미소가 얼어붙었다.

그 뒤에 애써 진지한 표정을 만들었다.

"사실 호위 중인 나는 말을 하면 안 되는 걸로 되어 있어. '무언의 피츠'니까. 내 목소리는 애 같으니까 얕잡히고, 남들 앞에서는… 특히나 아리엘 님을 호위하는 동안은 말을 해선 안 되는 걸로 되어 있어."

"그런가요. 그렇다고 해도 아리엘 왕녀의 모습은 보이지 않았는데요."

"근처 가게에 계셨어. 신용할 수 있는 가게야. 호위는 우리만은 아니니까. 그녀들이 아리엘 왕녀의 곁을 지키고, 우리는 조금 떨어진 위치에서 지켜보는 포메이션이야. 아, 이건 다른 사람한테 말하면 안 돼."

주저 없이 술술 대답하는 피츠 선배. 마치 그런 대답을 미리 정해놓은 듯했다. 아니, 실제로 정해놓은 거겠지.

"그런가요, 그럴 때에 말을 걸어서 죄송합니다."

"아니, 됐어. 나야말로 상대해 주지 못해서 미안해."

조금은 눈치를 챘다.

아마도, 아마도지만, 어떤 방법으로 아리엘 왕녀가 피츠 선배로 변장한 것이다.

마력부여품이나 마도구 중 어느 것으로. 말을 하지 않는 것은 목소리는 바꿀 수 없기 때문이다.

어쩌면 눈 색깔도 바꿀 수 없는 걸지도 모른다.

피츠 선배가 항상 눈을 가리는 것은 만에 하나 왕녀의 변장을 들킬 경우를 고려했기 때문이다. 응, 그렇게 생각하면 앞뒤가 맞는다.

방금 전에 날 피한 것은 피츠 선배와 사이좋은 내가 함부로 접촉하면 그걸 들키기 때문이다.

　결코 피츠 선배가 날 꺼린 게 아니다.

　그래, 그게 틀림없다. 난 미움 살 짓을 하나도 하지 않았으니까.

　그런 걸로 하자.

　"그런가요. 피츠 선배에게 미움 샀나 하고 식은땀을 흘렸습니다."

　"아하하…. 내가 널 싫어할 리가 없잖아…."

　피츠 선배는 귀 뒤를 긁적거렸다.

　그 동작은 그 특유의 것이지만, 최근 그런 동작을 봐도 두근거린다.

　이렇게 귀여운 사람이 왜 남자일까.

　…정말로 남자일까. 궁금해진다.

　피츠 선배가 마음에 걸린다.

　여전히 며칠에 한 번 정도밖에 안 만나고, 딱히 무슨 이야기를 하는 것도 아니다.

　하지만 아무래도 궁금하다.

　그의 별것 아닌 동작이 마음에 남는다. 귀 뒤를 긁적이는 동작 같은 게. 일을 마친 뒤에 쭈욱 기지개를 펴는 동작 같은 게.

눈앞을 지나갈 때에 풍기는 향기 같은 게.

그래, 그리고 미소. 부끄러워하는 그 미소가 왠지 머리에 남았다.

만나지 못하는 날도 그렇다. 인파를 보면 문득 피츠 선배의 모습을 찾고 있을 때가 있다.

실제로 그는 인파 사이에 있을 때가 많다. 아리엘 왕녀와 그 일행은 학교에서도 유명하다. 학생회 활동 등으로 몇 명이서 무리 지을 때가 많다.

피츠 선배는 그런 사람들 사이에서도 한층 두드러졌다.

그는 무언의 피츠라고 불리면서 거의 입을 열지 않지만, 왕녀의 호위로서 마법대학에서도 손꼽히는 실력을 가졌다. 한 수 위로 꼽히는 게 당연하겠지.

그런 그를 나는 눈으로 좇았다.

이 증상을 뭐라고 하는지 나도 알고 있다.

사랑이란 것이다.

나는 남자를 사랑하는 것이다. 아니, 정말로 그는 남자일까.

그거다. 이건 명제다. 피츠 선배가 남자인가 여자인가. 대답에 따라서 내가 호모냐 아니냐로 나뉘게 된다. 솔직히 말해서 병이 나을 기색도 없으니까 어느 쪽이든 상관없지만….

가능하면 여자면 좋겠다.

그런고로 나는 정보수집에 나섰다.

본인에게 묻는 게 가장 빠르지만, 그건 마지막 수단이다.

어쩌면 여자 같은 얼굴이라는 걸 마음에 두고 있을지도 모르니까.

일단 나는 교직원실로 가기로 했다. 교원동이라면 명부도 있겠고, 명부에는 분명 진실이 적혀 있을 것이다. 학생의 개인정보를 내놓지 않겠다고 해도 성별 정도라면 가르쳐 줄지도 모른다.

그렇게 생각하고 나는 교원동으로 향했다.

수많은 교사 중에서 4학년 담당. 피츠 선배의 학급 담임을 찾아서 물어보았다.

"피츠 선배의 성별에 대해 조금 묻고 싶습니다만."

"그에 대해선 가르쳐 줄 수 없습니다."

"어떻게 좀 안 되겠습니까?"

교사는 갑자기 망설이기 시작했다.

아무래도 내가 무서운 모양이다. 최근 학생들에게 두려움을 사는 건 알았지만, 설마 교사까지 겁먹을 줄이야. 아니, 오히려 잘 되었나.

"어떻게 좀 안 되면 제 크고 아름다운 스톤 캐논이 당신의 엉덩이에 심한 짓을 할지도 모릅니다."

"히익…! 그건… 아니."

"아니면 물로 장난치는 걸 좋아하십니까?"

"…미, 미안하지만!"

교사는 완고했다. 협박에 굴하지 않다니 대단한 근성이군.

"농담입니다."

나는 그 교사에게 캐내는 걸 포기하고 지너스 수석교사에게로 이동했다.

아래가 안 된다면 위에 물으면 된다.

지너스 수석교사는 산처럼 쌓인 서류와 싸우고 있었다. 이만큼 거대한 학교니까 수석교사의 일도 많겠지.

방해하는 건 미안하지만 한두 마디면 끝나는 일이다.

"지너스 선생님."

"어허, 루데우스 씨."

"바쁘신 모양이군요."

"아뇨, 루데우스 씨가 문제아들을 제어해 주셔서 꽤나 일이 줄었습니다."

문제아.

누구 말이지? 바디가디일까, 자노바일까…. 양쪽 다 어떻게 봐도 아동이 아닌데.

"오늘은 무슨 일입니까?"

"예. 실은 피츠 선배에 대해 질문이 있어서."

그렇게 말하자 지너스 수석교사는 꿈틀 눈썹을 움직였다.

"미안하지만, 그들에 대해서는 위에서 압력이 있어서."

"그렇습니까."

위가 뭐라고 하건 내 질문에 좀 대답하라고.

그렇게 말하고 싶지만, 지친 지너스 수석교사의 얼굴을 보고 그만두었다. 학교도 여러 문제가 있겠고. 제2왕녀를 받아들이는 대신 자금 원조를 받는 걸지도 모른다.

"하다못해 성별만이라도 가르쳐 주실 수 없겠습니까?"

"성별…말입니까…. 으음."

지너스 수석교사는 쓴웃음을 지었다. 여전히 쓴웃음이 많은 사람이다.

그가 생각에 잠긴 것은 1분 정도일까. 아무것도 하지 않고 기다리는 1분은 의외로 길다.

"그는…… 남성입니다."

최종적으로 지너스 수석교사는 그렇게 대답했다.

결국 피츠 선배가 남자인지 여자인지 알 수 없었다.

지너스 수석교사는 '남성'이라고 대답했지만, 압력도 있었던 모양이고 너무 오래 생각에 잠겨 있었기 때문에 진실인지 거짓인지 알 수 없었다.

다만, 그 직전에 지너스 수석교사는 피츠 선배를 '그들'이라고 말하였다.

아리엘 왕녀가 주체이며 여자 둘, 남자 하나의 집단을 가리킨다면 '그녀들'이라고 말하는 게 자연스럽지 않을까?

아니, 이것도 억지다. 말꼬리 잡기에 불과하다. 이유와는 거리가 멀다.

"……."

어느 틈에 나는 도서관에 와 있었다. 항상 피츠 선배와 함께 조사를 하는 자리.

그곳에 앉아서 한숨을 쉬었다.

"하아…."

나는 그가 남자인지 여자인지 알아서 어쩌려는 걸까.

가령 여자라고 하면 고백이라도 하려는 걸까.

좋아한다고 말해? 내가?

그건 그거대로 큰일이라고 생각하는데… 하지만 뭔가 아니다. 그게 아닌 것 같다.

애초에 고백한 뒤에 어쩌란 말인가.

뒤. 그래, 그 뒤다. 나의 지금 몸으로 어쩌란 말인가. 나의 크레인은 반응하지 않지만, 가스가 샌 건 아니다. 머리 쪽은 번뇌로 가득하다.

언젠가 참을 수 없어진다. 불가능한 것을 참을 수 없어진다. 내가 힘들어진다.

그래. 나는 사랑이나 연애처럼, 아무데나 써먹을 수 있는 편리한 말로 속이지 않는다.

나는 피츠 선배와 하고 싶다.

여러 가지를 말이다. 이런 거나 저런 거를 하고 싶다. 아니, 거기까지 가지 않아도 좋다.

"하다못해 자가발전을 하고 싶어…."

그때. 누가 툭하고 어깨를 두드렸다.

고개를 들어 뒤를 돌아보자, 거기에 피츠 선배가 있었다.

"뭘 하고 싶다고?"

피츠 선배가 고개를 갸웃거리며 나를 바라보고 있었다.

"우옷?!"

놀라서 일어섰다. 의자에 다리가 걸렸다.

"아, 위험해!"

피츠 선배가 손을 뻗었다.

내 손을 붙잡았다. 하지만 피츠 선배의 힘으로는 나를 버텨낼 수 없었다.

"우와앗!"

뒤엉키듯이 넘어졌다. 의자까지 넘어지고 책상을 크게 밀어내면서.

우리는 쓰러지고… 정신을 차리고 보니 내 위에 피츠 선배가 있었다.

나는 피츠 선배를 껴안듯이 뒹굴었다.

"……"

아주 가까운 거리에 피츠 선배의 얼굴이 있었다.

선글라스 때문에 그 표정을 알 수 없지만, 그 코와 얇은 입술이 눈앞에 있었다.

가볍지만 확실한 무게는 사람의 온기를 내게 전해 주었다.

좋은 냄새가 코를 자극했다. 피츠 선배의 냄새다. 하루 종일 맡고 싶은 냄새다.

내 손은 피츠 선배의 허리와 엉덩이에 있었다.

가는 허리다. 도저히 남자라고 생각할 수 없었다. 살집은 여성 치고도 다소 적은 느낌인데, 하지만 부드럽다. 도저히 남자라고 생각할 수 없다. 이걸 만지는 것만으로도 나의 마음이 불끈불끈, 불끈불끈하고….

아.

"아, 미, 미안."

얼굴을 붉히고 황급히 사과하고 일어서려는 피츠 선배.

"피츠 선배…. 역시 여자였군요…."

피츠 선배가 놀란 얼굴을 하였다.

입을 뻐끔거리다가, 마지막에 고개를 내저었다.

"아, 아냐…. 나, 나는 남자야…."

피츠 선배는 황급히 일어서더니 그대로 몇 걸음 뒤로 물러나서 발길을 돌려 뛰어갔다. 순식간이었다.

"……."

바로 옆의 테이블에는 책이 몇 권 놓여 있었다.

평소처럼 수업의 자료라도 가지러온 걸지도 모르겠다.

피츠 선배는 여자였다.

중요한 일이다. 아주 중요하다. 하지만 그런 중요한 것보다. 그런 것보다.

"섰다…."

약 3년.

꿈쩍도 하지 않았던, 부동이었던 것이 서 있었다. 지금 접촉으로 몇 년 동안 계속 좌절했던 것이 섰다. 오른손으로 만져 보니 확실한 감촉이 돌아왔다.

"…그래."

나는 이때 처음으로 인신의 말을 이해했다.

과연, 그렇군. 그런 거라면 도서관에서 조사를 해야겠지.

"하지만 피츠 선배는 숨기고 싶은 건가."

혼자 중얼거렸다.

피츠 선배가 뭔가 숨기고 있다는 건 처음부터 알고 있었다.

남장을 하고 왕녀의 호위로. 뭔가 숨기고 있었다. 사정은 있다.

분명히 섰다. 대지에 섰다. 하지만 나는 이 이상 다가갈 수도 없다.

내가 가까이 가면 문제가 생긴다.

모처럼 남장까지 하면서 정체를 숨겼는데 나 때문에 정체가 탄로날지도 모른다.

나는 피츠 선배를 좋아한다. 그렇게 좋아하는 상대에게 사정이 있다고 한다. 그 사정을 내 사정 때문에 폭로해야 할까. 몇 년 만에 들끓은 이 욕망을 터뜨려야 할까.

안 된다.

내가 해야 할 일은 피츠 선배의 정체를 터뜨리는 게 아니다. 사정을 이해하고 비밀을 지키는 것이다.

그보다 그게 아니라면 '입 다물어 줄 테니까 오늘밤 내 방에 와라.'라고 말할 것만 같다. 여태까지 신세졌던 피츠 선배에게 그런 짓을….

아, 하지만 시키는 대로 내 앞에서 그 두꺼운 옷을 하나씩 벗는 피츠 선배.

분한 듯이 '그런 사람인 줄 몰랐어.'라고 말하면서 속옷 차림이 되어서….

그리고 마지막 하나를….

아니, 아니, 안 돼, 안 돼. 그건 안 돼.

그…, 아니, 그녀에게는 몇 차례나 도움을 받았잖아. 그 은혜를 원수로 갚다니 도저히 용서할 수 없는 짓이다. 애초에 '그런 사람'이란 소리를 듣고 싶지도 않고. 나는 신사다.

좋아, 지금까지처럼 최대한 남자로 대하자.

그리고 혹시 들킬 것 같거든 슬쩍 도와주자.

그래, 입학 첫날에 그녀가 도와주었듯이. 분명 그때도 위험했다. 기숙사의 협정에 끼어들어서 자기 입장을 아슬아슬하게 만들었다.

하지만 그녀는 나를 도와주었다.

왜인지는 모르지만, 아무튼 도와주었다. 혹시 비슷한 상황이 되거든 다음에는 내 차례다.

내가 피츠 선배를 도와주는 것이다.

"잠깐만, 여자라면…."

거기까지 생각하다가 문득 떠올렸다.

지금까지 계속 피츠 선배를 남자라고 생각하며 말했던 성희롱들을.

예를 들어서 노예시장에서의 성희롱 발언이라든가. 리니아와 프루세나를 붙잡았을 때의 성희롱 발언이라든가.

피츠 선배가 지팡이를 가져왔을 때의 성희롱 발언이라든가.

다리를 버둥거렸다.

한참 괴로워했을 무렵, 내 거기는 골방지기로 돌아와 있었다.

문질러도 반응이 없었다. 벽을 때리지 않은 것만큼은 예전의 나보다 낫지만….

하다못해 한 번 정도는 1.21기가와트의 전력으로 시공간을 초월하는 듯한 쾌감을 얻고 싶었는데….

아무래도 아직 완치에는 먼 모양이다.

뭐, 됐어. 조짐은 보였다. 조바심 내지 말고 가 보자.

아무튼 지금부터 내 방으로 돌아가서 아까의 감촉을 돌이켜 보는 것부터 시작하자.

★　★　★

다음날.

나는 기숙사의 내 방에 있는 침대에서 나른한 몸을 일으켰다.

오래간만에 각성한 단짝이 마음에 걸려서 별로 잠을 이루지 못했다.

단짝은 아무 일도 없었던 것처럼 침묵을 지키고 있다.

내 머릿속은 이미 피츠 선배로 가득했지만, 단짝은 모르는 척 이다.

이 갈 곳 없는 흥분을 단짝과 함께 발산시키고 싶지만, 아직 단짝의 기분은 낫지 않았나. 아니면 기억만으로는 안 되나.

냄새나 감촉, 아니면 목소리인가. 피츠 선배의 존재가 ED 회복의 열쇠가 되는 건 틀림없는 모양이다. 인신의 말은 정답이었다. 내가 몰랐을 뿐이지, 이미 치료약은 존재하였다.

그렇다고는 해도 냉정하게 생각해 보면 한 가지 문제가 나타 났다.

이거, 어떻게 치료에 들어가면 될까.

피츠 선배는 정체를 밝히지 않는다. 나도 피츠 선배에게 미움 받거나 경계를 사는 일은 최대한 피하고 싶다.

ED의 치료와 피츠 선배의 신뢰.

하다못해 반년만 더 일찍 그녀가 여자라는 걸 알았으면 전자 에 무게를 두고 그녀의 사정 따위 아무 생각 없이 ED 치료에

매진했겠지.

하지만 지금은 연모의 정 쪽이 커졌다.

이렇게 되면 에리스 때처럼 성욕에 몸을 맡겨 행동하여 차이는 건 피하고 싶다.

"…이것도 될 대로 되라인가."

남장한 왕녀의 호위에게 ED 치료를 맡기는 남자인가.

그런 타이틀은 재미있겠군. 재미를 위해 꼬아보는 것도 좋겠어, 인신.

"훗."

나는 보란 듯이 니힐하게 웃으며 아래쪽밖에 안 쓰는 2층 침대에서 나와서 쭈욱 기지개를 켰다.

"후아아…"

하품이 나왔다. 수면 부족이군.

방구석에 놔둔 통 앞으로 이동해서 안을 온수로 채웠다.

거기에 비친 것은 그럭저럭 괜찮은 느낌의 소년이다.

전생 세계의 표준에 비추어 보면 결코 못 생겼다고 할 수 없다.

파울로의 경박한 느낌의 얼굴에 제니스의 부드러운 인상이 더해진 얼굴. 나쁘지 않다고 생각하지만, 그래도 이 세계의 '미형'에서는 조금 벗어났다.

몇 번 봐도 내 얼굴이라고 생각되지 않지만, 거기에도 익숙해졌다. 전생보다 나쁘지 않아진 것만으로도 충분히 만족할 만하다. 하지만 과연 이 얼굴은 피츠 선배의 기호에 가까울까.

아니, 그만두자. 생각해 봤자 소용없다.

그는 남자. 나는 아무 짓도 하지 않는다. 그런 걸로 하자.

문득 그대로 얼굴을 씻으려다가 내 턱 근처에 희미하게 뭔가가 묻어 있는 걸 발견했다. 손가락으로 만져 보았다. 잡아당겨 보니 살이 조금 당겼다.

수염이다. 솜털 같은 게 한 가닥 슬쩍 나 있었다.

"벌써 그런 나이인가…."

이쪽 세계에서도 인간족의 2차 성징 나이는 그리 다름이 없다. 파울로가 수염이 많은 편이 아니었던 탓인지 수염은 조금 늦었지만, 그 외의 털은 났다.

다른 종족들은 어떻게 되는지 모르지만, 피츠 선배는 어떨까.

엘프족의 생태는 모르지만, 그쪽의 털은 났을까.

응? 어라? 뭔가가 걸린다.

"…뭐였더라?"

걸리긴 했는데 그게 뭔지 떠오르질 않는다.

뭔가, 뭔가 잊고 있다. 하지만 떠오르지 않는다.

"뭐, 됐어."

떠오르지 않는 채로 나는 솜털 같은 수염을 뽑았다.

아무런 답이 나오지 않은 채로 꼬박 이틀이 경과했다.

피츠 선배와의 접촉은 없었다. 나도 갑자기 피츠 선배를 찾거나 수상한 행동을 할 생각은 없다. 평소처럼, 평소처럼.

하지만 사흘째 되는 날 아침, 남자기숙사 복도에서 루크가 기다리고 있었다.

나는 당황하지 않았다. 무슨 반응이 있을 거라고 생각하고 있었다.

"안녕하십니까, 루크 선배. 이런 시간에 어쩐 일입니까?"

최대한 쾌활하게 말을 걸었지만, 루크의 얼굴은 밝지 않았다. 퉁명스러운 눈으로 나를 바라보았다.

"피츠 문제로 할 말이 있다."

역시나⋯. 하지만 여기에 대해서 나도 대답을 정해두었다.

"저는 아무것도 모릅니다."

"호오, 아무것도 모른다?"

루크의 힐문하는 어조.

저번 피츠 선배 문제로 정탐하러 온 걸까.

⋯그렇다면 혹시 성별에 대해서 내게 확신이 없다고 생각하는 걸까?

밀착해서 그런 말을 했지만, 피츠 선배는 자기가 여자라고 대답하지 않았다.

딱히 가슴을 만진 것도 아니고, 어디의 꼬리 난 소년처럼 다리 사이를 팡팡 두드린 것도 아니다.

아직은 밀어붙일 수 있다. 그렇게 생각한 걸지도 모른다. 그런 방향이라면 나도 딱히 뭐라 할 말이 없다.

하지만 피츠 선배의 비밀, 알려지면 꽤나 문제인 걸까.

아니, 어쩌면 내 성이 그레이랫이라는 것도 관계있을지 모른다.

하지만 나는 이미 보레아스와의 인연을 끊었다. 아니, 아니면 파울로 문제인가?

어느 쪽이든 여기선 확실히 말해둬야지.

"거듭 말하겠습니다만… 루크 선배, 저는 당신들과 적대할 생각 없습니다. 피츠 선배의 정체도 모릅니다. 저는 아무것도 모릅니다."

"…모르는 척 해 준다고? 왜지?"

"저는 보레아스와도 노토스와도 연을 끊었고…. 무엇보다 당신들과 적대하는 게 무서워서."

루크의 단정한 얼굴이 놀라움으로 일그러졌다.

뭐 안 좋은 말이라도 했나. 그냥 시치미 떼고 넘기는 편이 좋았을까.

"그런 겁니다."

"그래, 실례했군…."

아무 말 없는 루크에게 그렇게 말하고 나는 그 자리를 뒤로 했다.

그 날의 수업을 마치고 나나호시의 실험실로 갔다.

"아, 루데우스…."

그러자 나나호시의 방 앞에 왜인지 피츠 선배가 있었다.

내 기억이 정확하다면 피츠 선배가 도우러 오는 날은 며칠 뒤, 피츠 선배가 왕녀의 호위를 쉬는 날이다.

오늘은 쉬는 날이 아니었다. 그럴 텐데도 피츠 선배는 왔다.

왕녀의 호위가 아니라 실험 쪽에 왔다.

이유는 역시 지난 번 일 때문이겠지.

피츠 선배와의 육체적 접촉. 그리고 루크와의 대화.

물론 나는 피츠 선배와, 그리고 아리엘 왕녀와 적대할 생각이 없다고 말했는데, 저쪽이 그걸 신용할 이유는 없다. 오히려 적대를 의심하리라는 건 명백하다. 상대의 비밀을 안다는 건 그런 것이다.

그럼 오늘 피츠 선배의 목적은 나의 감시다. 루크와의 대화가 사실인지 확인하러 온 걸지도 모른다.

훗, 오늘의 나는 명석하군.

"……."

"왜 그래? 당신들 싸우기라도 했어?"

묵묵히 있는 나와 긴장한 얼굴인 피츠 선배.

그걸 본 나나호시가 마법진을 그리면서 슬쩍 물었다.

"따, 따, 딱히 싸운 건 아냐!"

거기에 대해 노골적으로 허둥대는 피츠 선배.

허둥대는 피츠 선배는 귀엽구나. 하지만 역시나 의심을 산다.

이럴 때는 어떻게 하면 신뢰를 얻을 수 있을까?

역시 아리엘 왕녀에게 선물이라도 보내는 편이 좋을까.

과자 상자 정도밖에 떠오르지 않는데, 꽤나 경계를 하는 모양이니 역효과일지도 모르겠다.

"아무래도 좋으니까 나를 끌어들이진 말아줘."

나나호시는 혀라도 찰 것 같은 목소리로 말했다.

그녀는 이 세계에서의 일은 가급적 피하는 방침이다. 피츠 선배는 아슬라 왕족과 관계가 깊어서, 그런 상대와 나와의 싸움에 휘말려들고 싶진 않겠지.

물론 이런 식으로 말하다간 언젠가 누군가와 문제를 일으키겠지만… 말하는 상대가 나 정도밖에 없는 모양이니까 문제없나.

뭐, 이 세계와 관여하고 싶지 않다면 그래도 좋겠지.

내가 뭐라고 할 문제는 아니다.

자기 목적을 방해받지 않을 정도로 잘 지내는 편이 좋다는 생각도 들지만, 매일 필사적으로 마법진을 그리는 그녀에게 커뮤니케이션에까지 노력하라는 말은 하기 어렵다.

"…칫."

평소에는 피츠 선배나 나나호시와 잡담을 하면서 하는 실험이지만, 오늘은 그저 말없이, 때때로 나나호시의 혀 차는 소리만이 울려서 미묘한 분위기인 채로 실험이 끝났다.

"…수고했어."

나나호시는 지친 목소리로 종료 선언을 했다. 오늘도 진보는 없었다.

실험을 마치고 돌아오는 길, 역시 나와 피츠 선배 사이에 대화는 없었다.

무슨 이야기라도 해야 한다, 지금까지처럼 행동해야 한다, 그렇게 생각하지만 대체 무슨 말을 해야 하는 걸까.

입을 열면 '가슴 보여줘.' 같은 소리가 나올 것만 같았다.

아무런 생각이 안 나는 채로 여자기숙사의 갈림길에 도달했다.

"저기, 루데우스."

평소라면 헤어지는 장소, 거기서 피츠 선배는 몇 걸음 발을 옮기다가 결심한 것처럼 말하였다.

"응? 무슨 일인가요?"

입가에 댔던 손을 주먹 쥐어서 가슴 앞에 대고 있었다.

뭔가 할 말이 있는 거다. 어쩌면 성별에 관한 걸지도 모른다. 그렇게 생각하고 긴장하였을 때.

"…미안, 역시 아무것도 아냐. 다음에 봐."

"예. 다음에."

피츠 선배는 내게서 시선을 떼어 지면을 바라보더니 그렇게 말하고 발길을 돌려서 서둘러 떠나갔다.

"후우…."

그 뒷모습을 바라보면서 나는 가슴속이 답답했다.

피츠 선배를 방해하지 않도록 ED 치료는 포기하자고 결심했지만….

역시 조금 힘들다.

제9화 비 내리는 숲 전편

저녁 무렵의 학생회실.

그곳에는 세 명의 그림자가 있었다.

한 명은 누가 봐도 돌아볼 정도의 절세 미소녀. 아리엘 아네모이 아슬라.

한 명은 다소 이목구비가 뚜렷하지만 여성을 포로로 만드는 미모의 기사. 루크 노토스 그레이랫.

"…그래서 할 말이란 게 뭔가요?"

두 사람이 볼 때 책상을 사이에 둔 맞은편, 그곳에는 한 소년이 서 있었다.

백발에 선글라스, 남자용 교복을 입은 그의 이름은 피츠.

그는 두 사람을 앞두고 위축된 것처럼 배 앞에 손을 모으고 머뭇머뭇 손가락을 꼼지락 거렸다.

"……."

아리엘은 그런 피츠를 보면서 입을 열었다.

"저번에 시내에 나갔을 때 루데우스가 왔지요. 피츠의 행동을 수상하게 여겼어요."

고로 아리엘은 먼저 말을 꺼냈다.

"……."

"피츠가 도서관에서 루데우스와 뒤엉켜 넘어지고 자기가 남자라고 큰 소리로 선언했다는 소문도 귀에 들어왔습니다."

"……."

"아무래도 확신했겠죠. 몸까지 만졌으면."

"……."

"하지만 루데우스는 피츠의 비밀을 떠들 생각이 없는 모양이에요. 나를 두려워한다…고도 말했다는 모양인데, 실력으로 볼 때 정말로 그렇게 생각한다고는 볼 수 없으니, 분명 피츠에게 의리를 세우는 거겠죠. 제법 좋은 마음가짐이에요."

아리엘은 거기까지 말하고 피츠를 똑바로 노려보았다.

"그래서 당신은 어떻게 할 건가요?"

강한 어조에 피츠의 어깨가 움찔 떨렸다.

"나는 그 건에 대해 느긋하게 진행해도 된다고 생각해요. 하지만 반년 동안 아무런 진전이 없다면 나로서도 한 마디 정도 하고 싶어지지 않겠어요?"

아리엘은 그렇게 말하고 피츠의 말을 기다렸다.

피츠의 선글라스 안쪽의 눈동자가 어떻게 되어 있는지는 그녀도 모른다.

하지만 손가락을 꼼지락거리는 모습에 대해서는 잘 안다. 이런 피츠는 답이 안 나올 때의 피츠다.

말문이 막혀서 아무런 말도 할 수 없어졌을 때의 피츠다.

조금 지나면 죄송하다든가, 조금 더 기다려달라든가 하는 말로 이 자리를 무마하려고 하겠지.

고로 아리엘은 말을 이었다.

"나도 슬슬 끙끙거리며 고민하는 당신 모습에 질렸어요."

이 말은 아리엘의 본심이 아니다.

그녀는 질리지 않았다. 질투는 하지만, 질린 건 아니다.

다만, 루데우스가 사일런트에게 열심이고 피츠와 점점 만나지 않게 되어서 나날이 어두워져가는 **그녀**의 모습을 보기 힘들어진 것이다.

"그러니까 슬슬 용기를 내어서 그에게 정체를 밝히는 게 어떨까요, 피츠. …아니."

"실피."

그렇게 불린 피츠는 입을 굳게 다물고 고개를 들었다.

그리고 자기 얼굴에 쓴 검은 선글라스를 벗었다.

그 밑에는 소녀의 얼굴이 있었다. 소년 같다는 형용사가 들어맞지 않는 미소녀의 얼굴이 있었다.

루데우스의 소꿉친구 실피에트가 거기에 있었다.

"나는…."

그녀는 결심한 것처럼 입을 열려다가, 울 것 같은 얼굴로 다시

다물었다.

그걸 보고 아리엘은 눈치챘다. 담담히 깨닫기도 했던 것이었다.

"실피. 이번으로 세 번째 하는 말인데요⋯."

"⋯⋯."

"당신, 뭔가 하고 싶은 일이 있는 것 아닌가요?"

하고 싶은 것은 있다.

하지만 실피는 고개를 내저었다.

그 하고 싶은 것은 이중의 의미로 할 수 없었다.

하나는 공포 때문에. 루데우스가 잊어버렸을지도 모른다는 마음에.

또 하나는 눈앞의 친구에 대한 마음 때문에.

그 하고 싶은 것을 하려고 하면, 실피는 아리엘의 곁을 떠나야 할지도 모른다.

함께 생사를 넘나들고 목적을 향해 애써온 동료에 대한 배신이다.

그런 마음을 가슴에 담고 입을 다문 실피. 그녀에게 실피는 말했다.

"실피. 나는⋯ 당신에게 몇 번이나 도움을 받았어요."

그것은 부드러운 목소리였다.

"아슬라 왕성에서 당신이 하늘에서 떨어지지 않았다면 나는 그 자리에서 죽었겠죠. 함께 잘 때 자객에게서 지켜 준 것도 당신. 적룡의 윗턱에서 수많은 적을 상대로 싸워 준 것도 당신. 지금까지 계속 도움을 받았어요."

"하지만 그건 왕궁에 전이하여 어떻게 해야 할지 모르는 나를 아리엘 님이 도와주었으니까…."

실피의 말에 아리엘은 천천히 고개를 내저었다.

"그 은혜는 아슬라 왕국에서 쫓겨날 때에 끝났어요. 그 이후로는 대등. 나는 교묘한 말로 당신을 이용한 것에 불과해요."

"나는 이용당했다고 생각하지 않아! 친구니까 도와주려고 했을 뿐이야!"

실피는 눈을 부릅뜨고 화를 냈지만, 아리엘은 조용히 미소지을 뿐이었다.

그리고 바로 그 말을 하고 싶었다는 듯이 입을 열었다.

"그래요. 그러니까 나도 당신이라는 친구를 돕고 싶어요."

"어?"

"다름 아닌 당신이니까 나를 생각해서 사양하는 거죠? 하지만 당신은 내 부하가 아니고 친구니까 억지로 나와 같은 목적을 가질 필요도 없어요. 하고 싶은 일이 생겼거든 내 곁을 떠나서 그쪽을 우선하세요."

아리엘의 부드러운 말에 실피의 마음은 흔들렸다.

흔들리면서도 쥐어짜내는 목소리로 실피는 말했다.

"하지만… 그건 배신이야."

"아뇨, 배신이 아니에요."

즉답이었다.

"오히려 지금 당신을 속박하면 내가 배신자가 되지요."

아리엘의 주장은 아슬라 왕국이라면 통하지 않았겠지.

아리엘은 왕녀고, 실피는 하찮은 시골뜨기 사냥꾼의 딸이다.

지금은 수호술사라는 입장이지만, 아무래도 대등하지 않다.

하지만 여기는 라노아 왕국이고, 아리엘은 거의 유배나 마찬가지 상태로 여기에 왔다.

그러니까 통한다.

그렇긴 해도 루크라면 크게 반론했겠지. 자신은 아리엘의 부하라는 것에 긍지를 가지고 있다. 그러니까 부디 그렇게 말하지 말고 명령해달라. 속박해달라. 그렇게 말했겠지.

실피도 아리엘에게 충성을 맹세한 것까진 아니지만 따를 만한 사람이라고 인정했다. 스스로를 희생하라고 한다면 순순히 따를 정도로.

실피가 그걸 말하지 않은 것은 아리엘의 말이 다정함으로 가득했기 때문이다.

"실피, 설마 그렇게나 신세 진 내게 배신자의 오명을 씌우진 않겠지요?"

"그럴 리가!"

생색내는 듯한 말에 실피는 놀란 기색으로 고개를 들었다.

아리엘은 엄한 얼굴로 실피를 바라보았다. 그런 강한 시선에 실피는 무심코 눈을 돌리고 싶어졌지만, 그 마음을 억누르면서 꿀꺽 침을 삼켰다.

"용기를 내서 말해 보세요. 지금 당신은 뭘 하고 싶은가."

"나는….""

실피는 거기서 입을 다물고 불끈 주먹을 쥐었다.

하고 싶은 것은 알고 있다. 필요한 것은 그걸 말하는 용기뿐.

언젠가 잃어버린 용기.

그것은 눈앞의 친구가 가지고 있다가 지금 실피에게 돌려주었다.

"나는 루디와 함께 있고 싶어."

"잘 말했어요."

아리엘은 미소 지었다.

거짓 미소가 아니라 어지간해서는 보여주지 않는 진짜 미소를.

"그거면 되어요. 일단 자기 자신이 중요하죠. 내가 걱정된다면 그게 끝난 뒤라도 늦지 않아요."

루크 또한 본심을 토로한 실피에게 부드러운 시선을 보냈다.

"그래. 일단 자기 일을 정리해."

그의 심정은 복잡했지만, 지금은 아리엘의 판단을 믿는 것이다.

"하지만 혹시 루디가 나를 기억해 주지 못한다면 분명 다시는 일어설 수 없을 거야."

그런 말에 아리엘과 루크는 쓴웃음을 지으면서 서로의 얼굴을 보았다.

"그건 이제부터 생각하죠."

아리엘의 다정한 말로 작전회의가 시작되었다.

"역시 정면에서 '부에나 마을에서 같이 자란 실피에트입니다.'라고 말하는 게 좋지 않을까요?"

"무리겠죠. 여태 기억을 못 하는 걸 보면 완전히 잊어버린 겁니다."

루크의 말에 아리엘도 생각하였다.

분명히 잊어버렸을 가능성은 크겠지. 실피와 루데우스가 헤어진 건 8년 전. 8년이나 지나면 사람을 잊어버릴 수 있다. 적어도 요 1년 동안 실피는 루데우스의 입에서 '실피'란 단어를 듣지 못한 듯하다.

그렇다면 실피에트라는 존재 자체를 잊어버렸을 가능성이 크다.

떠올리게 하려면 어떻게 해야 할까. 아리엘은 자신을 예로 들어 생각해 보았다.

그녀도 8년 전에 두었던 시녀의 이름을 기억하는 건 아니다.

하지만 몇 명 기억하는 이도 있다. 예를 들어서 리랴. 그녀는 철이 들었을 적에는 사라졌고 얼굴도 어렴풋이 기억나는 정도지만, 눈앞에서 자신을 위해 싸워 주었던 것은 잘 기억한다.

"실피, 그와의 추억은 뭔가 없나요?"

"추억 말인가요?"

"그래요. 사람은 능력과 추억으로 다른 이를 기억하지요. 그러니까 귀족은 일만 있으면 파티를 열어서 거기서 사람들을 서로 소개한답니다. 미사여구를 늘어놓고 어려운 댄스를 세련된 동작으로 추고, 조금이라도 인상에 남도록…. 귀족은 많으니 그저 만나기만 해서는 금방 잊어버리니까요."

실피의 능력은 기억에 남기 쉽다.

무영창 마술은 세계적으로 봐도 쓸 수 있는 인물이 적다. 실피나 루데우스 정도 나이에서 쓰는 사람은 거의 없겠지. 하지만 그래도 루데우스는 기억하지 못했다.

왜일까.

여기에는 세 가지 이유가 있다.

하나는 루데우스가 지난 생에서 밑바닥 인생을 보냈기 때문이다. 그 탓에 자기가 할 수 있으면 다른 이들도 간단히 도달할 수 있을 거란 의식을 갖기에 이르렀다.

또 하나는 루이젤드, 키시리카, 올스테드, 바디가디 같은 존재 탓이다. 이렇게 압도적인 강자들과의 만남은 이 세계에는 자기보다 대단한 사람이 널려 있다는 인식을 갖는 결과가 되었다.

무영창을 쓰는 사람 정도야 그럭저럭 있을 거라고.

그리고 아리엘의 존재도 있다. 일반인이 무영창을 쓴 거라면 또 몰라도 왕녀의 호위가 무영창 마술을 쓴다는 사실이 그의 인식을 어긋나게 하였다. 왕녀의 호위라면 그 정도는 할 수 있을 거라고.

"추억… 어어, 전에 괴롭힘 당했다는 이야기는 했지?"

"예, 머리카락 색깔 때문에 그랬다고 들었어요."

참고로 실피는 자기 머리카락이 원래 녹색이었다고 말하지 않았다.

녹색이라고 알려지면 왕녀나 루크가 기괴한 눈으로 볼지도 모른다, 그렇게 생각했다.

신뢰가 없는 건 아니다. 다만 그녀는 두려웠다.

고로 원래부터 백발이라고 계속 말해 왔다.

한 번 한 거짓말을 정정하긴 어렵고, 다행스럽게도 그녀의 머리카락은 원래 색으로 돌아오지 않았다.

지금 이 순간이라도 원래는 녹색 머리였다고 말해야겠지만, 유소년기의 괴롭힘이 그녀의 마음에 깊은 상처를 남겨서 그 행동을 주저하게 하였다.

"그때 루디가 도와주면서 만났고, 나에게는 제일가는 추억이야."

"…그렇군요."

아리엘은 생각에 잠겼다.

폭한이 실피를 습격하게 하고, 그걸 루데우스가 돕게 만든다. 그런 작전을.

한때 루크가 곧잘 했던 짓이고 고전이기도 하다.

하지만 문제가 있다.

실피는 강하다. 지금은 이런 모습이지만, 막상 전투가 시작되면 판단이 빠르고 정확하다.

아마도 어지간한 폭한이라면 순식간에 처리하겠지. 루데우스도 '피츠'가 얼마나 강한지는 적잖게 인정한다.

그런 실피를 몰아붙일 만한 강자가 있을까.

…있다.

현재 강력한 모험가 클랜 '선더볼트'가 이 도시에 있다. 돈만 넉넉하게 쥐어주면 그들을 고용할 수도 있겠지.

하지만 그들은 루데우스와 두터운 사이라는 소문을 들었다.

'진흙탕 루데우스'와 '스탭트 리더의 졸다트'가 카페에서 같이 차를 마시고 있더라는 소문이다. 거기에는 '엘리나리제 드래곤로드'와 '그리프 그리몰'도 있었다고 한다. 따라서 클랜 '선더볼트'에게 의뢰하는 건 기각이다.

또한 가령 전혀 관계없을 만한 모험가에게 의뢰했다고 해도.

아마도 모험가 '진흙탕 루데우스'의 얼굴은 아리엘의 생각 이상으로 알려졌다.

무관계한 모험가를 고른다고 해도 어떠한 경위로 연관이 있을 가능성이 있다.

그렇다면 이야기가 약간 복잡해진다. 어쩌면 누가 죽을지도 모른다.

아리엘도 이런 데서 시체를 만들고 싶지 않다.

모험가도 아닌 길바닥 불한당을 시키는 것도 한 가지 수다.

하지만 너무 약한 상대라면 루데우스가 실피에게 실망할 가능성도 있다.

그게 '내가 지켜 준다.'라는 감정으로 이어지면 좋겠지만, 든든한 선배로 행세했던 실피가 그러면 역효과일 가능성이 크다.

그 뒤의 일을 생각하면 실피의 주가를 떨어뜨리는 짓은 가급적 피하는 편이 좋다.

즉, 폭한이 습격한다는 작전은 기각이겠지.

"달리 추억은 없나요?"

"어어…. 아, 하나 더 있어."

실피는 떠올리면서 얼굴을 붉혔다.

"처음에 루디가 날 남자인 줄 알았는데, 마술 연습을 하다가 비가 왔어. 루디네 집에서 목욕하게 되었는데, 루디가, 저기, 억지로 옷을 벗기려고 해서…."

거기까지 말하다가 실피는 루크 쪽을 보았다.

루크는 그 시선을 받아서 묵묵히 두 손으로 귀를 틀어막았다. 그는 분위기를 읽을 줄 아는 남자였다.

"저, 저기, 속옷을, 끌어내려서…. 그, 그래서, 그게, 봐 버리는 바람에, 겨우, 내가 여자인 줄, 알았어."

그 뒤로 루데우스가 한동안 말없이 지냈다고 실피는 말했다.

참고로 그 뒤의 이야기는 아리엘도 이전에 들었다.

루데우스가 '피츠'의 정체를 폭로하지 않은 것은 그런 과거가 있기 때문이겠지.

실피에 대해서는 기억하지 못해도 억지로 정체를 폭로하면 좋은 일 없다고 무의식 중에 생각하는 부분도 있겠지.

"그건… 멋진 이야기로군요."

동시에 이것밖에 없다고 생각했다.

같은 시추에이션을 만들어서 그 자신의 손으로 실피를 벗기게 하는 것이다.

그리고 그 기세를 타고 말하면 된다고.

"알겠습니다. 그럼 그걸로 가지요."

아리엘의 결정이었다.

"루크, 귀에서 손 떼세요. 이제부터 작전을 말하겠습니다."

하지만 아리엘은 그때 문득 떠올렸다.

실피는 이런 쪽으로 야무지지 못하다. 이걸 어떻게 하지 않으면 같은 결과로 끝나겠지.

"그 전에 다시 확인해두지요."

"어, 응."

"실피, 방금 전에 함께 있고 싶다고 말했는데, 루데우스와 구체적으로 어떻게 되고 싶나요?"

그 말에 실피는 생각했다.

루디와 구체적으로 어떻게 되고 싶은가. 자신은 어쩌고 싶나.

함께 있고 싶다고 생각한다. 그에게는 호의를 가지고 있다. 계속 좋아했고, 재회한 뒤로 더욱 좋아하게 되었다.

구체적인 망상은 계속해 왔다.

예를 들자면 루디와 결혼한 뒤의 생활을.

상상에 나오는 집은 부에나 마을에서 루디가 살던 집이다.

그 정도의 집에서 산다.

침대는 하나. 아침에 일어나면 루디가 옆에서 자고 있다. 루디는 아침인사로 키스를 해 준다. 루디는 바로 옷을 갈아입고 아침 운동을 나간다.

복도로 나가서 식사를 만든다. 아침을 만드는 건 아내의 몫이다. 아침식사는 그리 대단하지 않아도 되지만, 루디는 많이 먹으니까 넉넉하게 만든다.

아침식사 준비가 다 될 무렵에 루디가 돌아온다. 그리고 식사를 하고 오늘도 맛있었다…는 말은 해 주지 않을지도 모른다. 하지만 루디는 묵묵히 먹는다. 실피는 그걸 웃으면서 지켜본다.

더 먹겠다는 말에 실피가 얼른 더 내준다.

아침식사가 끝나면 루디는 일. 도시락을 쥐어주어 보낸다. 실피도 아리엘 왕녀에게 간다. 루디의 양친처럼 맞벌이다. 루데우스의 일이 뭔지는 상상하지 않았지만, 망상에서 그 정도는 오차의 범주다.

실피가 일을 마치고 돌아오면 현관에서 루디와 딱 맞닥뜨린다. 루디는 실피를 보고 쓴웃음을 지으면서 어깨에 쌓인 눈을 털고 안아 준다. 둘이서 집 안에 들어가서 난로에 불을 지핀다.

목욕물 준비는 금방 끝나겠지. 몸을 씻고 훈훈해지면 식사 준비다. 준비할 동안 루디는 난로 앞에서 인형이라도 만들고 있을까.

저녁식사에서는 아침때와 달리 루디가 말이 많다.

오늘은 일할 때 무슨 일이 있었다, 이런 일이 있었다. 그것들은 모두 실피가 상상으로도 따라가지 못하는 대단한 일이라서 실피는 웃으면서 대단하다고 말한다.

식사가 끝나면 난로 앞의 소파에서 느긋하게 보낸다. 실피는 루디와 딱 달라붙어 있고, 루디가 어깨에 팔을 두른다. 이야기를 하는 날도 있고, 하지 않는 날도 있다.

다만 잠시 뒤에 시선이 얽히고 얼굴이 다가간다. 그리고 겹치는 실루엣.

루디는 실피를 안아들고 난로의 불을 끄고 침실로 들어간다.

'루디는 가끔은 저속하니까 '아이는 몇 명이 좋아?'라고 물을지도 몰라. 그러면 나도 '루디는 나한테 몇 명이나 낳게 할 거야?'라고 되묻고 루디는 가볍게 웃으면서 '많이'라고 말하면서 내 옷을 벗기고…. 그러면 나도 웃으면서 '그럼 많이 해 줘'…라고 말하고!'

"——라고 말하고!"

"어흠."

"헛!"

아리엘의 한 마디에 줄줄 새어나오던 망상은 끊기고, 실피는 새빨개진 귀를 만지작거리면서 고개를 숙였다. 아리엘은 그 모습을 보고 조용히 말했다.

"그 망상… 자신을 다른 여자로 바꿔놔 보세요."

망상에서 루데우스의 아내가 되는 게 나나호시가 되었다.

실피는 옆집 창문으로 두 사람의 정사를 엿보는 역할로.

루디와 나나호시는 실피의 시선을 알아차리자 웃으면서 커튼을 쳤다.

"싫죠?"

"시, 싫어!"

"좋아요."

아리엘은 무겁게 고개를 끄덕이며 말했다.

"실피, 이 작전은 당신의 노력에 달렸어요."

"예!"

아리엘은 이래서는 부족하다는 생각에 더욱 세게 나갔다.

"허튼 실패는 허락하지 않겠어요. 혹시 중요한 순간에 용기가 없어서 말하지 못하거나 하면, 우리는 두 번 다시 돕지 않겠어요. 아뇨, 그래선 부족하겠네요. 아슬라 왕국 제2왕녀 아리엘 아네모이 아슬라의 이름으로 앞으로 루데우스 그레이랫과의 일체 접촉을 금지하겠습니다."

그 말에 실피는 꿀꺽 침을 삼켰다.

방편이라는 것은 실피도 안다. 그 정도 각오를 가지고 덤비란 말이다.

아리엘은 실피의 표정을 확인하고 천천히 마지막 말을 하였다.

"정신 바짝 차리세요."

"예."

"좋아요."

아리엘은 다시 무겁게 고개를 끄덕이고 작전의 개요를 말했다.

★ 실피 시점 ★

그리고 작전은 결행되었다.

시각은 점심시간. 식사시간. 식당 1층.

그곳은 모험가 출신의 학생이라든가, 수족이나 마족 학생으로 들끓었다.

귀족들은 그들을 얕보았다.

대개 편견이다.

아리엘 님은 편견을 하찮다고 말한다. 400년 전, 그렇게 얕보던 상대에게 당한 게 어디의 무슨 종족이었냐고.

뭐, 그건 넘어가고.

루디는 1층의 제일 안쪽 테이블에서 여러 사람과 담소를 나누고 있었다.

루디, 자노바, 바디 님. 구석에서 줄리도 컵을 작은 손으로 감싸듯이 들고 세 사람을 힐끔힐끔 보았다.

"그러면 바디 님이 말씀하시는 인형에 필요한 조건이란 어떠한 것입니까?"

"진짜보다 귀엽고, 그리고 무엇보다도 보는 이를 모두 매료하는 에로스가 필요하다!"

"에로스! 역시나 바디 님은 혜안이십니다. 자, 한 잔 더."

바디 님은 피부가 검붉게 물들어선 기분 좋게 술을 마시고 있었다.

루디와 자노바가 히죽히죽 웃으면서 잔에 술을 따랐다.

이상하다. 이 식당에 술은 없을 텐데. 매점까지 가서 사 온 걸까.

"그런데 바디 님, 혹시 제가 키시리카 님의 인형을 만든다면 어떻겠습니까? 아주 에로한 겁니다."

"나의 피앙세를? 하지만 자네는 완전체가 된 키시리카를 모를 텐데."

"그러니까 그렇지요. 완전체가 되면 지금 모습으로 돌아올 수 없지요? 그러니까 지금의 사랑스러운 모습을 남겨둬야지요."

"일리 있군. 하지만 그 녀석은 실수가 잦아서 때때로 쉽게 죽으니까. 지금 모습을 남겨두지 않아도 되겠지."

"여러 나이의 키시리카 님을 나란히 두면 마왕성도 화려해지지 않을까요?"

"자네는 인간족, 여러 나이대의 키시리카를 보는 건 불가능하겠지."

"그렇죠, 그겁니다. 여러 나이대의 키시리카 님을 동시에 보려면 저의 인형 제작 기술을 후세에 전할 필요가 있지요. 그러기 위해서는 바디 님의 협력이 필요한 겁니다. 에헤헤."

"푸하하하하! 자네, 그 정도의 힘을 가졌으면서도 상인처럼 조르다니 재미있군! 그 자세를 한 번 사줘 볼까! 좋아, 좋아. 원하는 바를 말해 봐라. 돈인가, 사람인가?"

"아뇨, 그저 여차할 때에 후원자가 되어 주시면…."

루디가 알랑거리는 미소를 지었다.

엄청 못된 얼굴이다. 루디는 예전부터 별로 웃지 않지만, 웃으면 저런 얼굴이 된다.

예전과 변함이 없다.

왕궁에서도 저런 얼굴로 웃는 사람이 있었다. 분명히 다리우스 상급 대신이었다. 우리를 쫓아낸 장본인이며, 용서할 수 없는 상대다. 하지만 루디가 저렇게 웃는 탓인지, 나는 그의 웃음 자체는 괜찮았다. 똑똑한 사람 특유의 것이라고 생각했다.

루디와 자노바가 흙 마술을 써서 인형 제작에 골몰한다는 이야기는 들었다.

그게 뭐가 좋은지는 나로서는 잘 모르겠지만, 지극히 고도의 작업이라는 건 알겠다.

제작 도중인 적룡 인형을 구경했을 때에는 솔직히 대단하다고 생각했다.

드워프에게 영재 교육을 시키고, 결국에는 마왕님까지 끌어들인 모양이다.

본격적인 구조다. 같은 무영창 마술을 쓰는 사람으로 나도 한 몫 끼고 싶은 마음이지만, 아리엘 님의 호위도 있어서 무리한 이야기다.

"루데우스."

"아, 피츠 선배."

내가 말을 걸자 루디는 기쁜 얼굴을 하였다.

최근 내가 이상한 행동만 했는데도 경계하지 않는 모양이다.

역시 루디는 둔감하다.

하지만 경계하지 않는 것은 신뢰의 증거고, 그것은 기쁜 일이다.

"어쩐 일인가요?"

"어어."

자노바와 마왕님의 시선이 나를 찔렀다.

"어어⋯. 여기선 조금. 장소를 바꾸자."

"알겠습니다. 그럼 자노바, 대신 좀 이야기해 주세요."

"예, 자세한 부분은 제게 맡겨주시길."

루디와 자노바는 사이가 좋다. 부럽다⋯.

그렇게 생각하면서 루디를 식당 밖으로 데려갔다.

인기척이 없는 곳으로 이동해서 본론을 꺼냈다.

"그래서 무슨 일인가요?"

루디의 얼굴이 진지하게 변했다.

빠릿한 얼굴이다…. 역시 멋져.

"어어, 사실은 말이지, 간곡하게 부탁할 게 있어."

"알겠습니다. 마음 탁 놓고 맡겨 주세요."

내가 뭐라고 하기 전에 루디는 가슴을 탕 두드리며 나섰다.

"잠깐만. 아직 내용을 안 말했어."

"어지간한 일이 아니면 거절 안 합니다."

든든하다.

이런 루디를 속이는 건 마음이 켕긴다. 안 그래도 정체를 말할 수 없어서 괴로운데….

"사실은 말이지, 아리엘 님이 저번에 아는 귀족 댁에서 묵었다고 그러셨거든. 그 사람이 고용한 경호원이 아주 강한 사람이라나 봐."

"그 녀석을 때려눕히는 건가요?"

"아, 아냐!"

"그런가요. 그거 다행이네요. 저는 싸움이 별로라서."

싸움이 별로라니 말은 잘해요…. 아니, 혹시 이건 루디의 농담일까.

농담이라면 웃어 주는 편이…. 아니, 지금은 그런 것보다 계속 말해야지.

"아리엘 님이 그 사람 자랑을 듣고 분하셨대. 우리 '피츠' 쪽이 대단하다고 받아쳤다나 봐."

"호오. 그래서."

"상대 귀족이 '우리 경호원은 4인 파티로 우박의 숲 안까지 들어가서 거기서밖에 나지 않는 꽃을 따 왔다.'라고 말했는데…."

그러자 루디는 생각에 잠기듯이 턱에 손을 댔다.

"우박의 숲 오지에서 나는 꽃이라면, 프리즈 프린지드로군요. 꽃잎이 강장제가 되지만, 겨울에밖에 피지 않는 걸로 유명합니다."

오오, 역시 루디다. 잘 아네.

실존하는 걸 조사해 두길 잘했다.

"겨울의 우박의 숲은 위험하지만, A급 이상 모험가가 넷이라면 그리 자랑할 정도도 아니지요. 신중하게 가면 별 고생 않고 꽃을 따서 돌아올 수 있을 겁니다."

그렇게 말하더니 루디는 우박의 숲에 출몰하는 마물의 이름을 줄줄이 열거하였다.

스노우 호넷, 화이트 쿠거, 마스터드 트렌트….

용케 저렇게 술술 말하네. 전부 기억하는 걸까.

"어, 그래서 말이지, 아리엘 님도 자제가 안 되어서 '피츠라면 더 적은 숫자로도 따 올 수 있다.'라고 말씀하셔서."

"아하, 그런 건가요."

루디는 이해했다는 듯이 끄덕이더니,

"아는 모험가에게 말하면 저렴하게 양도해 줄 겁니다. 그걸 가져가서 자력으로 가져왔다고 하면 저쪽도 믿겠죠."

라고 말했다.

"아니! 루데우스, 그건 좋지 않아! 내 힘을 보여줘야만 하는 장면이잖아?!"

"힘이라고 해도 여러 가지가 있지요. 사람과 사람의 관계도 힘입니다. 커넥션 파워입니다. 저는 아는 모험가가 있고, 피츠 선배는 저를 알고. 피츠 선배의 커넥션이 사람과 사람의 관계가 힘이 됩니다. 사람을 써서 물건을 손에 넣는다. 그것 또한 힘을 보여주는 방법입니다."

궤, 궤변이다. 갑자기 무슨 소리야.

"그래선 안 돼. 들키면 아리엘 님의 체면이 망가지고."

"그렇습니까. 그럼 따라 가 볼까요?"

루디는 태연하게 그렇게 말했다.

숲에 들어가는데 전혀 겁먹지 않나 보다. 대단하다.

그렇게 생각했는데 다음 말에 나는 얼어붙었다.

"시간이 남는 지인을 모아올 테니 사흘 정도 기다려 주세요. 열 명만 있으면 충분하겠죠. 마침 '스텝트 리더' 멤버들이 이 도시에 있으니까 금방 모입니다."

아니, 잠깐. 그건 이상해.

"아니, 아니, 루데우스! 아리엘 님은 '더 적은 숫자로'라고 말했잖아?! 열 명이나 모아서 어쩌려고!"

"안심하세요. 그 녀석들은 '우연히 우리와 같은 시기에 숲에 들어갈 뿐'입니다. 개중에는 마물의 토벌 의뢰를 받거나 소재를 모으러 뛰어다니는 녀석도 있어서 도중의 마물을 줄줄이 사냥해 줄지도 모르지만요. 꽃을 따러오는 사람은 없습니다. 피츠 선배뿐입니다."

으, 으~음. 이게 모험가의 지혜일까.

아니, 루디는 몇 년이나 모험가 생활을 했다고 그러고, 숲의 무서움을 잘 아는구나.

거기에 생초보인 내가 들어간다고 생각하니까 조금 걱정이 된 거야.

응, 그게 틀림없어.

"그, 그렇게 사람이 많지 않아도, 나랑 루데우스가 있으면 여유롭지 않아?"

"…혹시 피츠 선배는 그겁니까? 저한테 호위를 부탁하고 싶은 겁니까?"

처음부터 그렇게 말을… 하지 않았구나.

"응! 그, 그래! 루데우스만 믿어."

그렇게 말하자 루디는 흠 소리를 낸 뒤에 턱에 손을 대고 잠시 생각하다가 끄덕였다.

"알겠습니다. 피츠 선배에게는 여러모로 신세를 졌습니다. 부탁을 받았는데 싫다고 할 수 없지요. 그 의뢰, 기꺼이 받아들이겠습니다."

"고, 고마워, 루데우스! 혼자서 숲에 들어가는 건 불안했어!"

여러모로 아슬아슬한 데도 있었지만, 일단 제1관문은 돌파했다.

하지만 나한테 이야기를 조금 들은 것만으로도 그렇게 쉽게나 대답이 툭툭 나오는구나.

루디는 역시 대단해.

작전은 제2단계로 넘어갔다.

루디와 내가 우박의 숲에 들어간다.

우박의 숲은 마법도시 샤리아에서 북쪽으로 사흘 정도 이동한 장소에 있다. 숲이 끝나는 곳이 바로 바쉐란트와의 국경이된다.

보통 여행차림밖에 없는 나와 달리 루디는 중장비였다.

커다란 배낭에 만에 하나의 때를 위한 비상식량 등등이 들어있는 모양이었다.

다름 아닌 루디니까 빈손으로 갈 수 있을 줄 알았다고 하자 "숲을 얕보면 안 됩니다. 스톤 캐논을 눈으로 보고 피하는 마물도 있으니까."라는 대답이 돌아왔다.

말도 안 된다 싶어서 자세히 들어보니, 마대륙의 숲에는 그런마물이 득시글댄다고 했다. 농담인가 싶었는데, 루디의 눈은 진지했다.

우박의 숲에서는 마물이 출몰한다고 해도 기껏해야 B급이다.

그 정도라면 나도 대처할 수 있을 거라고 생각하는데….

"미안. 준비를 다 맡겨 버린 꼴이 되어서."

"아뇨, 호위 의뢰라고 생각하면 당연한 일이지요."

그런 식으로 받아들인다면 의뢰료 같은 걸 받는 걸까.

"어어, 의뢰료나 그런 걸 내는 편이 좋을까?"

"설마요. 이건 제가 선의로 하는 일이니까 신경 쓰지 마세요."

루디는 '선의로'라는 부분을 꽤나 강조하였다.

"나도 루데우스에게 의뢰료 정도라면 낼 수 있으니까."

아리엘 님에게 적게나마 급료를 받고 있다.

쓸 데가 없으니까 모으고 있다. 루디를 고용하는 정도라면 할 수 있다. 아, 하지만 루디는 왕급 이상의 실력이 있으니까 아, 안 모자랄까?

"홋, 저는 비쌉니다."

"비, 비싸다니, 그야 그럴지도 모르, 지만…."

루디의 그 말에 나는 노예시장 광경을 떠올렸다.

머릿속에서는 루디가 알몸으로 판매대에 서 있었다.

루디를, 돈으로, 산다….

아랫배 쪽에서 꾸욱 하고 뭔가를 호소하였다. 부끄러움에 얼굴이 뜨거워지는 게 느껴졌다.

"아, 아무튼, 서두르자!"

"예."

우리는 우박의 숲으로 들어갔다. 우박의 숲은 언뜻 보면 보통 숲과 같다.

키가 큰 나무들이 눈에 뒤덮인, 어디에나 있는 숲이다.

이 숲은 정기적으로 우박이 내린다. 마력적으로 이상이 있는 곳이다.

이 일대만 눈을 밟으면 사박사박 소리가 난다.

"꽃은 절벽에 핍니다. 거기까지 눈을 녹이면서 직선으로 이동할 테니까, 주위를 경계하면서 따라오세요."

루디는 대수롭지 않다는 듯이 말하면서 눈을 녹이며 척척 전진하였다.

나도 해 보려고 했지만 틀렸다. 자기 주위만 녹인다는 소리는 불 마술을 응용하는 건데, 길을 만드는 레벨로 지속하는 건 힘들다.

못 할 건 없지만, 마력을 다 쓰게 된다. 루디는 마력을 사치스럽게 쓴다.

어깨 근처까지 오는 눈을 녹이면서 길을 갔다. 눈이 녹을 때의 수증기 때문에 마물에게 들킬지도 모른다고 생각했지만, 수증기는 루디가 바로바로 없애 버렸다.

어떻게 하는 거냐고 물었더니, 습도를 조절하면 눈만 녹일 뿐이지 수증기를 내지 않을 수 있다는 모양이다. 얼마나 연습하면 그런 게 가능할까.

'그런 것보다 작전 개시야.'

나는 심호흡을 한 차례 하고 루디가 손에 든 지팡이를 가리켰다.

"그 지팡이, 저번에도 내가 가져다준 거지? 대단하네. 완전 오더 메이드에 색깔 있는 마석까지 붙은 지팡이라니, 왕궁에서밖에 본 적 없어."

"열 살 생일에 가정교사로 가르치던 아가씨에게 받은 것입니다."

루디는 그렇게 말하더니 조금 슬픈 표정을 하였다.

그러고 보면 가정교사로 가르쳤던 아가씨에 대해서는 별로 듣지 못했다.

루디는 별로 말하고 싶지 않은 모양이었다. 정보에 따르면 분명히 매우 난폭한 사람이라고 했는데… 안 좋은 추억이라도 있는 걸까.

"그 지팡이, 잠깐 내가 들어봐도 될까? 나는 초심자용 지팡이밖에 없으니까 그런 걸 동경했어."

"그런가요. 왕녀님의 호위라면 더 좋은 지팡이도 받을 수 있을 것 같은데요."

"무영창 마술이니까 지팡이는 필요 없을 거라고. 구두쇠라니까."

물론 아리엘 님이 구두쇠라서 초심자용 지팡이를 쓰는 건 아니다.

이 지팡이는 루디에게 받은 거니까 소중히 여기고 있다. 흔해빠진 지팡이니까 루디는 알아차리지 못했지만.

"여기요, 들어보세요. 굵기는 어떤가요?"

루디는 히죽 웃으면서 그런 소리를 하였다.

뭐지? 뭐 재미있는 거라도 있나?

의문스럽게 생각하면서도 나는 지팡이를 쥐었다.

내 손은 작으니까 조금 들기 불편했다.

"굵네. 두 손으로 드는 걸 생각한 걸까."

"…제가 성장한 뒤를 생각했겠죠."

"흐응."

루디는 웃으면서 다시 눈을 녹이고 전진하기 시작했다. 나는 지팡이를 든 채로 그 뒤를 따랐다.

좋아, 일단 작전 속행이다. 다음은….

나는 새끼손가락에 낀 반지를 입가로 가져가서 작은 목소리로 키워드를 외웠다.

"'붉은 탑'."

그러자 반지의 보석 색깔이 청색에서 적색으로 변했다.

이 반지는 아리엘 님이 항상 가지고 다니는 마도구다. 키워드를 말하면 색깔이 변하는 동시에 멀리에 있는 대칭되는 반지의 색깔도 변한다. 그것뿐인 마도구다. 너무 멀면 효과가 나오지 않지만, 이번에 다른 쪽 반지는 미리 숲 바깥에 대기시킨 이들의 손에 있다.

'괜찮을까….'

나는 힐끔힐끔 하늘을 올려다보며 때를 기다렸다.

불안과는 달리 하늘이 살짝 흐려지기 시작했다.

좋아. 잘 되고 있어.

"음."

루디가 곧 낌새를 느끼고 하늘을 올려다보며 중얼거렸다.

"…비구름인가. 어쩐 일이지."

북방대지의 겨울에는 좀처럼 비가 오지 않는다.

그런 탓인지 이 근처에서 사용되는 방한구는 비에 약하다.

우리가 입은 스노우 헤지혹의 모피로 만든 방한구는 눈이 녹는 일 없이 털어낼 수 있다. 고로 방한구로서는 대단히 뛰어나지만, 물이 침투하기 쉽다는 결점이 있다. 한 번 물이 스며들면 겨울의 찬바람이 불기만 해도 꽝꽝 얼어붙는다.

"피츠 선배, 비가 내릴 것 같네요."

겨울에 비가 올 것 같은 경우는 그 자리에서 지붕 등을 만들어서 버티든가, 아니면 동굴 등에서 야숙을 하는 게 바람직하다고 하는데, 마술로 피난소를 만들기보다는 동굴 편이 비교적 안전하다고 한다.

루디도 흙 마술에 강하다고 해도 비가 그칠 때까지 마술을 계속 쓰는 건 귀찮다고 생각하겠지.

그래서 나는 제안했다.

"그래, 지도를 보면 요 앞에…"

동굴이 있으니까 야숙하자, 그렇게 말하려는 때에 루디는 고개를 내저었다.

"아뇨, 금방 흩어 버릴 테니까요."

그렇게 말하고 손을 들었다.

'이런!'

나는 그 순간 실책을 깨달았다.

루디는 수성급 마술사다. 날씨 조작 따윈 누워서 떡먹기다.

아리엘 님은 상급 마술사를 두 명 고용했다고 말했지만, 루디에게 걸리면 구름 따윈 간단히 쫓아내겠지.

어쩐다, 어쩐다. 여기서 비가 내리지 않으면 계획은 날아간다.

나는 내 손에 들린 지팡이에 마력을 넣었다.

엄청난 힘이 느껴졌다. 이, 이거라면 될지도.

"으음?"

루디가 손을 들면서 고개를 갸웃거렸다.

아마도 마음대로 비구름이 사라지지 않아서 이상하게 생각했겠지. 당연하다. 지금 내가 그걸 방해하고 있으니까.

루디가 제 실력을 내지 않은 탓인지, 아니면 지팡이 덕분인지, 내 날씨 조작은 루디와 팽팽히 힘싸움을 벌였다. 그렇다면 숲 밖에 있는 상급 마술사의 힘만큼 이쪽이 유리하다.

기도하는 마음으로 지팡이에 계속 마력을 넣었다. 하늘에 깔린 비구름을 조장하듯이. 루디에게 배운 대로. 수분을 모아서 구름을 만들고 그걸 식혀서 떨어뜨린다!

"으음…."

루디가 눈썹을 찡그린 다음 순간 차가운 비가 내리기 시작했다.

"…죄송합니다, 피츠 선배. 오늘은 좀 컨디션이 안 좋은 모양입니다."

살짝 쇼크를 받은 얼굴로 루디가 말했다.

"괘, 괜찮아. 아마 내가 지팡이를 돌려주지 않은 탓이야."

"지팡이가 없어도 저 정도의 비구름이라면 흩어버릴 텐데요. 최근 별로 안 써서 둔해졌나…? 아니면…."

루디는 자기 손바닥을 보면서 뭐라고 중얼거렸다.

그 비구름이 의도적인 것이라는 사실은 알아차린 모양이다.

하지만 그걸 흩어버리는 의도에 방해를 받을 줄은 생각하지 않았겠지.

"뭐, 내리는 건 어쩔 수 없지요. 분명히 이 앞에 동굴이 있었을 겁니다. 거기서 비를 피하죠."

"그, 그래!"

루디의 말에 고개를 크게 끄덕이고 우리는 이동을 재개했다.

스노우 헤지혹의 모피가 물을 먹어서 순식간에 우리의 체온을 빼앗았다.

계획대로.

"저기로군요."

그리고 우리는 흠뻑 젖어서 동굴에 도착했다.

길이가 10미터 정도밖에 안 되는 작은 동굴.

여기가 목적지다.

제10화 비 내리는 숲 후편

뭔가 있을 거라고 생각했다.

나를 고용한 피츠 선배의 거동이 이상했다.

이변도 있었다. 비가 내린다고 해도 구름의 움직임이 너무 빨랐다.

겨울에 소나기가 내리는 일은 거의 없다. 누군가가 마술을 썼을 가능성이 있다.

아니, 하지만 비를 내리게 해서 뭘 어쩌려는 걸까.

방해일까?

하지만 누가? 아리엘 왕녀가 만났다는 그 귀족이?

뭘 위해? 그야 피츠 선배가 꽃을 따오지 못하게 하려는 거겠지.

하지만 그럴 거면 비가 아니라 다른 게 내리는 편이 낫겠지. 창이라든가.

피츠 선배는 이걸 알아차렸을까.

"……"

얼굴에서는 긴장이 엿보였다. 그렇다면 알아차렸군.

하지만 그렇기는 해도 묘하게 차분한 것처럼 보였다.

이 정도의 방해는 예상했다는 걸까…. 아니, 그렇다면 처음에 방해가 있을 거라고 말하지.

어쩌면 그녀가 나를 암살하고 싶은 걸까. 아니, 그거라면 달리 기회가 있었을 거다.

뭐가 어떻게 된 걸까.

고민하면서도 나는 젖은 옷을 말리기 위해 모닥불 준비를 시작하였다.

이런 일도 있을까 싶어서 모닥불용 장작은 준비해 왔다.

불 마술로 모닥불을 유지하는 건 가능하지만, 마물이 나타났을 때에는 꺼지게 된다. 그렇다면 불빛도 사라지고, 전투 후에 불을 다시 켜야만 한다.

그럼 처음부터 장작을 들고 오는 편이 낫다.

"…일단 불을 지피겠습니다."

장작을 설치하고 불을 붙였다.

불이 안정된 것을 확인한 뒤에 방한구를 벗었다.

방한구는 흠뻑 젖어서 바깥 부분은 얼어 있었다.

방한구 밑에는 언제나처럼 회색 로브를 입고 있었지만, 이쪽도 흠뻑 젖었다.

감촉을 보면 속옷까지 다 젖었다. 일단 갈아입을 걸 가져왔으니까 그쪽은 그렇다고 하고, 방한구와 로브를 먼저 말리기로 했다.

바람 마술과 물 마술을 구사하여 순간적으로 물을 짜냈다.

하지만 물기를 죄다 날려버리는 정도면 천이 망가지기 때문에 적당히.

그 뒤에 흙 마술로 건조대를 만들어서 속옷 이외의 옷을 죄다 널었다.

속옷 차림이 되어서 몸을 데우기 위해 불을 쬐었지만, 아직 춥다.

동굴 입구를 흙 마술로 막았다.

완전히 막으면 일산화탄소 중독이 될지도 모르니까 천장 쪽에 틈새를 만들었다.

자, 일단 이걸로 괜찮겠지. 속옷은 어쩔까. 아무래도 피츠 선배 앞에서 벗을 수도 없지만.

그렇게 생각하면서 그녀를 보았더니.

"우우…."

피츠 선배는 자기 어깨를 껴안고 덜덜 떨고 있었다. 방한구는 벗었지만, 그 밑의 망토 등은 여전히 입은 채였다. 그대로 있다간 감기 걸린다.

"말리…."

말리는 편이 낫지 않겠냐고 말하려다가 나는 입을 다물었다.

피츠 선배는 소년 같은 외모를 하였지만 여성이다.

게다가 정체를 숨기고 있다. 내 앞에서 벗을 수는 없다. 하지만 이대로는 좋지 않다.

어떻게 한다, 으음.

"피츠 선배."

"뭐, 뭐야?!"

다소 큰 목소리로 대답이 돌아왔다.

피츠 선배도 지금 상황을 알아차린 모양이다. 안 벗으면 안 되지만, 벗을 수는 없는 그런 상황을. 고로 경계를 드러내는 것이다.

이건 안 되지. 내가 분위기를 읽기로 하자.

"예전에 아는 소녀에게 엘프족은 다른 종족에서 맨살을 보이는 것을 금한다는 이야기를 들었습니다. 저는 뒤를 보고 눈을 감고 있을 테니까 그 동안 마술을 써서 옷을 말려 주세요."

"어!?"

피츠 선배의 놀란 목소리. 그렇겠지. 그런 금기 이야기는 들은 적도 없다.

혹시 그런 금기가 있다면 엘리나리제는 그야말로 금기 그 자체다. 걸어다니는 금기다. 하지만 내가 그렇게 잘못된 지식을 가졌다고 알면 피츠 선배도 옳다구나 생각하겠지.

나는 천천히 뒤를 돌아보고 눈을 감았다.

그리고 귀를 기울였다. 피츠 선배가 뒤에서 스트립을 하고 있다고 생각하면서 소리만이라도 즐겨보자고.

"…………."

"……."

하지만 도무지 소리가 나지 않았다.

젖었다고 해도 옷을 벗는데, 그리고 무영창 마술을 써서 말리는 데에는 다소 소리가 난다.

이상하다. 어쩌면 피츠 선배는 소리를 내지 않고 옷을 갈아입을 수 있는 걸까.

그러고 보면 초등학교 때 옷을 입은 채로 수영복을 갈아입는 여자애가 있었다. 참 재주도 좋았다.

내 초등학교 시절에는 탈의실이란 게 없었다.

남녀가 함께 교실에서 옷을 갈아입었다. 생각해 보면 참으로 멋진 시대였다.

인터넷이 보급된 후에 당시의 방법을 인터넷에서 발견하여 그렇구나 싶었다. 그런 특수한 방법에는 흥미가 있다.

학술적인 흥미다. 그래, 이건 학술이다. 지적 호기심이야. 결코 야한 목적이 아니다.

혹시 피츠 선배가 옷을 벗지 않았으면 얼어붙을 테니까.

그렇게 생각하고 슬~~쩍 뒤를 돌아보았다.

피츠 선배와 딱 눈이 마주쳤다. 선글라스 너머지만 왠지 눈이 마주친 걸 알았다.

나는 눈을 돌리지 않았다.

피츠 선배가 새파란 얼굴을 하고 있었기 때문이다.

"피츠 선배!"

그녀는 새파란 얼굴로 두 어깨를 껴안고 떨고 있었다.

딱 봐도 피츠 선배가 체온을 빼앗기고 있다는 걸 알았다.

북방대지의 겨울숲의 기온은 빙점 아래에 달한다. 그런 곳을 걸어다녔다. 체온은 금방 빼앗긴다. 실제로 나도 춥다. 동굴 안은 약간 온도가 올라가고 있지만, 젖은 옷을 입은 상태면 얼음물에 젖은 것과 같다.

감기 정도로 안 끝난다.

"하다못해 옷을 갈아입으세요. 뭣 하면 방이라도 따로 만들까요? 아니, 제가, 제가 동굴에서 나가죠. 그래요, 그게 낫겠군요."

"기다려."

동굴 밖으로 나가려는 나를 피츠 선배가 붙잡았다.

그녀는 떨면서 나를 바라보았다. 그리고 떨면서 일어서더니 내 쪽으로 천천히 걸어와서 가만히 나를 올려다보았다.

"…………."

"……"

떨면서 가만히. 뭔가 하고 싶은 말이라도 있는듯이.

뭐지? 피츠 선배는 무슨 말을 하고 싶은 거지? 아니, 뭘 하고 싶은 거지?

"가, 감기 걸릴 텐데요…?"

"응, 그, 그래."

떨리는 목소리로 대답이 돌아왔다.

나는 혼란스러웠다. 피츠 선배의 생각을 읽을 수가 없었다.

"옷을 안 벗으면 위험해요. 체온이 내려가면 죽으니까요…."

"응…. 죽어. 이대로는…."

피츠 선배는 그렇게 말하면서도 결코 옷을 벗으려 들지 않았다.

아니, 눈앞에서 벗어도 곤란하지.

나는 모른다. 피츠 선배는 남자다, 결코 여자가 아니다. 그런 걸로 하고 있다.

나는 눈을 감아야 한다.

"내 손으로는 못 벗겠어. 벗겨 줘."

"……"

이 인간, 무슨 소리를 하는 걸까.

"…혼자서 못 벗겠으면 제가 벗길 수밖에 없겠군요."

나는 무슨 소리를 하는 걸까.

아아, 안 돼. 손이 멋대로 피츠 선배 쪽으로 뻗는다.

일단 어깨를 만졌다. 차갑다. 그리고 가늘다. 그리고 부드럽다. 틀림없이 여자의 어깨였다.

가늘고, 부러질 것 같은 어깨였다.

그리고 나는 남자다.

남자와 여자가 쉽사리 속살을 보이면 안 된다는 것은 이 세계에서도 마찬가지 상식이다.

"사, 사실은 말이죠. 저는 피츠 선배가 여자란 걸 알고 있어요."

"응. 하지만 벗겨 주지 않으면 내가 죽을지도 몰라."

"어, 어어."

이게 어떻게 되는 걸까. 생각을 못 읽겠다. 피츠 선배는 무슨 꿍꿍이일까.

혹시 돈을 뜯어내려는 걸까?

옷을 벗기면 어디서 무서운 사람이 튀어나와서선 '너는 아슬라 왕국의 극비사정을 알았다.'라고 담담히 말하고 실험실 같은 곳으로 끌고 가서 해부라도 하려는 걸까.

지금 피츠 선배를 해부하려는 내가 할 말은 아니지만….

"으…."

손이 멋대로 움직여서 피츠 선배의 웃옷을 벗겼다.

두꺼운 천으로 된 웃옷을 벗기자, 완전히 젖은 하얀 셔츠가 보였다.

하얀 셔츠다. 하얀 천은 다소 두꺼워도 비친다. 내 시야에 피츠 선배의 속옷이 들어왔다. 가슴을 싼 것은 스포티한 느낌의 브래지어다.

거기에 싸인 빈약하면서도 깨끗한 것은 성인의 사이즈가 아니었다. 하지만 이렇게 물에 젖어서 달라붙은 걸 보면 틀림없이 있다. 남자가 원해 마지않는 두 개의 흉부 완충재가.

"피츠 선배…."

"왜 그래, 루디?"

루디, 그런 그리운 애칭으로 불려서 내 안에서 뭔가가 깨어나려고 했다.

이 상황은 어딘가에서, 어딘가에서 맛 본 적이 있다.

"시, 실례하겠습니다."

"응."

피츠 선배의 얼굴은 새빨갰다.

귀까지 새빨갛다. 이렇게 빨갛게 물든 귀도 어디선가에서 본 적이 없었던가?

하얀 셔츠를 벗기자 새하얀 피부가 나타났다. 가늘어서 부러질 것만 같은 어깨. 근육도 지방도 부족해서 한없이 가는 목덜미.

그런 것을 가까이서 보고 손으로 만졌다. 요즘 도움이 안 되는 나의 검도 의전에 따라 세운 기사검처럼 위를 향하고 있었다.

피츠 선배에게는 뭔가가 있다. 나를 흥분시키는, 뭔지 모를 뭔가가 있다.

다만 지금 당장 쓰러뜨리고 싶어지는 흥분이 있다.

"하아… 하아…."

나는 그 흥분에 떠밀리듯이 피츠 선배의 벨트에 손을 댔다.

철컥철컥 소리를 내면서 벨트를 끄르고 바지에 손을 대다가 뭔가 떠올랐다.

그러고 보면 예전에 이런 적이 있었다. 다섯 살인가, 여섯 살 때였던가. 분명히 있었다.

내린 바지 밑에서는 순백의 팬티가 나타났다. 그 때와는 달리 팬티랑 같이 내리지 않았다.

하지만 물에 젖은 속옷은 역시 그 밑의 것을 비쳐보였다.

어쩌면 무모지대가 아닐까.

"…꿀꺽."

피츠 선배는 말없이 바지에서 다리를 빼대어 내 앞에 앉았다. 여자들이 흔히 그러듯이 다리를 모아서.

나는 그 정면에 정좌하였다. 동굴 바닥은 울퉁불퉁해서 엉덩이가 아프다.

피츠 선배는 손을 내밀었다.

그 손에는 젖은 하얀 장갑이 있었다.

"이것도."

그걸 벗기자 안에서는 화상 자국이 있는 손이 나왔다. 본 적이 있는 손이었다.

분명히 예전에 난로에 손을 넣었다가 화상을 입었다는 자국이었다. 그 바람에 불 마술을 꺼리게 된 것이라고 나는 추측했다.

"루디."

피츠 선배의 시선이 약간 아래쪽으로 향한 걸 알았다.

방금 전에 설치한 텐트가 있었다. 역시 피츠 선배의 몸은 내 텐트 설치에 다대한 공헌을 해 주었다.

"아직 하나 남았어."

하나라는 말.

나는 그게 팬티도 브래지어도 아니란 걸 알고 있었다. 여기까지 오면 안다.

선글라스에 손을 댔다.

"……."

벗겼다.

그러자 거기에는 역시나.

내가 아는 얼굴이 있었다.

과거에 성장하면 미소년이 될 거라고 생각했던 얼굴이 있었다.

이 얼굴과 함께 있으면 나도 떡고물 좀 받아먹을 수 있을 거라고 생각했던 예쁜 얼굴이.

그리고 그 얼굴이 당시 생각했던 것보다 더 귀여워졌다.

어린 티가 남았지만 귀엽다고밖에 할 수 없는 얼굴이었다.

씩씩한 눈에 오뚝한 코, 얇은 입술.

엘프족의 유전자 때문인지 엘리나리제와도 비슷했다.

하지만 하프나 쿼터 특유의 친근함이 있었다.

"저기, 피츠 선배."

"왜, 루디?"

그리고 새빨간 얼굴을 하면서 고개를 갸웃거리는 모습은 예전과 똑같고.

왜 나는 여태까지 알아차리지 못했을까.

머리. 그래, 머리카락 색깔이 달랐다. 그녀의 머리카락은 녹색이었다. 지금은 새하얗다.

아니, 머리카락이야 얼마든지 염색할 수 있다. 탈색도 그렇게 어렵지 않다.

"혹시 피츠 선배의 본명은 실피에트 아닙니까?"

"…응."

피츠 선배는, 아니, 실피는 부끄러운 듯이 웃으면서 끄덕였다.

"응…. 응…. 그래. 나는 실피에트. 부에나 마을의 실피에트입
니다."

그 미소가 순식간에 우는 얼굴로 변했다.

그게 완전한 울음이 되기 전에 그녀는 내게 안겼다.

"겨우 말했어…"

조용히 말한 실피의 피부는 차가웠다.

잠시 시간이 흘렀다.

나는 당혹스러움을 숨길 수 없었지만, 모든 걸 이해한 기분이
기도 했다.

"으으… 훌쩍…"

실피는 내게 안겨서 훌쩍훌쩍 울었다.

그 때와 비슷했다. 그녀는 여전히 울보다. 그리고 여전히 부드
럽고 가늘다. 지방 따위 전혀 없는 것처럼 보이지만, 안으면 부
드럽다. 이건 혹시 유연제라도 쓰는 거 아닐까.

"나, 난, 계속, 계속 기다렸어. 부에나 마을에서, 계속, 노력했
어."

내가 가정교사로 간 뒤로 실피의 노력에 대해서는 파울로에게

들었다.

나는 조용히 그녀의 머리를 쓰다듬었다. 그러자 실피는 내게
더 안겨들었다.

그리고 고개를 들었다. 눈물과 콧물로 엉망이 된 얼굴이었다.

나는 그걸 보고 뭐라고 해야 할지 알 수 없었다.

"예전부터…."

다만 실피는 달랐다. 그녀는 내 눈을 보고 입을 열었다.

"예전부터, 계속, 좋아했어…."

나는 놀란 얼굴을 한 것을 자각했다.

"루디를 좋아했어. 지금은 더 좋아해. 떨어지지 말아줘. 계속
같이 있고 싶어."

머릿속이 새하얗게 되었다.

실피한테 좋아한다는 말을 듣고 놀라는 내가 있었다.

실피는 예전부터 내게 딱 달라붙었다. 내가 그런 식으로 만들
었다고도 할 수 있다.

하지만 지금은 다르다. 적어도 1년 동안 나는 피츠 선배를 봐
왔다. 존경할 수 있는 인물로서 봐 왔다. 적어도 피츠 선배는
누구에게도 의존하지 않고 서 있었다.

혹은 아직도 내가 심어준 의존성이 남아 있는 걸지도 모른다.

하지만 적어도 나는 피츠 선배를 의지하였다. 지식이 있고, 나
를 위해 이것저것 생각해 주는 선배를 의존하였다. 나만이 아니
라 '무언의 피츠'라면 아리엘 왕녀의 신뢰가 두터운 인물이다.

나는 지금 그런 상대에게 고백받았다.

가슴이 뜨거워졌다.

혼란이 극한이며, 실피＝피츠 선배라는 사실도 제대로 이해하지 못했지만, 펄쩍 뛸 만큼 기쁜 마음으로 가득했다.

그 순간 문득 에리스가 떠올랐다.

그러고 보면 나는 그녀에게 좋아한다고 말했던가.

가족이 되자는 말은 있었다. 하지만 그건 그녀가 먼저 꺼낸 말이었다. 내 쪽에서 그녀에게 뭐라고 말했던가.

사라에게는 말했던가. 아니, 말하지 않았다.

애초에 내가 사라를 좋아했냐고 하면 미묘했던 것 같다. 싫지는 않았고, 그런 행위에도 도달할 뻔했지만, 그래도 좋아한다는 것과는 또 다른 감정으로 움직인 것 같다.

그럼 피츠 선배, 아니, 실피를 나는 어떻게 생각할까?

그 점은 더 깊이 생각해야만 할 것 같았다.

자문자답을 거듭하고 확실한 대답을 내놓아야만 할 것 같았다.

하지만 여기서 말하지 않으면 또 없어질지도 모른다.

"나도 좋아합니다."

그렇게 생각했을 때에는 실피의 어깨를 붙잡고 떼어내며 그렇게 말하고 있었다.

저항이 있었지만 약했다.

실피의 얼굴은 눈물과 콧물로 엉망이었지만, 나는 그 얼굴을 가만히 쓰다듬고 얼굴을 가져갔다.

"응…."

실피의 입술은 부드러웠다.

콧물로 조금 끈적였지만, 그건 관계없었다.

키스를 마치자, 실피는 울음을 그치고 있었다. 빨간 얼굴로 멍한 표정을 하며 나를 보고 있었다.

"……."

나는 말을 잃었다.

이미 말은 필요 없었다.

사랑을 말로 확인했다면 다음은 그거다. 사랑 다음에는 H가 온다.

나도 참 단순하다고 생각하지만, 2년 동안 억눌러 온 것은 폭발 직전이었다.

실피도 저항하지 않았다.

내가 준비한 야영용 담요에 가만히 누웠다. 어쩌면 처음부터 그녀는 그럴 생각이었을지도 모른다. 이 의뢰도 아무도 없는 곳에서 자신의 정체를 밝히기 위해서.

아니, 괜한 생각은 그만두자.

지금은 그저 예전 같은 실패를 하지 않도록 해야 한다.

"…실피, 처음이죠?"

"어? 응. 처음이야…. 안 될까?"

"그렇지 않아."

오히려 좋습니다.

하지만, 하지만. 여기서 실패하면 이전과 같은 일이 일어날지도 모른다.

에리스 때 같은 마음도, 사라 때 같은 마음도 이젠 사양이다.

여기선 실패할 수 없다. 실패할 수 없다.

나는 신중히, 신중히 실피에게 손을 뻗었다.

"……"

"…저기, 루디?"

어느 틈에 텐트는 쓰러져 있었다.

또 한 시간 정도 지났다.

비는 개었다. 오랫동안 껴안고 있던 탓인지 몸은 데워져 있었다. 옷도 이제 곧 완전히 마르겠지.

하지만 나는 울 것 같았다.

중요할 때에 도움이 안 되는 스스로에게 쇼크를 받았다.

이런 쇼크는 몇 번째일까. 언제 맛봐도 힘든 것이었다.

이번에는 창관에서 산 여자나 스쳐 지나가는 모험가가 아니다. 좋아하는 상대다.

자기 입으로 좋아한다고 말한 상대다. 특별하다고 인정한 상대다.

지금 이 순간 실피가 낙담한 얼굴로 한숨을 한 차례 쉬고 이제 됐다고 말하듯이 일어나는 게 무서웠다.

그러니까 나는 떨면서 아무런 말도 못 하며 그녀의 손을 잡고 있었다.

하지만 실피는 그러지 않았다.

의외로 그녀도 쇼크를 받은 모양이었다. 물론 실피 쪽의 쇼크는 약했던 모양인지, 조금 놀란 듯이 쓴웃음을 지으면서 자기 몸을 내려다보고 있었다.

"루디 탓이 아냐. 나는 가슴도 작고 매력이 없고…."

"아니, 실피의 몸은 매력적입니다. 죄송합니다. 3년 전부터 이래요."

"루, 루디…."

나는 내 과거를 이야기했다.

전부 다 말했다. 3년 전에 첫 체험을 했고, 그 뒤로 못 쓰게 되었다는 것을. 그리고 그걸 고칠 방법을 찾기 위해 마법대학에 온 것을. 결국 찾지 못하여 오늘에 이르렀다는 것을.

"실피에게는 수치를 안겨 주었습니다. 죄송합니다."

엎드렸다.

실피의 몸에 문제가 있는 건 아니다. 오히려 대흥분이다. 분명히 가슴은 작지만, 홀쭉한 손발에 가는 허리. 밸런스가 나쁜 것도 아니고, 소녀라는 이미지를 그대로 뽑아놓은 듯한 몸은 내 스트라이크존 한가운데다.

애초에 3년 동안 나를 흥분시킨 것은 실피뿐이다.

그런 그녀에게 불만이 있을 리도 없다.

다만 내가 겁쟁이일 뿐이다.

"루, 루디, 그런 말 하지 마. 수치 같은 게 아니니까, 원래대로 돌아와."

실피가 한심한 목소리를 내었다.

나는 나대로 한심한 기분이 들었다.

"저도 원래대로 돌아오고 싶은 마음이야 있지만, 이것만큼은 도저히."

"그게 아니라 어조. 경어는 그만둬."

실피가 또 주르륵 눈물을 흘렸다. 나는 다급히 어조를 되돌렸다.

"어, 미, 미안. 조금 당황해서."

미안한 마음 뿐이었다.

아무래도 최근 경어만 썼던 탓인지 나도 모르게 경어를 썼다.

"…하지만 여태까지 경어였으니까 괜찮지 않아?"

"괜찮지만… 루디의 경어를 들으면 거리감을 느껴."

그런 건가. 처음 알았다.

어쩌면 에리스나 루이젤드도 그런 식으로 느꼈을까.

어쩌면 자노바도… 그러고 보면 그 녀석에게는 별로 경어를 쓰지 않지.

"앞으로는 경어 금지야."

"예."

"또."

"이 정도는 괜찮잖아?"

"후후…. 그래."

그런 대화로 왠지 모르게 분위기는 좋아졌다.

하지만 경어를 그만두라니 오래간만이군. 생각해 보면 이 세계에 온 뒤로 계속 경어로 말했던 것 같다. 졸다트와는 잠깐 터놓고 말한 적도 있었지만, 곧 경어로 돌아갔다.

…아니, 그것도 아닌가.

생각해 보면 더 어렸을 적.

부에나 마을에서 실피에게 마술을 가르치거나 같이 놀았을 적에는 경어가 아니었다.

그렇게 생각하니 그녀에게는 이게 보통일지도 모르겠다.

"……."

우리는 한동안 누가 먼저 말하는 일도 없이 둘이서 몸을 붙이고 앉아 있었다.

타닥타닥 하고 모닥불이 타는 소리를 들으면서 서로 속옷 차림으로.

고개를 살짝 움직이면 실피의 쇄골이 보였다.

살짝 느슨한 그녀의 속옷은 위에서 보면 핑크색의 예쁜 뭔가가 힐끗 보인다.

그런 가운데에서 문득 물었다.

"그러고 보면 실피는 왜 남장을…. 아니, 전이 후에 무슨 일이 있었어?"

아리엘 왕녀의 호위를 맡은 이유.

머리칼을 하얗게 물들인 이유. 정체를 숨긴 이유. 물어봐도 좋을지 몰랐지만, 물어봐야겠지.

"응, 어어, 어디서부터 말해야 할까….."

실피는 띄엄띄엄 말하기 시작했다.

부에나 마을에서의 수행부터 시작해서 제니스나 리랴에게 내가 어디 있는지 들으려다가 오히려 치유 마술이나 예의작법을 배운 것. 나를 위해 펜던트를 만든 것.

"그러면 이 펜던트는 실피가 직접 만든 거였나."

"그 펜던트, 어떻게 가지고 있어?"

펜던트는 옷 속에 숨겨 가지고 있었다. 엘리나리제의 것과 똑같다는 놀림을 받기도 싫었으니까.

옷을 벗은 지금은 겉으로 드러났다.

"리랴가 가지고 있었어. 하지만 실피 이야기는 한 마디도 안 했어."

"분명 내가 죽었을지도 모른다고 생각하고 입 다문 거야."

"그렇군."

리랴 나름대로 마음을 써 준 걸지도 모른다.

죽은 이의 유품이라는 말에 좋아할지 싫어할지는 판단이 갈리니까.

"어어, 계속 말해도 될까?"

"미안, 미안, 말해."

전이가 일어난 후의 일은 그야말로 파란만장이라고 할 수밖에 없었다.

상공으로 날아가서 떨어졌고, 마물이 있고 우연히 왕녀님을 구해서 그 결과 호위가 되었다. 어느 틈에 머리칼이 새하얗게 되었고 가치관이 너무나도 다른 장소에서 위가 아파오는 생활을 보내고 정권 다툼에 암살자의 습격을 받고 왕도에서 쫓겨나서 여행에 익숙지 않은 이들끼리 여행을 하고, 때로는 속고 궁지에 빠지면서 마법대학에 도착해서 재기를 노리던 때에… 내가 나타났다.

"어쩔 수 없었다고 해도 '처음 뵙겠습니다.'라는 말은 쇼크였으니까."

"미안. 하지만 실피도 더 일찍 말해 줬으면 나도 알았을 거야."

"어, 그, 그렇지. 미안, 내가 말하지 않은 건 잘못이었어…. 미안해."

실피는 굵은 눈물을 주르륵 흘렸다.

이것에 대해서는 그녀도 많이 고민했겠지.

결코 악의가 있어서 말하지 않았던 게 아니란 사실은 지금 이야기로 나도 알았다.

책망할 생각은 없다.

"나야말로 1년이나 몰라봐서 미안했어."

뭐, 실피의 이야기를 듣기론 그녀는 정체를 숨기고 있었고 내가 그녀를 완전히 잊고 있었다고 생각했던 모양이다. 내가 잊어버렸을 경우 말했다간 단순히 정체가 퍼질 우려도 있었다.

나는 보레아스와 관계가 있는 인간이고, 적일 가능성도 있었다.

말하지 않는 게 정답이겠지.

그리고 나는 1년 동안 실피를 찾으려는 모습을 보이지 않았다. 걱정도 하지 않았다고 생각했다면 말을 꺼낼 수 없는 것도 어쩔 수 없다.

그래, 어쩔 수 없었다. 여러 상황이 방해한 것이다.

뭐, 결국은 이렇게 정체도 밝혔고 잘 풀렸지만.

실피의 어깨를 안자, 그녀가 머리를 기대왔다. 어깨가 차갑구나. 더 밀착해서 데워야지.

"난 용기를 낼 수 없어서, 하지만 마음 속 어딘가로는 지금 이 관계 이대로도 좋지 않을까 생각했어."

"뭐, 나쁘지 않은 관계였으니까."

하지만 최근에 와서 마음이 조급해졌다고 했다.

내 주위에 미소녀가 모여들어서 어떻게든 하지 않으면 빼앗긴다고 생각했던 모양이다.

나는 ED 상태라서 그럴 걱정은 없었지만…. 아니, 예를 들어서 나나호시가 치료약 같은 걸 내놓으면 그녀에게 감사하고, 최종적으로 마음이 갈지도 모르지만.

그리고 실피는 이렇게 거창한 작전으로 나왔다.

둔감하고 괜한 배려를 하려는 내가 바로 알아차리게 하려고, 또 겁 많은 스스로의 퇴로를 끊으려고.

"루디는 정말로 둔감해."

"뭐라고 할 말도 없습니다."

예전에는 둔감남이 되자고 맹세했는데, 이제는 둔감한 주인공을 비웃을 수가 없다.

의외로 다른 사정이 이것저것 섞이면, 스스로를 향한 호의를 알아차리지 못하는 것이다.

성욕이 조금 더 얽혔다면 모르겠지만….

의외로 둔감한 주인공 제형들도 ED일지 모르겠군.

"그래서 난 이번에 멋지게 그 작전에 걸린 건가."

"미, 미안. 왠지 속이는 것 같은 형태가 되어서."

"아니, 나는 이 정도 하지 않으면 안 되었겠지."

그대로는 계속 피츠 선배는 남자라는 걸로 행동했겠지.

애초에 실피를 기억해내기나 했을지 의심스럽다.

"그러고 보면 이 사실을 아리엘 왕녀는?"

"알고 있어. 오히려 아리엘 님이 작전을 생각해 주었어."

"그렇습니까."

내 걱정도 기우였나.

실피의 독단이었다면 역시 모르는 걸로 해두는 편이 좋을까 생각했는데… 역시 '피츠'는 '피츠'로 존재하는 편이 좋겠지.

"하지만 아리엘 님은 꽤나 고민했어. 루데우스 그레이랫의 목적을 모릅니다. 그자는 무슨 생각을 하는 걸까요, 라면서. 설마 그거 치료를 위해 왔을 거라곤 생각 못 했지만."

그런 소문은 있었지만 믿지 않았던 모양이다. 사실은 소설보다 기괴하다.

"하지만 그러면 나도 아리엘 왕녀의 산하에 들어가는 편이 좋을까?"

정권 다툼과는 가급적 엮이고 싶지 않지만.

하지만 실피가 힘을 빌려달라고 말한다면 미력하나마 힘을 빌려 주자.

"나로서는 아리엘 님에게 신세를 졌으니 힘을 빌려 줬으면 싶지만…. 하지만 루디는 아슬라 왕국과 얽히기 싫잖아? 그럼 무리하지 않아도 돼."

실피는 그렇게 말하더니 빙그레 웃었다.

선글라스를 쓰지 않으면 귀여움이 백 배가 되는구나.

그러면 내 거기도 히트업이다. 참을 수 없어서 그녀의 귀를 핥았다.

"히익?!"

"아, 미안."

그녀가 놀라 소리치자 곧바로 쿨다운했다.

아무래도 컨트롤할 수가 없다.

하지만 역시 반응이 있으면 안심이 되는군. 순조롭게 회복되는 거라고 생각하자.

실피 덕분이다.

"고마워, 실피."

"응? 뭐가…?"

실피는 고개를 갸웃거렸다.

끝까지 할 수는 없었지만, 지금은 이거면 됐다. 그렇게 생각했다.

제11화 마지막 한 걸음

마법도시 샤리아로 돌아온 것은 사흘 뒤의 낮이었다.

사흘 동안 나는 루디와 많은 이야기를 하였다.

루디의 지금까지의 이야기가 태반이었다. 루디는 에리스라는 아가씨에게 버림받은 탓에 마음에 상처를 입었다는 모양이다. 그 이후로 그렇게 되었다나.

에리스 보레아스 그레이렛이라는 사람의 이야기는 왕궁에서 조금 들은 바가 있다.

아무래도 손쓸 수 없을 정도의 말썽쟁이라서, 인간이라고 보이지 않을 만큼 난폭한 소녀라고.

루디에게 들은 이야기는 내 이미지보다 조금 나은 느낌인데…. 하지만 마대륙에서 아슬라 왕국까지 보호를 받았으면서도 자기와 어울리지 않는다니, 말도 안 되는 이야기야.

혹시 만나거든 내가 꼭 한마디 해 줘야지. 루디에게 그렇게 말했더니 새파란 얼굴을 하면서 그만두는 게 낫다는 대답이 돌아왔다. 에리스는 정말로 세다는 모양이다.

나로서는 조금 재미없지만…. 하지만 그렇게 된 덕분에 루디와 재회할 수 있었다. 나쁜 일만은 아니야.

…어라? 루디는 전이사건에 대해 조사하러 온 거 아니었던가?

…뭐, 목적이 두 가지라도 좋겠지.

마법대학 교문까지 돌아왔다.

나는 이미 평소의 모습으로 돌아와 있었다. '피츠'의 모습이다.

"어어, 나는 일단 아리엘 님에게 보고하러 갈게."

"응. 어어…. 앞으로도 잘 부탁해."

루디는 쓴웃음을 지으면서 고개를 숙였다.

잘 부탁한다는 말을 듣고 그 말의 의미를 생각하다가 나는 귀까지 붉어지는 걸 느꼈다. 얼굴이 뜨거웠다.

"어, 응. 예, 이, 이쪽이야말로, 잘 부탁합니다."

이건 정식으로 사귄다…라고 봐도 되겠지.

기쁘다. 마음이 가볍다. 날아오른다는 게 이런 기분일까.

아리엘 님에게 보고하기 위해 나는 학생회실로 향했다.

지금은 점심시간이니까 아리엘 님은 학생회실에 있겠지.

걸으면서 여러모로 생각했다. 루디와 하고 싶은 일은 많이 있다. 예를 들어서 같이 시내에 나가서 물건을 산다든가. 아, 하지만 나는 남장을 해야만 하니까 루디가 이상한 시선을 받을지도 모르겠네.

하, 하지만 그런 거 관계없어. 응, 사랑이 있으면.

하지만 남자는 사랑을 확인한다고 하면서 몸을 요구하지.

그래, 루크가 그랬어. 육체관계가 없으면 언젠가 마음도 멀어진다고.

하지만 루디는 내 몸으로는 안 되는 모양이고⋯.

어, 어쩌지⋯.

방에 들어간 순간 아리엘 님은 내 얼굴을 보고 한숨을 내쉬었다.

"역시 틀렸나요."

"예? 저기, 아리엘 님⋯?"

"처음에는 완벽한 작전이라고 생각했지만, 곰곰이 생각해 보니 동사의 위험이 있다고 해서 상대의 옷을 억지로 벗기는 짓을 누가 할까요."

넘겨짚은 모양이다.

어쩌지. 누가 하고 자시고, 루디가 분명히 벗겨 줬는데.

"실피. 일단 진정하고 보고를 해."

그때 루크가 거들어 주었다.

"어, 응. 실은 말이지요. 아리엘 님이 생각해 주신 작전은 잘 먹혔습니다."

아리엘 님의 한쪽 눈썹이 꿈틀 움직였다.

말로는 하지 않지만, 그 동작만으로 그녀가 놀란 것을 알겠다.

"그런가요. 그렇다고 하기엔 표정이 밝지 않은 듯한데요?"

"그게 말인데요."

"실례, 이유는 나중이라도 좋으니까 일단은 보고를."

"아, 예."

나는 마음을 가라앉히고 작전의 결과를 보고했다.

일이 작전대로 진행된 것. 동굴에 둘이 들어가서 예정대로 모닥불 옆에서 서로의 마음을 전한 것.

이렇게 말로 하니 마치 꿈속의 일이었던 것 같아서 귀가 붉어지는 게 느껴졌다.

하지만 아리엘 님은 곤혹스러운 얼굴로 뭔가 문제가 있었다는 느낌이었다.

"그래서, 루디는, 저기, 힘을 잃고, 마법대학에도, 그 치료방법을 찾으러 왔다고."

"뭐라고요?"

"예? 아니, 그러니까, 어, 불능을 치료하러 왔다고."

"아, 실례, 조금 정신이 없었군요."

아리엘 님은 자기 입가를 눌렀다.

그런 소문이 있다는 이야기는 들었다.

설마 정말로 그랬을 줄이야. 하지만 거기서 뭐가 어떻게 되면 마법대학에 입학하는 걸까. 여기는 마법을 배우는 곳이지 병을 치료하는 곳이 아닌데 무슨 생각일까?

"그런가요. 그렇긴 해도 여차할 때에 도움이 안 되다니. 루데우스라는 남자를 조금 과대평가했던 모양이군요. 둔감하다고는 생각했지만, 용기를 낸 여자에게 수치를 안기는 남자일 줄은 몰랐어요."

아리엘 님이 그렇게 말한 것은 자기 마음의 평온을 지키기 위해서겠지.

조금 울컥했지만 본심은 아니다. 울컥한 내게 사과하고 달래는 것으로 자기 마음을 지키려고 한다. 평소와 다름없는 아리엘 님이다.

"아리엘 님, 그건 과한 말씀입니다."

하지만 어쩐 일로 그 말을 루크가 나무랐다.

"남자에게는 어떻게 안 될 때가 있습니다. 루데우스도 그러고 싶어서 실피를 안지 않은 건 아닙니다. 저는 오히려 녀석이 여태까지 얌전했던 이유가 납득되었습니다."

"루, 루크…?"

"그 자신감 없는 얼굴이나 태도도 납득이 갑니다. 가엾게도 기댈 곳도 없이 지푸라기라도 잡는 심정으로 여기에 온 것이겠 죠….”

루크는 경박한 남자지만, 아리엘 님에게 어지간해서 의견을 말하는 법이 없다.

때로는 충언을 하기도 하지만, 그 생각을 정면에서 부정하는 타입이 아니다. 그런데 이렇게 강한 어조로 대들다니, 지금까지 없던 일이었다. 아리엘 님은 그 사실에 한 대 얻어맞은 듯한 충 격을 받은 모양이었다.

“…미안해요. 다소 과한 말이었군요.”

“아뇨, 아리엘 님은 여성이니까 모르시더라도 어쩔 수 없습니 다.”

루크는 그렇게 말하더니 내 쪽을 돌아보았다.

“실피, 너는 루데우스의 병을 치료해 주고 싶은가?”

“어? 으, 응.”

내 생각만 했지, 돌이켜 보면 루디는 눈에 띄게 기운이 없었 다.

자신 없는 표정, 갑작스러운 경어.

나를 붙잡은 손은 떨린 것 같았다. 추위가 아닌 다른 뭔가로.

“루디, 크게 쇼크를 받았어. 그러니까 할 수 있는 일은 해 주 고 싶어.”

“네게는 조금 힘든 일이 될지 몰라도?”

“으, 응. 각오는 되어 있어.”

루디는 과거에 나를 도와주었다.

그 루디가 정말로 고민하는 거라면 내가 힘이 되어 주고 싶다.

"알았어. 조금만 기다려줘. 네게 줄 게 있으니. 아리엘 님, 실례하겠습니다."

루크는 서둘러 학생회실을 나갔다.

아리엘 님은 그런 그의 뒷모습을 지켜보면서 눈썹을 찌푸리고 말했다.

"미안해요. 실언이었어요."

"아뇨, 괜찮습니다. 하지만 루크가 그런 말을 하다니 별일이네요."

나도 루크의 발언에 놀랐다. 루크는 루디를 싫어한다고 생각했고, 애초에 남자를 옹호하는 때가 있을 거라곤 생각도 안 했다.

"하지만 일이 그렇다면 문제로군요."

"응, 어쩌죠. 아리엘 님…"

"일단 루크에게 뭔가 작전이 있는 모양인데, 나도 불능의 치료법에 대해서는 몇 가지 짚이는 데가 있어요."

"정말인가요?"

"예. 왕족의 교양 중 하나로."

그래, 아리엘 님은 왕족이다. 어딘가로 시집갔을 때, 꼭 자식을 만들어야만 한다. 상대가 루디같은 문제가 있을 경우라도 반드시 말이다. 그러니까 대처법도 있다.

"아무래도 어렸을 적의 일이니까 너무 진지하게 듣지도 않았지만요, 기억에 몇 가지 남아있군요. 대개는 술을 마시게 합니다."

"술, 그렇군요."

떠오르는 건 식당에서의 모습이었다.

루디는 자노바나 바디 님과 함께 술을 마시고 있었다. 기분 좋은 모습이었다. 나는 마시지 않지만, 술은 사람의 기분을 고양시키고 대담하게 만든다. 이상한 상태로 만든다. 루디는 지금이 이상한 거니까 어쩌면 술로 조금은 정상인 쪽으로 돌아올지도 모른다.

그 뒤에 아리엘 님은 남자를 유혹하는 방법을 몇 가지 말하였다.

불능의 치료법이라기보다는 의욕이 없는 상대에게 그런 기분이 들게 하는 방법이 메인인 듯했지만, 그래도 아리엘 님이 왕족으로서 배운 거니까 크게 틀리지는 않겠지. 아슬라 왕족이니까.

"…그리고 덥다고 하면서 옷의 어깨 부분을 슬쩍 풀어 헤치는 거지요."

"그러면 되는 건가요?"

"괜찮아요. 실피는 귀여우니까요. 계기만 있으면 그 다음은 뭔가 결정적인 말이 필요하군요."

루크가 돌아온 것은 그 작전이 어느 정도 정리된 뒤였다.

그는 몇 초 정도 우리의 회합을 묵묵히 듣고 있었지만, 갑자기 걸고 넘어졌다.

"겨울에 덥다면서 속살을 보이는 바보가 어디에 있지? 게다가 애초에 실피의 몸으로 미인계는 무리다."

"우우….."

나는 말을 잃었고, 아리엘 님은 나무라는 시선을 보냈다.

"그 말은 뭔가요, 루크? 그녀는 고민하고 있어요."

"…아리엘 님, 노토스 그레이랫의 혈족은 대대로 여성의 큰 가슴에 끌리는 경향이 있습니다. 현재 저는 실피에게 모기만큼의 매력도 느끼지 않습니다."

노토스 그레이랫은 왕가슴을 좋아한다. 이것은 아슬라 왕국 귀족에게 상식이라고 할 지식이다.

그 외에도 '보레아스는 동물을 좋아한다.' 등이 알려졌지만, 아무튼 상식이었다.

"그, 그럼 내가 미인계를 써도 헛일이라는 소리?"

"그래, 헛고생이다."

그 말에 아무리 나라도 조금 상처 입었다. 평소에는 들어도 전혀 아랑곳 하지 않았지만, 지금은 자신의 매력이라는 것이 전혀 신용을 얻지 못하는 때다.

"하지만 이걸 마시게 하면 괜찮을지도 모르지."

루크는 그러면서 손에 든 병을 건네주었다. 손바닥 사이즈의 작은 병이었다.

나는 아마 놀란 얼굴로 그 병을 바라보았겠지.

"루크, 이건 뭐야?"

"강력한 최음작용과 강장작용을 갖는 미약이다."

"미약?!"

루크는 크게 고개를 끄덕였다.

"예전에 피트아령에서 만든 것이지. 바티루스의 꽃잎으로 만든 것으로 정제법을 포함하여 로아 시장이 독점하고 있었다. 피트아령 소멸 때문에 현재는 제조되지 않는데다가 제조법도 비밀이었기 때문에 희소하지. 지금 유통가는 금화 백 닢을 웃돈다."

참고로 루크가 구입했을 때의 한 병당 가격은 아슬라 금화 열다섯 닢. 그는 그걸 다섯 개 구입해서 그 중 두 개는 몸이 안 좋았을 때에 썼다는 모양이다. 효과는 확실하단 소리다.

"여차할 때에 팔아서 자금으로 삼을까 했는데, 실피 네게 주지."

"루크, 이렇게 비싼 걸… 괜찮아?"

"물론이지."

루크는 고개를 끄덕이고 몇 가지 주의사항을 내게 일러주었다.

사용하면 남자는 자제할 수 없어진다는 것. 상대의 페이스를 따라갈 수 없겠다 싶으면 자기도 마실 것. 아마도 상상하던 달콤한 첫 경험을 맞을 수 없으리란 것.

"루크… 고마워."

"됐어. 너한테는 몇 번이나 목숨을 빚졌으니까."

나와 루크 사이에는 기묘한 우정이 있었다고 생각한다.

그리고 그 동료로 들어가고 싶은 사람이 한 명 있었다.

"두 사람 사이가 좋군요. 그럼 저도."

아리엘 님은 자애의 여신 같은 미소를 지으며 내게 돈을 쥐어 주었다. 아슬라 금화였다. 딱 두 닢뿐이지만, 이 정도 있으면 이 도시에서는 어지간한 걸 살 수 있겠지.

"이, 이건 아리엘 님의 돈이지 않나요?"

"그래요. 이달 내 몫입니다."

마법대학에 온 뒤로 금전적인 대책도 세웠던 우리는 나름 돈을 가지고 있다.

하지만 그건 앞으로의 활동 자금이다. 각 개인이 사용하는 몫의 돈은 또 달리 있다.

아리엘 님은 자기나 루크의 금전 감각이 뒤틀렸다는 걸 알고서 제한을 걸었다.

"이 정도 되면 나는 이 정도밖에 줄 수 있는 게 없지요."

"아뇨, 번거롭게 해드려서 죄송합니다, 아리엘 님."

"훗, 역시나 아리엘 님입니다."

우리들은 취했다고 생각한다.

우정을 위해 본래 목적을 뒤로 미룰 수 있는 스스로에게.

하지만 취하여 결속해도 좋지 않나 생각한다.

그리고 지금 우리의 적은 단 하나. 루디의 ED다.

"실피…. 무운을."

"예, 다녀오겠습니다."

나는 기합을 넣으면서 학생회실을 뒤로 했다. 목적지는 도시의 상업지구. 주점이다.

★　★　★

밤. 나는 최상급 화주 두 병을 손에 넣어왔다.

솔직히 술 종류는 잘 모른다. 마신 적도 없다. 루디가 뭘 좋아하는지도 모른다. 하지만 비싸면 괜찮을 거란 확신이 있었다.

내친김에 속옷도 새로 샀다.

얼마 전에 아리엘 님이 골라준 것이다.

고로 위쪽도 평소에 입는 '구리실 누에의 뷔스티에'가 아니다.

그리고 교복 안주머니에는 문제의 미약도 들어있다.

"좋아."

완벽하다.

"후우, 하아…."

심호흡.

'천국의 아버지, 어머니, 실피에트는 오늘 어른이 됩니다.'

각오를 다지고 문을 노크. 이 시간대면 루디는 이미 자노바의 방에 갔을까.

아니, 분명히 오늘은 여행에서 돌아왔으니까 쉰다고 그랬다.

괜찮아, 괜찮아.

"예…. 어, 실… 피츠 선배. 들어오세요."

루디는 문을 열더니 내 얼굴을 보고 놀란 표정을 하였다.

나는 그 말에 따라 루디의 방에 들어갔다. 등 뒤로 문을 닫고 잠갔다.

"어쩐 일이야?"

방에 들어가자 루디는 부드러운 목소리로 물었다.

오늘은 여행으로 지쳤으니까 느긋하게 쉬기로 했을 터였다.

"어어, 자고 가려고 왔어."

"…어, 어어. 일단 앉아."

루디는 뭔가 말하려고 했지만 말을 삼키고 내게 의자를 권했다.

기분 탓인지 조금 아쉬워하는 얼굴이다. 내가 뭔가 방해했나? 괜찮나?

나는 의자에 앉은 뒤 선글라스를 벗고 가방에서 술병을 두 개 꺼내어 테이블 위에 놓았다. 일단 안주로 자잘한 요리도 만들어 왔다. 여러 종류의 땅콩을 매운 양념으로 볶은 것이다. 루디의 입에 맞지 않았을 때를 위해서 훈제 고기도 사 왔다.

"그건?"

"어어, 그러니까 일단 재회의 축하를 할까 해서."

"…아, 그런가. 그런 것도 안 했지."

루디는 벅벅 얼굴을 긁으며 자기도 의자에 앉았다.

이때 나는 컵이 없다는 걸 깨달았다. 아차. 설마 병나발을 불 수는 없고. 어쩐다, 가지러 갈까….

"괜찮아, 컵 정도는 있으니까."

아무래도 표정으로 드러났던 모양이다.

루디가 쓴웃음을 지으면서 방구석에 있는 선반에서 컵을 꺼냈다.

잿빛 컵이었다. 표면이 맨질맨질했다. 돌로 만든 건지 조금 묵직했다. 무게를 빼면 아슬라 귀족이 써도 이상하지 않을 정도로 보였다.

"비싸 보이는 거네."

"내가 만들었어. 흙 마술로. 가격은 따질 수 없지."

"아, 그렇구나. 헤에, 대단하네."

루디가 직접 만들었나. 그럼 납득이 된다.

그렇게 생각하면서 나는 술병을 따고 술을 따랐다.

호박색의 아름다운 액체가 컵을 채우고, 루디가 그걸 보며 눈을 가늘게 떴다.

"꽤나 세 보이는 술이네."

"응, 술에 대해서 잘 모르지만 비싼 걸로 사 왔어."

"괜찮아?"

"응? 어, 괜찮아. 오늘은 축하니까."

가격을 신경 쓰는 걸까. 아리엘 님에게 돈을 받은 건 입 다물자. 루디는 그런 걸 신경 쓸 것 같으니까.

술을 따르고 안주를 준비했다. 좋아, 완벽하다. 어어, 약은 조금 있다가 넣는 작전이었던가.

"자, 그럼 건배하자. 피트아령의 부에나 마을의 두 사람의 재회에."

"…그리고 나와 실피의 미래에."

"거, 건배!"

우우. 미래라니. 루디는 가끔 이렇게 엄청 창피한 소리를 하는구나….

나는 얼굴이 뜨거워지는 걸 느끼면서 컵의 술을 꿀꺽 하고 잔뜩 마셨다.

"……! 쿨럭! 쿨럭!"

사레들렸다.

뭐, 뭐야, 이거! 매워, 입 안이 아파!

"괜찮아? 역시 물을 좀 타는 게 좋지 않아?"

"물을 타?"

"이렇게 센 술은 찬물이나 뜨거운 물로 희석해서 마셔도 좋아."

그런가. 몰랐다. 루디는 설레설레 고개를 흔드는 느낌으로 쓴 웃음을 지었다.

"어쩔 수 없잖아. 아직까지 술을 마신 적이 없으니까."

"아니, 나무라는 건 아니야. 잠깐 기다려."

루디는 그렇게 말하면서 내 컵의 술을 거의 다 자기 컵에 따르고, 내 컵에 마술로 만든 뜨거운 물을 부었다. 컵에서 모락모락 김이 올랐다.

"자."

그 말에 조심조심 마셔보았다.

그러자 아까부터 입 안에 남아 있던 강렬한 향기가 씻겨 내려가고, 부드러운 느낌의 향기가 콧속으로 넘어왔다. 아, 이건 맛있을지도.

"그러고 보면 내가 루디에게 마술을 배운 계기도 뜨거운 물이었어."

"그랬던가."

"잊어버렸어? 내가 길에서 진흙덩어리를 맞았을 때 루디가 그걸 뜨거운 물로 씻겨 줬어."

그립다. 루디는 옛날부터 아무렇지도 않게 무영창 혼합 마술을 썼다. 나는 아직 그걸 할 수 없다. 시간차로 써서 같은 결과를 만들 수는 있지만.

"음, 옛날 생각이 나네."

"응."

그 뒤에 우리는 과거 이야기로 꽃을 피웠다.

부에나 마을의 기억은 흐릿해지고 있지만, 말로 해 보니 얼마든지 나왔다.

이제 그때로는 돌아갈 수 없다. 부에나 마을은 없어졌다. 우리가 놀던 그 언덕은 있지만, 그 나무는 없어졌다.

그 무렵에는 좋았다. 아무런 생각도 하지 않고 놀면서 마술 연습을 할 수 있었다. 매일 실력이 느는 게 기뻤다. 지금도 그런 마음은 있지만, 실전에서 쓸 수 있는가 하는 생각이 강해졌다.

"그때는 좋았어…."

말을 하고 있자니, 머리가 조금 가벼워져서 흔들리는 기분이었다.

이게 '취한다'라는 걸까.

"아, 그렇지. 잊어버리기 전에."

나는 그렇게 말하며 품에서 작은 병을 꺼냈다.

그걸 천천히 테이블 위에 놓자 루디가 고개를 갸웃거렸다.

"그건?"

"어어, 저기, 루디의 거기에 잘 듣는 약이야."

루디에게 미약을 어떻게 먹일 것인가 하는 점에서 나도 고민했다.

몰래 술에 섞어도 좋겠지만, 루디를 속이는 건 내키지 않았다.

그렇다고 미약을 준비했다고 말하여 묘한 오해를 사는 것도 조금 싫었다.

그래서 약이라고 하기로 했다. 미약도 약이니까 꼭 틀린 말은 아니다.

"그런가…. 어디서 본 적이 있는 것 같은데."

"으, 응. 그럼 마셔 봐."

내가 그렇게 말하자, 루디는 쓸쓸한 느낌으로 웃었다.

지금까지 이런 걸 다 시험해 봤는데 전부 꽝이었다고 말하는 듯한 웃음이었다.

하지만 아무 말도 없이 마셨다. 병 안에 든 것의 3분의 2 정도를 단숨에.

이렇게 흉흉한 핑크색의 액체, 혹시 독이었으면 어쩌려는 걸까.

아, 마시는 양을 말하는 걸 잊어버렸다.

"이거, 술이랑 같이 마셔도 괜찮아?"

"어어, 섞어도 된다고 그랬어. 아, 그리고 효과가 금방 나온다고 하니까."

나는 그렇게 말하면서 겉옷을 벗었다.

이걸로 위에는 셔츠와 속옷뿐이다. 조금 쌀쌀하다. 루크의 말로는 어깨를 보이지 않더라도 목덜미나 가슴께를 보이면 충분하다고 하지만.

"야, 약효가 나오거든, 아, 안 참아도 되니까."

루디의 눈썹이 꿈틀 움직였다.

시선이 뚫어져라 내 목덜미나 가슴 쪽으로 향하는 걸 알겠다.

날 보고 있다. 부끄럽다. 지금 난 루디를 유혹하는 거지. 우우우… 가벼운 여자라고 생각하지 않을까? 괜찮겠지?

왠지 내가 긴장되었다. 술을 마셨는데. 술김에 해 버릴 거였는데.

부족한가.

…조, 좋아.

나는 마음을 굳히고 병으로 손을 뻗었다.

"실피도 마시게?"

루디의 당황한 목소리.

나는 병 안에 있는 핑크색 액체를 다 마셨다.

걸쭉하고 조금 썼다. 그 쓴맛을 술로 씻어내듯이 꿀꺽 비웠다. 뱃속이 후왁 뜨거워지는 걸 느꼈다.

그걸 속이듯이 땅콩으로 손을 뻗어서 하나 씹었다.

와득와득 세 개 정도 먹고 또 술을 마셨다. 술 한 병이 바닥을 드러냈다.

"실피, 너무 빠르게 마시면 안 돼. 속 버릴지도 몰라."

"응, 하지만 왠지 긴장되어서."

"그래. 뭐, 처음 마시는 술이니까."

루디는 그렇게 말하면서 컵 안의 술을 찔끔찔끔 마셨다.

희석하지 않았으니까 단숨에 마시지 않는 모양이다. 루디는 술병을 손에 들더니 내 컵에 따라주었다. 그리고 뜨거운 물로 묽혔다.

"……."

"……."

그 뒤로 한동안 둘이서 말없이 먹고 마셨다.

훈제 고기는 소금기가 강해서 별로 맛이 없었지만, 왜인지 손이 멈추지 않았다.

잠시 뒤에 몸이 뜨거워졌다. 다리죽지 근처가 근질거렸다. 약효가 나오는 것이다.

루디 쪽은 어떨까.

평소처럼 보였다. 평소처럼 멋지다. 평소 이상으로 멋지게 보였다.

평소에 안 보이는 곳으로 눈이 갔다. 목덜미나, 입술. 왠지 야하다.

루디, 살짝 얼굴이 붉어졌나. 아, 눈이 마주쳤다. 루디는 내쪽을 똑바로 바라보았다.

"⋯⋯."

계속 날 바라보았다. 날 보고 있다. 아까부터 시선이 똑바로 얽혔다.

기분 탓인지, 루디의 숨결이 거칠어지지 않았나?

"후우⋯ 하아⋯."

아니, 이 거친 숨은 내 것이다. 경망스럽다. 하지만 미약을 마셨으니까 어쩔 수 없나. 아까부터 머리도 빙글빙글 돌고. 어쩔 수 없어. 그래, 어쩔 수 없어.

몸이 뜨겁다.

나는 셔츠 제일 위쪽 단추를 끄르고 가슴을 드러냈다. 쌀쌀할 텐데도 뜨겁다. 루디의 시선이 내 손을 따라가는 걸 알겠다. 이제 부끄럽지 않다.

나는 컵을 기울였다.

뜨거운 술이 뱃속으로 들어가면서 온기를 전해 주었다.

두 병째도 바닥을 드러냈다. 나는 술병으로 손을 뻗다가… 그 손을 붙잡혔다.

"…아."

루디가 내 손을 잡고 있었다.

절대로 놓치지 않겠다는 듯이 강한 의지와 힘을 느꼈다.

물론 나도 도망칠 생각은 없다.

"…실피."

루디가 핏발선 눈으로 날 보면서 일어섰다.

손을 잡은 채로 테이블을 돌아서 바로 옆까지 왔다. 그리고 다소 조심스럽게 내 손을 잡아당겼다. 나는 그걸 깨닫고 저항하는 일 없이 일어서서 물었다.

"모, 못 참겠어?"

"……"

루디는 말없이 끄덕였다.

내 허리에 손을 두르고 엉덩이 위쪽을 쓰다듬었다. 안겼다. 딱딱한 것이 닿았다.

자, 작전 성공이다.

좋아. 지금이겠지. 나는 아리엘 님과의 작전에서 생각했던 결정적인 말을 던졌다.

"그, 그럼, 사양말고 드셔 주세요."

그렇게 말한 순간 나는 침대 위에 내던져지듯이 쓰러졌다.

그리고….

★ 루데우스 시점 ★

눈을 떴다. 2층 침대의 천장이 보였다.

어젯밤의 일은 잘 기억하지 못한다.

술을 마셨다고 생각하는데 갑자기 참을 수 없는 레벨로 불끈거려서 그대로 실피를 덮쳤다. 실피가 가져온 약이 통했던 거겠지.

그런 약이 있었다니…. 하지만 어디서 본 적이 있는 것 같은데.

…아, 기억났다. 그건 로아 시의 행상인이 팔던 미약이다.

실제로 마신 건 처음이었는데, 엄청나게 셌다. 마치 특효약처럼 내 거기가 방에서 뛰쳐나와서 날뛰듯이 뛰어다녔다. 마지막에는 녹아서 증발해 버리나 싶었다.

역시나 금화 열 닢(당시)이로군.

하지만 동시에 공포와 불안이 덮쳤다.

이성은 날아갔지만, 행위 내용은 똑똑히 기억했다.

나는 꽤나 난폭했다. 실피는 필사적으로 받아주려고 했지만 아파했다. 처음이었다.

하지만 실피는 기특하게도 나를 받아들여 주었다.

분명히 무리하는데도 괜찮다고, 사랑한다고, 기분 좋다고 말해 주었다.

반대로 나는 확실히 폭주하였다. 실피를 생각해 줄 만한 여유는 없었다. 귓가에 속삭이는 실피의 목소리에 흥분하고 전혀 사양 않고 욕망을 쏟아부었다.

긴 인생에서 두 번째인 행위. 잘했다는 자신이 전혀 없었다.

분명히 처음보다 더 심했다.

그래, 그때보다도.

그때 에리스는 내 곁에 없었다.

"……."

천천히 시선을 옆으로 돌려보니… 눈이 마주쳤다.

"안녕, 루디."

이쪽을 보며 부끄러운 듯이 웃는 실피가 거기에 있었다.

나는 조심조심 손을 뻗었다. 거기에 그녀가 있는 것을 확인하듯이 머리를 쓰다듬어 보았다.

실피는 눈을 감고 기분 좋은 듯이 가만히 내 손을 받아들었다. 머리는 짧았지만 부드러웠다.

그대로 손을 움직여서 목덜미에서 가슴으로. 가는 어깨였다. 당장이라도 부러질 것 같았다.

그리고 손을 더 이동하여 가슴을 주물렀다.

"히잇! 아니, 루디…"

실피는 놀라서 항의의 시선을 보냈다.

하지만 저항은 없었다. 얼굴을 붉게 물들이면서도 받아들여 주었다.

실피의 얌전한 가슴은 그야말로 빈곤함의 상징이었다. 솔직히 주무를 정도도 아니었다. 하지만 특유의 부드러움은 존재했다.

대머리 할아버지가 문득 '귀천은 없지 않느냐?'라고 말하면서 엄지를 세우는 환영이 보였다.

고맙습니다, 가슴 선인. 오래간만입니다, 가슴 선인.

"……."

실피는 분명히 거기에 있었다.

그리고 가슴의 부드러움에 감동한 기념비가 서 있었다.

기립해 있었다. 웅장하게, 씩씩하게, 기립해 있었다.

그걸 보고 확신했다.

"나았다."

참다못해 실피를 껴안았다.

세게, 세게 껴안자 눈물이 넘쳐났다.

"어어, 루디…? 저기, 왜 그래? 내 몸, 이상하지 않았지?"

실피는 허둥거리면서도 그렇게 물었다.

어젯밤의 일을 떠올리면 그런 걱정은 필요 없다는 걸 금방 알 겠지.

"고마워."

나는 그저 그렇게 말했다. 그저 고맙다고 할 수밖에 없었다.

부끄러움이 가슴을 가득 지배하고, 이상한 말을 해 버릴 것 같았다.

좋은 대접을 받았습니다, 라든가. 잘 먹었습니다, 라든가. 최고로 귀여웠다든가.

지금 그런 하찮은 말은 하고 싶지 않았다.

나는 그저 말없이 껴안고 고맙다고 했다.

이렇게 나의 기나긴 투병생활은 끝을 맺었다.

막간　실피에트 0

꿈을 꾸었다.

루디가 입학했을 당시의 꿈이다.

마법대학에 입학한 지 3년째에 접어들었다.

리니아와 프루세나가 얌전해지고 아리엘 님은 학생회장이 되었다.

거기에 발맞추어서 아리엘 님의 신봉자나 협력자도 늘고 모든 것은 순조로웠다.

학교 안의 유력자에게 대충 접촉을 마친 우리는 재야의 실력자를 마법대학으로 유치하여 접촉하자는 방침을 굳혔을 때 어떤 정보를 얻었다.

'진흙탕 루데우스'라고 불리는 인물의 정보였다.

루데우스. 그래, 루디의 정보를 얻은 것이다. 어린 나이에 A 급 모험가가 되고, 몇 년 만에 금세 마법삼대국 안에 그 이름을 퍼뜨린 마술사.

특기는 흙 마술. 그 강함은 확실하지 않지만, 무영창으로 거대한 진흙탕을 만들어낸다고 한다.

진흙탕 마술이라는 말에 나는 루디라고 확신했다.

생각해 보면 처음 만났을 때에 그가 사용한 것도 진흙이었다.

루디는 수성급 마술사니까 물이 특기라고 생각하기 쉽지만, 진흙을 이용한 이동 방해나 충격파를 이용한 고속이동 같은 수법을 즐겨 사용했다.

나는 그 사실을 아리엘 님에게 말하였다. '진흙탕 루데우스' 는 나에게 마술을 가르쳐 준 사람이고, 오랫동안 행방불명된 사람이라고.

"사실이라면 꼭 힘을 빌렸으면 싶지만…"

하지만 그때 아리엘 님은 루디에 대해 회의적이었다고 생각한다.

'진흙탕 루데우스'에 대해 들어온 정보는 실로 수상쩍은 것이 있기 때문이다.

루데우스 그레이랫. 아슬라 왕국 피트아령 부에나 마을 출신.

세 살 때 수왕급 마술사 록시 미굴디아(당시에는 수성급)의 제자로 들어가서, 다섯 살에 수성급 마술사가 되었다. 일곱 살 때 피트아령 성채도시 로아의 시장의 딸인 에리스 보레아스 그레이랫의 가정교사가 되어서 도저히 손쓸 수 없는 말괄량이였던 에리스를 교육하여 번듯한 레이디로 바꿔놓았다. 그 뒤에 피트아령 전이사건으로 행방불명되었다.

예전에는 이런 이야기를 들어도 딱히 대단하다고 생각하지 않았겠지.

하지만 아슬라 왕궁에서 지내고 마법대학에서 여러 가지를 배운 지금이라면 분명히 말할 수 있다.

이 경력은 이상하다. 지어낸 이야기다.

하지만 나는 알고 있다. 루디는 분명히 록시 씨를 스승으로 존경하였다.

나는 록시 씨를 본 적이 없지만, 부에나 마을에 록시 씨가 있었다는 건 안다.

그리고 내가 가진 지팡이도 루디가 록시 씨에게 받은 것이다. 일곱 살 때 가정교사가 된 것도 나와 헤어진 뒤와 시기적으로 일치한다.

"정보에 착오는 없어. 분명히 루디야."

"실피가 그렇게 말한다면 믿지 않을 수도 없지만요…."

"하지만 실제로 소문을 들으면 아무래도 수상쩍군."

아리엘 님과 루크는 반신반의였다. 일단 믿어 주었지만 어쩔 수 없다. 루디에 대해 아는 나도 이상하다고 생각하니까.

"하지만 그 정도의 인물이 우리에게 손을 빌려 줄까요? 애초에 그 루데우스라는 사람은 보레아스 가문 사람이죠?"

솔직히 나는 아슬라 왕국의 세력도란 것에 밝지 않다.

왕궁에 있던 1년 동안에 다 외울 수가 없었다. 다만 그레이랫에 대해서는 일단 알고 있었다.

보레아스는 제1왕자파. 즉, 보레아스는 적이다.

그리고 보레아스의 가정교사를 지냈던 루디도 적일 가능성이 크다.

하지만 루디와 보레아스 가문의 관계는 이미 끊어졌을 것이다.

안 그러면 북부에서 모험가로 지내고 있을 리가 없다.

"내, 내가 부탁하면 분명…."

그렇게 말했지만 자신이 없었다. 자신 없는 말에 웃음을 터뜨린 것은 루크였다.

"네 가슴에 노토스 가문 남자가 넘어올 리가 없지."

그 말에 나는 루크에게 곧잘 궁상맞다는 놀림을 받는 가슴을 누르면서 토라졌다.

루크는 항상 이렇다. 툭하면 가슴 이야기를 한다. 여자는 가슴. 가슴이 없는 여자는 여자가 아니다. 네게는 여자로서의 매력이 느껴지지 않는다, 라고.

어쩔 수 없잖아. 엘프족의 피가 흐르니까. 종족의 특색상 커질 리가 없어.

하지만 루크도 험담만 하는 건 아니다. 마지막에는 꼭 이렇게 말한다.

"뭐, 여자가 아니니까 나는 네 친구로 있을 수 있지만."

친구라는 말은 기쁘지만, 여자로서의 매력이 없다는 말을 듣는 건 복잡하다.

그야 아리엘 님과 비교하면 나는 멀었지만….

"부탁한다는 건 그런 의미가 아냐."

"그럼 무슨 의미지? 설마 정체를 밝힐 생각은 아니겠지?"

"어? 아, 그렇지."

나는 피츠, '무언의 피츠'. 정체를 밝힐 수 없다…. 어쩌지.

"…잘 되었군요, 실피. 찾던 사람을 찾았으니."

아리엘 님이 그렇게 말하며 미소를 지었다.

아리엘 님은 언제나 다정하다. 엄할 때도 있고 못된 짓을 꾸밀 때도 있지만, 근본적으로는 착한 사람이다. 그런 아리엘 님은 놀랄 만한 말을 하였다.

"특별히 그 루데우스에게는 당신의 정체를 밝혀도 좋아요."

"예?"

정체를 밝힌다.

그건 즉 '무언의 피츠'의 정체를 밝힌다는 소리다.

"하지만… 그게 원인이 되어서 계획이 실패하면."

나는 내 역할에 대해 잘 알고 있다.

피츠는 아리엘 님의 '힘의 상징'이다. 어디서 나타났는지 모르는 강력한 존재가 아리엘 님의 옆에 붙어 있는 것이 아리엘 님의 존재를 크게 보이게 한다.

나도 몇 년 동안 어지간한 상대에게 지지 않는다는 걸 깨달았다. 루디가 단련시켜 준 덕분이다. 칠대열강이나 무슨무슨 왕이나 제, 그런 레벨은 아니지만, 아마도 성급 검사 정도는 되리라고 들었다.

다른 왕자들이 데리고 있는 왕급 사람들에게는 못 미치지만, 그래도 지금 제2왕녀파의 최고전력이다.

'피츠' 정도나 되는 이가 아리엘 님의 밑에 있다는 이유로 아리엘 님의 휘하가 되려는 사람은 여럿 있었다.

그런데 사실은 깡촌 출신의 계집이라고 밝혀지면 그런 사람들이 이반할지도 모른다.

물론 깡촌 출신의 계집이라고 해도 실력이 변하는 건 아니지만.

"실피는 지금까지 많이 애써 줬으니까요…. 감동의 재회 정도는 시켜 주고 싶군요."

"하지만."

"그러다가 계획이 실패하면 그 정도였다는 거지요."

아리엘 님은 딱 잘라 말하는 목소리로 말했다.

"게다가 끌어들일 거면 소꿉친구라고 밝히는 편이 간단하겠죠?"

"…고맙습니다, 아리엘 님."

나는 솔직하게 그렇게 말했다. 아리엘 님에게는 뭔가 시키면 속셈이 보였지만, 그건 언제나 그렇다.

성장한 나를 보고 루디는 뭐라고 말해 줄까.

벌써부터 기대되었다.

루디를 학교로 부른다는 계획은 순조롭게 진행되었다.

지너스 수석교사에게 정보를 흘리고 넌지시 권유해 보자고 재촉하자 그는 간단히 움직여 주었다.

몇 달 뒤, 내가 고대하던 날이 찾아왔다.

수련장에서 실습수업을 받는 중에 지너스 수석교사가 한 사람을 데리고 들어오는 걸 보고 나는 환희의 소리를 지를 뻔했다.

루디. 루디다!

틀림없다. 옛날과 달리 표정에 그늘이 낀 것처럼도 보이지만 틀림없다.

내가 루디를 잘못 볼 리가 없다.

'어쩌지, 엄청 멋져졌어!'

기억에 있는 소년의 모습을 남기면서도 루디는 늠름해졌다.

행동거지는 날카롭고, 발걸음에서도 잘 단련했다는 게 느껴졌다. 닳아빠진 로브는 와일드하여 역전의 마법사란 느낌이었다. 지팡이도 먼발치에서 봐도 알 수 있을 만큼 숙련자의 그것이었다. 주위를 빈틈없이 살피면서 주의 깊게 걷는 모습도 예전 그대로였다.

'우와…. 난 저런 사람과 결혼하려고 했구나.'

그렇게 생각하니 왠지 몸이 뜨거워졌다.

"루…?!"

뭐라고 할 수 없는 감정에 떠밀리듯이 루디의 이름을 부르면서 달려가려고 했다.

그 직후 나는 얼어붙었다. 루디의 뒤에 엄청 예쁜 여자가 붙어 있었기 때문이다.

'…어라…? 혹시 루디의 아내?'

여자는 엘프족이었다.

어딘가 아버지와 비슷한 분위기를 띤 사람이었다. 씩씩해 보이는 얼굴에 고귀한 인상을 받았다. 그리고 그런 사람이 루디와 딱 달라붙어 있었다. 루디는 짜증내는 듯하면서도 결코 싫어하지 않았다.

'…어라? …어라?'

혼란스러운 가운데 루디에게 달려갈 기회를 놓쳤다.

그 뒤에 루디의 시험을 친다면서 내가 불려갔다.

루디가 정말로 무영창 마술을 쓸 수 있는지 본다는 모양이다.

그 무렵에는 나도 간신히 정신을 차리고 있었다. 저렇게 멋진 루디라면 이미 좋은 사람이 있어도 이상하지 않다. 그렇게 생각했다.

응. 결혼했어도 관계없다. 나와 그는 친구니까. 아무런 문제도 없다. 축복해 주자. 아니, 그보다 먼저 서로가 무사한 것을 기뻐하자. 스스로에게 그렇게 말하면서 루디에게 말을 걸려고 했다.

"처음 뵙겠습니다, 루데우스 그레이랫입니다."

얼어붙었다.

"……."

처음, 뵙겠습니다?

어? 어…. 어라? 뭐야? 잠깐만, 어어… 날 잊어버렸어?

"별일 없으면 내년부터 당신의 후배가 됩니다. 부족한 점이 있거든 지도편달을 부탁드립니다."

"……어?"

입에서 물음표가 넘쳐날 때 나는 내가 선글라스를 꼈고 녹색 머리도 백발로 변했으며, 거기에 또 남장까지 했다는 걸 떠올렸다.

그렇지 않더라도 헤어진 지 8년이 지났다.

성장하면서 키도 많이 자랐으니까 한눈에 알아보지 못하더라도 어쩔 수 없다.

나는 너무 내 생각만 했다. 내가 알아봤으니까 저쪽도 알아볼 거라고만 생각했다. 마음만 앞서간 거겠지.

그럼 선글라스를 벗고 이름을 밝히면 된다. 아리엘 왕녀에게도 허가를 받았다. 여기서는 곤란하지만, 사람이 없는 곳으로 그를 불러내서 이름을 밝히면 된다.

하지만 그때 나는 생각했다. 생각하고 말았다.

'이미 루디는, 나 같은 건, 기억 못 하는구나….'

한 번이라도 그렇게 생각하면 더 이상 선글라스를 벗을 수 없다.

선글라스를 벗고 이름을 밝힌다. 그런데 "미안, 누구였더라?" 라는 말이라도 들으면….

그렇게 생각해 버렸으면 이미 틀렸다.

"아, 예."

루디와 만나면 이런 말을 하자, 저런 말을 하자, 그렇게 생각했던 게 다 날아갔다.

이미 무슨 말을 해야 좋을지도 알 수 없었다. 그리고 이러니저러니 하는 사이에 시험이 시작됐고 나는 졌다. 완벽할 정도로 패배했다.

뭔지 모를 방법에 마술이 봉인되어서 아무것도 못 하는 채로, 본 적도 없는 레벨의 스톤 캐논이 뺨을 스쳤다. 맞추려고 했으면 얼마든지 맞출 수 있으면서도 봐준 것이었다.

내 성장을 운운할 이야기가 아니다. 루디는 더 앞을 가고 있었다.

"지, 지금… 어떻게 한 거야…?"

간신히 물은 건 그 정도였다.

"디스터브 매직이라는 마술입니다. 모릅니까?"

몰랐다. 들은 적도 없었다. 아마도 무슨 종족의 독자적인 마술이나 그런 거겠지. 마법대학의 누구에게 물어도 그런 마술을 아는 사람은 없을 것이다.

'루디는 대단해.'

거듭 그렇게 생각했다.

싹튼 것은 존경의 마음이었다. 그는 역시나 성장하였다. 나 같은 것과는 비교도 안 될 정도로. 그렇게 생각하면서 바라보니 그는 천천히 고개를 숙였다.

"고맙습니다, 선배! 신입생인 제가 멋진 모습을 보여줄 수 있도록 양보하신 거군요!"

"어?"

나는 당혹스러웠다.

무슨 말인지 알 수 없었다. 나는 아무것도 할 수 없었다. 그건 루디도 잘 알 것이다. 그런데 양보라니?

곤혹스러워하면서도 나는 루디가 뻗은 손을 붙잡았다. 마술사의 손이 아니라 검사의 손이었다. 손바닥에 물집이 잡히고 그걸 굳은살로 만들어 온 사람의 손이었다. 루크보다도 훨씬 오랫동안 검을 든 사람의 손이었다. 검사도 아닌데.

그리고 곤혹스러워하면서도 나는 그 손을 잡고 마음이 두근거리고 있었다.

루디의 온기가 내 손에 전해져 오는 게 왠지 모르게 기뻤다.

하지만 루디는 나를 더욱 곤혹스럽게 만들었다.

"오늘 일은 나중에 꼭 사례하겠습니다."

사례, 무슨 소릴까. 모르겠다. 모르겠다.

모르겠지만, 나중에 또 만날 수 있다는 것에 생각이 미쳤다.

조금 얼굴이 붉어지는 걸 느끼면서 나는 고개를 끄덕였다.

그리고 루디가 가 버린 뒤에 그가 날 기억하지 못했다는 것을 떠올리고 울었다.

그로부터 한 달.

입학식 때 나는 루디를 보았다. 교복을 입은 루디는 입시 때와 비교해서 몇 배는 빛나 보였다.

눈이 마주쳐서 엄청 두근거렸다.

그렇긴 해도 그는 특별생. 이제 와서 루디가 이 학교에서 배울 것은 적을 테니까 분명 만날 기회도 적겠지. 당시의 나는 그렇게 생각했다.

그 시험 뒤에 루디가 나를 기억하지 않는다면 과도한 접촉은 하지 않는 방향으로 정리되었다.

아리엘 님과 루크는 이러쿵저러쿵 말했지만, 루디가 나를 기억하지 못한다는 사실이 무엇보다도 마음에 들지 않았던 모양이다. 그 사실은 조금 기쁘다. 우정을 느끼니까.

아리엘 님은 루디 문제를 내게 맡긴다고 말했다. 한달음에 동료로 만들 수 없더라도 다른 이와 마찬가지로 천천히 하면 된다, 그러기 위해서는 무영창 마술을 쓸 수 있는 '피츠'가 최적일 거라고.

지금 생각하면 내가 루디를 좋아한다는 건 다 들통나 있었겠지.

'하지만 어떻게 말을 걸어야 할까…'

그 날은 그런 생각을 하면서 입학식을 마치고 아리엘 님과 함께 수업을 듣고 있었다.

아리엘 님은 학생의 지도자로서 성적을 유지해야만 하니까 고생이다.

혼합 마술 수업은 내가 아는 것과 전혀 달랐다. 루디는 록시 씨에게 배운 모양이고, 이 학교에서도 같은 걸 가르칠 거라고 생각했는데 조금 복잡했다.

그래도 나는 루디의 가르침이 있었으니까 쉽사리 이해할 수 있지만, 아리엘 님이나 루크는 고전하였다. 나도 최대한 돕기 위해 아리엘 님에게 이것저것 가르치려고 했다.

하지만 루디의 방식으로 가르쳐도 좀처럼 이해를 얻을 수 없었다.

"피츠, 다음 수업에 관한 자료를 가져와 주겠어요?"

내 설명만으로는 이해할 수 없는 아리엘 님은 곧잘 도서관에서 참고서를 가져오게 한다.

도서관은 본교 건물 밖에 있어서, 다음 수업까지 그리 시간이 많이 남은 것도 아니다.

그렇다고 해도 도서관에는 3년 동안 다녔으니까 어디에 뭐가 있는지는 잘 알고 있다. 오늘 수업에 필요한 자료가 어디 있는지도 조금만 생각하면 금방 머리에 떠올랐다.

그걸 하나씩 손에 들었다. 응, 이거라면 금방 돌아갈 수 있다,

그렇게 생각했을 때였다.

"아!"

책장 앞에 있던 사람을 보고 나는 소리쳤다.

루디가 있었다. 기습적이었다. 나중에 기회가 있으면 만나러 가려고 생각했지만, 설마 여기서 만날 수 있을 거라곤 생각하지 않았다.

"……."

'뭐, 뭐라고 하지…?!'

당황하는 나를 루디가 알아차렸다. 다음 순간 루디는 깊이 고개를 숙였다.

"지난번에는 죄송했습니다. 제 생각 없는 행동으로 선배의 체면을 박살내게 되었습니다. 언젠가 과자라도 들고 찾아가서 인사드릴까 했습니다만, 신입생이다 보니 이래저래 바빠서…"

"우어엇?! …돼, 됐어, 고개 들어."

아무래도 루디는 내가 기분을 해쳤다고 생각한 모양이었다.

놀랐다. 입시 때의 말은 그런 것이었나.

하지만 듣고 보니 나는 체면이 구겨진 형태가 되나. 응, 듣고 보니 그러네.

…그러니까 아리엘 님과 루크도 기분이 안 좋았던 걸까.

나는 처음부터 루디에게 못 이긴다고 생각했다. 아니, 그렇게 옴짝달싹도 못 할 거라곤 생각 안 했지만, 분명히 두 사람에게 내 패배는 유쾌하지 않겠지.

아니, 그런 건 됐어. 일단 넘어가자.

"루디…. 아니, 루데우스였지? 너는 여기서 뭘?"

"조금 조사를."

"뭐에 대해서?"

"전이사건입니다."

그 말을 듣고 나는 생각했다.

혹시. 혹시 루디도 나와 같은 생각을 한 걸까?

"전이사건을? 왜?"

"저도 아슬라 왕국의 피트아령에 살았거든요. 그 전이사건으로 마대륙까지 날아갔습니다."

"마대륙?!"

더 놀랐다.

마대륙 이야기는 들어본 적이 있다. D급 이상의 마물밖에 존재하지 않는 가혹한 곳이라는 이야기였다.

검사로 무사수행에 나선 사람도 있지만, 대부분이 돌아오지 못한다. 전이사건으로 그곳으로 날아간 사람의 생존은 절망시되었다. 루디는 거기서 돌아왔다고 하는 것이다.

"예, 돌아오는 데에 3년이나 걸렸습니다. 그 동안에 가족은 발견된 모양이지만, 아직 지인을 한 명도 못 찾았지요. 좋은 기회다 싶어서 자세히 조사해 볼까 생각했습니다."

"…혹시 그걸 조사하러 이 학교에?"

"그렇습니다."

그 말을 듣고 나는 루데우스가 얼마나 대단한지 재확인했다.

"그래, 역시… 대단하네."

마대륙에서 3년이나 걸려 돌아왔어도 결코 마음을 놓지 않고 다른 사람을 계속 찾는다.

그것만 해도 대단한데 마법대학에서 권유가 들어오자 기회라는 듯이 사건에 대해 조사하려고 한다. 그런 사람이 또 있을까.

혹시 나라면 3년이나 걸려서 돌아온 것으로 힘이 다해 난민 캠프에 정착했겠지.

"선배는 여기서 뭐 하고 있었습니까?"

그 말에 나는 정신이 들었다.

자료를 가져가려는 중이었다. 아리엘 님이 기다리고 있다. 루디와 더 이야기하고 싶지만, 아리엘 님을 내버려둘 수는 없다. 이제 곧 수업이 시작된다.

"아, 그렇지. 자료를 옮기는 도중이었어. 나는 이만 갈게. 루데우스, 다음에 또 봐."

"아, 예."

발길을 돌려서 자료 대출 신청을 하려다가 문득 떠올랐다.

이 도서관은 광대하고 책이 많이 있지만, 전이사건에 대해 필요한 것은 적다.

아무리 루디라도 전이사건에 대해 조사하려면 시간이 걸리겠지.

"아, 그래. 전이에 대해서라면 아니마스의 『전이의 미궁 탐색기』를 읽어 보면 좋아. 이야기 형식이지만, 알기 쉬운 책이니까."

일단 내가 전이에 대해 이해하게 된 책을 권유해 주었다.

그거라면 어린애라도 전이가 어떤 것인지 알 수 있다. 다른 책은 뜯겨져 나간 부분도 있고.

조금 좋은 일을 한 기분으로 나는 도서관을 나섰다.

그 날 저녁.

나는 속옷을 빨고 있었다. 아리엘 님의 속옷이었다.

아리엘 님의 옷을 세탁하는 게 내 역할인 것에는 이유가 있다.

아리엘 님의 속옷은 지극히 비싼 천으로 만들어졌다.

게다가 아슬라 왕족의 속옷이기 때문에 부가가치도 붙는다.

말하자면 시장에 가져가면 값비싸게 팔린다.

실제로 입학한 직후에 세탁해 놓은 속옷을 훔쳐가서 파는 자가 있었다.

다섯 개 중 네 개를 도둑맞았고 그 중 세 개가 팔렸다. 나머지 하나는 범인인 남학생이 개인적으로 사용했다는 모양이다.

그런 일에 내성이 없는 여학생은 '말도 안 돼!'라면서 과도하게 반응하였다.

아슬라 왕국에서 나고 자란 아리엘 님이나 짧은 기간이나마 아리엘 님의 시중을 든 나에게는 그리 놀랄 일도 아니었다. 아슬라 왕국에서는 더 이상한 인간이 많았으니까.

하지만 역시 불쾌한 건 불쾌하다.

그렇기에 그 이후로 아리엘 님의 의류 세탁은 내 일이 되었다. 아리엘 님은 내게 그런 일을 시키는 것을 조금 주저했지만, 나로서는 내 옷을 같이 빨 수 있으니 좋다. 참고로 나는 성별을 숨기기 때문에 속옷은 아리엘 님과 같은 것을 입고 있다.

색깔은 다르지만.

순조롭게 세탁을 마치고 속옷만 밤에 널어두려고 베란다에 나갔다.

그리고 끈이 달린 건조대에 하나씩 너는 도중.

"어라…?"

문득 베란다 밑을 보고 놀랐다.

해가 진 뒤인데도 남학생이 걷고 있었다. 기숙사생의 룰으로는 이 시간에 남자가 지나가면 안 되게 되어 있다. 속옷 도둑 사건도 있고, 지금은 아직 그럴 시기가 아니지만 발정기 문제도 있기 때문이다. 그런데 왜 남자가….

단순한 지름길을 가는 것뿐이더라도 당장 1층의 자칭 자경단 아이들이 그를 포위하겠지.

그러기 전에 경고해두는 편이 좋을까. 제일 먼저 발견한 사람은 다른 이에게 알릴 의무가 있다. 아니, 하지만 나는 말을 하면 안 되게 되어 있고….

'어, 어라, 혹시….'

나는 그 사람이 루디라는 걸 알아차렸다.

'어, 어째서?!'

그러다가 무심코 손이 미끄러졌다.

내가 놓친 속옷이 팔랑팔랑 떨어져서 루디의 머리 위로.

루디는 그게 시야에 들어온 순간 엄청난 속도로 척 낚아챘다.

'빠, 빠르다…!'

항상 주위를 경계하는 거겠지. 지금 움직임에서는 마대륙을 답파한 이의 대단함이 느껴졌다.

그런 루디는 곧 손에 들린 것이 속옷임을 깨달은 모양이었다.

고개를 들어 이쪽을 보더니, '이거 떨어뜨렸어요.'라고 말하듯이 속옷을 쳐들었다.

방금 전의 움직임과는 달리 느릿한 동작이었다.

'아, 그런가. 오늘 입학했으니까 모르는구나!'

루디는 특별생이고, 특별생은 1인실을 쓴다.

특별생은 기숙사의 여러 당번을 면제받지만, 기숙사의 룰을 설명하는 회합에도 참가할 수 없다고 들었다.

가르쳐 줘야 한다. 그런 곳에 속옷을 들고 서 있으면 분명히 오해를 산다.

"꺄아아아아! 속옷 도둑!"

그 걱정은 곧바로 현실이 되었다.

갑자기 여학생이 비명을 지른 것이다. 1층에 사는 자칭 자경단 아이들이 달려나와서 루디는 순식간에 포위되었다.

'…하지만 루디라면 어떻게든 빠져나올 수 있지 않을까?'

나는 그렇게 생각하여 다소 낙관적으로 보았다.

루디가 이럴 때에 어떻게 할지 흥미가 있었다. 역시 부에나 마을 때처럼 해치울까? 아니면 교묘하게 말해서 빠져나올까?

마술을 써서 위협하거나 도망칠까?

그렇게 생각하며 보고 있자니… 루디는 아무것도 하지 않았다.

그저 골리앗 씨에게 붙잡힌 채로 난처한 모습을 할 뿐으로 보였다.

그 모습은 마치 부에나 마을에 있을 때의 나 같았다. 급격하게 내 머리가 식는 것을 느꼈다.

'내가 뭘 하는 거야!'

나는 다급히 베란다에서 뛰쳐나갔다.

복도로 나가서 사람들이 모인 곳으로 달려갔다.

"흥, 뭐야, 정색하고 저항하려고? 속옷 도둑 주제에 뻔뻔하잖아. 이 숫자를 상대로 이길 수 있다고 생각하냐?"

어두워서 다들 모르는 모양인데, 루디는 흙 마술로 다리를 고정하고 있었다. 그 이유에 대해서는 나도 몰랐다. 어쩌면 의미는 없을지도 모른다. 루디가 겁먹고 다리를 떠는 것도 아닐 텐데….

거기까지 생각하다가 깨달았다. 예전 일이 떠올랐다.

그러고 보면 루디는 소마르 일행을 쫓아낼 때 다리를 떨고 있었다.

루디에게 여자라고 들켜서 조금 어색하던 때. 루디는 '요즘 실피가 차가워.'라고 말하면서 조금 떨고 있었다. 그래, 루디는 내가 싫어할까 봐 조금 겁먹었을지도 모른다.

…평범한 남자애처럼.

'아….'

깨달았다.

나는 루디를 특별하게 봐 왔다. 계속 연상의 남자를 보는 감각이었다.

하지만 루디는 나와 동갑이다.

'실피는 계속 그에게 보호만 받을 거니?'

마지막에 떠올린 것은 아버지의 말씀이었다. 그리고 아버지의 말씀에 내가 했던 맹세.

루디를 구한다. 옆에 있는다. 혹시 무슨 일이 있더라도 내가 루디를 돕는다.

그렇게 맹세했다.

그래, 그걸 위해 나는 노력해 왔잖아. 하물며 이번 일의 원인은 내가 아닌가.

"잠깐! 그 연행, 잠깐 기다려!"

나는 그들 사이에 끼어들었다.

그리고 필사적으로 루디를 변명해 주었다. 이 학교에 온 뒤로 아리엘 님 이외의 사람과 이야기하는 건 처음일지도 모른다. 그 정도로 나는 말없이 지냈다.

하지만 루디의 팔을 붙잡은 여학생, 골리앗 씨는 고집이 셌다.

완고하게 루디를 단죄하려고 했다. 루디는 아무런 잘못도 하지 않았는데.

"흥, 그 말없는 피츠 님이 이렇게까지 변호하다니. 사실이겠지. 하지만 이 녀석이 기숙사의 규정을 깨뜨린 것도 사실이야. 본보기로 벌을 내려… 윽?!"

본보기, 그 말을 들은 순간 내 안에서 뭔가가 뚝 끊어졌다.

아무 짓도 하지 않은 상대를 그저 운이 나빴다는 이유만으로 본보기로 삼다니 가만 놔둘 수 없는 이야기였다.

어느 틈에 지팡이를 들고 당장이라도 마술을 쓰려고 마력을 넣고 있었다.

"그는 잘못 없다고 말했잖아. 됐으니까 그 손 놔…!"

"어이, 피츠…님?"

"아니면 여기에 있는 전원, 의무실에 가고 싶나?"

이런 엄포는 아슬라 왕국에 있을 때에 루크에게 배운 것이다.

때로는 허풍을 칠 필요도 있을 거라는 말에 열심히 연습하였다. 아슬라에서 라노아까지 오는 도중에 도적 등을 상대로 몇 번 써먹었다. 내가 말하면 어린애 같으니까 역효과라고 루크가 놀렸지만, 그래도 이번에는 효과가 있었던 모양이다.

"칫…. 알았어."

골리앗은 루디의 팔을 놓았다.

그리고 마지막에 한마디 투덜거리고 그 자리를 떠났다. 실질적인 리더인 그녀가 없어졌기에 다른 여자들도 모습을 감추었다.

"휴우…. 정말이지 골리앗 씨는 사람의 말을 안 들으니까…."

나는 평소의 그녀의 말이나 행동을 떠올렸다.

나쁜 사람은 아니다. 다만 수족은 규정을 지킨다는 것에 충실하다. 융통성이 부족하다.

아, 그런 것보다 사과를 해야지. 따지고 보면 내 잘못이라고도 할 수 있으니까.

"미안. 내가 속옷을 떨어뜨리는 바람에 일이 이렇게 되어서."

혹시 내가 손을 잘못 놀리지 않았으면 이렇게 큰일이 되지 않았다.

골리앗도 그렇게 과도한 행동을 하지 않았겠지. 아마도.

"아니, 피츠 선배는 잘못 없습니다…. 고맙습니다."

루디의 대답에 나는 위화감을 느꼈다.

왠지 루디의 목소리는 딱딱한 느낌이었다. 고개를 들고 바라보자, 루디의 눈매가 조금 변해 있었다. 이제야 깨달았다.

'…루디가 여태까지 날 경계했구나.'

생각해 보면 처음부터 묘하게 이상하다 싶었다.

왠지 고개를 꾸벅거리고…. 하지만, 그래, 그랬구나. 잘 생각해 보면 나는 '무언의 피츠'다. 루디라면 경계하는 게 당연한가.

하지만 지금 그 경계는 풀었다.

'왠지… 기쁘네.'

실패 때문이기는 하지만 루디에게 한 걸음 다가갔다. 그렇게 느꼈다.

그 뒤로 기숙사의 룰에 대해 설명했다.

해가 지거든 이 길을 지나가면 안 된다는 규정이 있다는 것.

루디는 역시 몰랐던 건지, 감탄하는 기색으로 끄덕거렸다.

"선배, 정말로 고마웠습니다."

루디는 그렇게 말하고 마지막으로 고개를 숙였다.

조금 이상한 기분이었다. 예전에 내가 괴롭힘 당할 때는 반대 입장이었다. 그때 나는 고맙다고 말했던가…. 그렇게 생각하니 이상하게도 웃음이 치솟았다.

"아하하…. 루데우스에게 고맙다는 말을 들으니 이상한 기분이네."

"어? 왜 그렇게 생각합니까?"

그건 물론 처음 만났을 때…라는 식으로 자연스럽게 정체를 밝히려다가 주저했다. 또 불안이 슬금슬금 커졌다. 지금 이런 분위기에서 '미안, 기억 못 해.'라는 말을 들으면….

나는 스스로에게 들려주듯이 생각했다.

딱히 기억을 못 하더라도 좋지 않나? 새롭게 만났다고 생각하고 그와 새로운 길을 걸어가면 되지 않을까? 라고. 과거는 제쳐두고 지금의 그와 친하게 지내면 되지 않을까? 라고.

그러니까 말했다.

"비밀."

루디는 놀란 얼굴을 하였다.

그 뒤에 나는 기숙사로 돌아갔다.

물론 속옷은 돌려받았다.

떨어지는 도중에 루디가 받았으니까 더러워지진 않았지만, 루디는 남자다. 나는 루디가 더럽다고 생각하지 않지만, 아리엘님에게 남자 손이 닿은 속옷을 입히는 건 좋지 않을 듯했다.

"역시 새로 빠는 게 좋겠…지…."

불빛 아래에서 펼쳐 보고 나는 얼어붙었다.

내 속옷이었다.

이걸 루디가 손에 들고 있었다…. 나는 그 자리에서 데굴데굴 굴렀다.

루디와 함께 '전이사건'에 대해 조사하게 된 것은 그로부터 한 달 뒤의 일이었다.

꿈에서 깨어나자 루디가 옆에서 자고 있었다.

"우와…."

무심코 소리가 나왔다.

"…아."

하지만 루디는 깨어나지 않았다.

기분 좋은 듯이 자고 있었다.

자는 얼굴. 루디의 잠든 얼굴이다. 부에나 마을에 있을 때에는 몇 번 본 적도 있지만, 어른이 된 뒤로는 처음이다.

'…어른.'

그런 단어에 어젯밤의 일이 떠올랐다.

힐끗 담요 안을 보니 루디도 나도 알몸이었다.

나른한 권태감 속에서 부끄러움과 달성감이 솟구쳤다.

더불어서 가랑이도 조금 아팠다.

'해 버렸어.'

예전부터 어느 정도 꿈꿨던 일이긴 하지만 정말로 해 버렸다.

어젯밤의 이것저것을 떠올리니, 베개를 껴안고 버둥거리며 굴러다니고 싶은 충동에 휩싸였다.

'와아….'

두 손으로 얼굴을 감싸자, 팔꿈치가 루디의 어깨에 슬쩍 닿았다.

'……'

왠지 모르게 그 어깨에 뺨을 대어 보았다.

루디는 멀리서 보면 말랐지만, 의외로 튼실한 몸이다. 내가 완전히 안길 수 있을 정도다.

우와…. 더는 안 돼. 이 이상은 안 돼. 얼굴이 뜨거워.

그렇게 생각하고 떨어지자 루디의 눈썹이 꿈틀거렸다.

"으으…."

왠지 괴로워하듯이 눈썹을 찌푸렸다.

생각 없이 손을 붙잡아주자 표정이 풀어졌다.

"……."

그리고 루디가 눈을 떴다.

그는 몇 초 동안 천장을 바라본 뒤에 천천히 이쪽을 돌아보았다.

"안녕, 루디."

그렇게 말하자, 루디가 분명하게 안도한 것이 느껴졌다.

그리고 갑자기 가슴을 주물렀다.

"히잇! 아니, 루디…."

딱히 저항하지 않았던 것은 싫은 느낌이 아니었기 때문이다.

루디는 잠시 가슴을 주무른 뒤에 나를 껴안고 조용히 말했다.

"나았다."

감개 깊은 듯이 꺼낸 그 한마디.

나는 그 말의 의미를 전혀 이해할 수 없었다.

그 말의 의미를 생각하기 전에 걱정되는 게 있었으니까.

"어어, 루디…? 저기, 왜 그래? 내 몸, 이상하지 않았지?"

그러니까 두근거리면서 그런 식으로 물었다.

뭐, 괜찮을 거라고 생각하면서 일단 물었다.

"고마워."

그러자 감사의 말이 돌아왔다.

동굴에서는 몰랐지만 지금은 알겠다.

나는 루디를 도와줄 수 있었다.

옆에 나란히 서 있을 수 있을지는 모르겠지만, 도와줄 수는
있었다.

'그런 말 하지 않아도 돼.'

마음속으로 그렇게 말하니, 오랜 꿈이 이뤄진 듯하였다.

이렇게 나는 루디와 맺어졌다.

번외편

'타올라라, 광견'

검의 성지라고 불리는 곳이 있다.

1년 내내 눈으로 뒤덮인 가혹한 장소다.

초대 검신이 유파를 세우고 말년에 제자들에게 검을 가르친 장소.

검사가 도달하는 곳이자 출발의 장소.

검사라면 모두가 한 번은 방문해야 할 장소. 그곳이 검의 성지다.

검의 성지에는 장래 유망한, 싹수 있는 검사들이 모인다.

십대의 나이에 검의 재능을 보인 어린 천재들이다.

현재 그런 검의 성지에 돌출된 재능을 가진 세 명의 천재 검사가 있다.

일단 검신의 장녀 니나 파리온.

현재 열여덟 살이지만, 열여섯에 이미 견줄 자가 없는 재능을 가졌다는 소리를 들은 검성劍聖.

스무 살이 될 무렵에는 검왕劍王이라고 불리고 스물다섯 살이 되기 전에 검제劍帝가 될 게 틀림없다는 말을 듣는 최고의 유망주다.

다음은 니나의 사촌동생인 지노 블리츠.

검신류의 종주인 파리온 가문의 분가인 블리츠 가문의 차남으로, 현재 열네 살.

열두 살에 검성의 칭호를 받은 최연소 검성. 아직 니나에는 한

발 뒤지지만, 장래에는 어떻게 될지 모른다고 하는 천재 검사.

그리고 에리스 그레이랫.

현재 열일곱 살인 그녀는 보는 이 모두를 겁에 질리게 하고, 덤비는 자를 사정없이 때려눕히는 광견이다.

2년 전, 검왕 길레느의 제자로서 찾아온 그녀는 자신의 길에 한 치의 타협을 허락하지 않았다. 매일 결사의 수행에 임하여 몸을 괴롭히고 괴롭혔다.

그녀가 검의 성지에 데뷔하는 모습은 강렬했다.

몇 년이 경과한 지금도 회자될 정도로.

★ 약 2년 전 ★

에리스가 길레느를 따라서 검의 성지, 그곳의 우두머리인 검신의 앞에 모습을 보였다.

주위를 둘러싼 것은 검성 이상의 칭호를 가진, 검신류의 제자들. 그 중에는 니나와 지노의 모습도 있었다.

에리스는 검신을 앞에 두고 무릎을 꿇지도, 머리를 숙이지도 않았다.

"당신 같은 피라미에겐 볼일 없어!"

현재 최강의 검사인 검신 갈 파리온에 대한 그녀의 첫 마디는 당찮게도 그런 폭언이었다.

"뭐! 너, 스승님 앞에서 무슨 소릴!"

"무릎 꿇어! 검신류의 예의를 모르나!"

"길레느 님은 뭘 가르친 거지!"

주위의 검성들은 소리쳤다.

"앉아라."

검신의 한 마디에 검성들은 입을 다물었다.

이 어리고 오만한 개는 검신의 손에 베인다. 모두가 그렇게 생각했다. 검신 갈 파리온에게 오만한 말을 내뱉고서 여기서 살아나간 이는 없으니까.

저 오만불손한 길레느조차도 귀와 꼬리를 빳빳하게 세울 정도의 폭언.

하지만 검신은 싱글싱글 웃을 뿐이었다.

그만큼은 알고 있었다.

눈앞의 야수가 뭘 원하여 여기에 왔는지를.

왜 첫 대면인 상대에게 폭언을 내뱉으면서까지 스스로에게 기합을 넣어야만 하는지를.

고로 웃으면서 물었다.

"좋은 눈을 하고 있군. 대체 누굴 베고 싶지?"

그 질문에 에리스는 똑똑히 대답했다.

"용신이야, 용신 올스테드!"

모두가 용신이라는 이름을 들은 적은 있었지만, 올스테드라는 이름은 몰랐다.

이 자리에서 그 이름을 아는 것은 에리스, 그리고 또 한 명.

"하하하핫! 그래, 분명히 올스테드와 비교하면 나는 피라미지! 그래, 그래, 그 녀석을 베고 싶단 말이지! 나 이외에도 그 녀석을 베고 싶어 하는 녀석이 있었나!"

검신은 무릎을 팡팡 두드리면서 쾌활하게 웃었다.

그 자리에 있는 모두가 그 이상한 광경에 침을 삼켰다. 검신이 웃고 있다. 교만한 말을 듣고, 피라미라는 도발을 듣고, 그러고도 웃고 있다. 있을 수 없는 일이다.

하지만 검신만큼은 알고 있었다.

용신 올스테드를 벤다. 그것은 즉, 최강을 목표로 한다는 뜻이다.

"하지만."

웃음이 뚝 하고 멎었다. 방이 쥐 죽은 듯이 조용해졌다.

"말로 하기야 쉽지. 할 수 있겠냐?"

"할 거야."

에리스는 당연하다는 듯이 내뱉었다. 거기에는 아무런 두려움도 없고, 아무런 주저도 없다. 망설임 하나 없는 눈이었다. 검신은 입꼬리를 들어올렸다.

"좋아. 검을 볼까. 지노, 상대해 줘라."

"예?! 아, 예!"

삼촌이 이름을 부르기에 지노 블리츠는 일어섰다. 자신과 그리 나이 차이가 없는 소녀. 말로 삼촌을 웃게 한, 마음에 안 드는 소녀. 그 녀석에게 한 방 먹여 주자고 기합을 넣었다.

"그 녀석은 우리 중 최연소다. 너보다도 어리고 아직 미숙한데도 많지만, 실력은 제법이지."

지노와 에리스는 다른 검성들이 던져준 목도를 받았다.

"그럼 중앙으로."

"으랴아아아아!"

목도를 받은 순간 에리스는 지노에게 덤볐다.

지노는 순간적인 응전도 할 수 없었다. 처음부터 손목을 세게 얻어맞아서 목도를 떨어뜨렸고, 졌다고 할 틈도 없이, 아니, 무슨 일이 있었는지도 모른 채 목도에 베였다.

완벽한 살기에 지노는 진짜로 베였다고 착각하고 기절했다.

"뭐?!"

그 자리의 모두가 아연해졌다.

이런 건 말도 안 되는 일이다. 하다못해 중앙에서 서로 마주 보고서 시작해야 하지 않나.

애초에 지노는 에리스 쪽을 보고 있지도 않았다. 검성들은 에리스를 비겁하다고 생각했다.

속임수 같은 형태에 사형제가 당한 니나도 당연히 그렇게 생각했다.

그렇게 생각하지 않았던 것은 네 명. 검제 둘과 검왕 하나, 그리고 검신이었다.

"아직 미숙하지?"

"정말 그러네."

에리스는 짧게 친 머리칼을 흔들면서 이미 전원의 움직임에 신경을 기울이고 있었다.

언제 어느 순간에 누가 공격하더라도 문제없도록 빈틈없는 자세로 주위를 노려보았다.

검신은 에리스를 나무라지 않았다.

그저 얻어맞아 기절한 지노를 미숙하다고 평가했다.

서로 검을 든 상태에서 방심한 쪽이 잘못이다. 순간적으로 공격해 올 가능성을 고려하지 않는 녀석이 바보다.

검신은 언외의 말로 그렇게 말한 것이다.

"좋아, 다음은 나나. 너다. 이번에는 중앙에서 서로 마주본 뒤에 시작이다. 기습도 좋지만, 준비된 상태에서의 검을 보여봐라."

그 말에 검성 한 명이 나나를 향해 목도를 던졌다.

그걸 받아든 순간 나나는 검성 쪽을 두 번 보았다.

목도는 다소 무거웠다. 안에 금속을 채운 목도였다.

"……."

목도를 던진 검성은 고개를 끄덕였다.

그걸 보고 나나는 몸을 부르르 떤 뒤 고개를 끄덕였다.

이 무례한 놈을 죽여라.

나나도 검성이다. 사람을 죽인 적이 없는 건 아니다. 금속을 넣은 목도는 다소 비겁하지만… 먼저 결례를 저지른 건 저쪽이다.

지노의 굴욕을 생각하면 만 번 죽어 마땅하다.

두 사람은 중앙에 서서 자세를 잡았다.

"시작!"

검성의 신호에 니나는 목도를 휘둘렀다.

몇 만 번이나 휘둘러온 검신류의 자세에 따라서 이 무례한 빨강머리 여자를 친다.

그런 기백이 담긴 일격이 날아갔다.

검과 검이 맞부딪쳤다.

"……!"

그 순간 메마른 소리를 내며 에리스의 목도가 부서졌다.

니나는 승리를 확신했다. 이제 멍하니 있는 에리스의 정수리에 사정없는 일격을 날릴 뿐이다.

그렇게 생각한 순간 니나는 얼굴을 얻어맞았다.

이어서 턱 끝을 얻어맞았다. 비틀거리는 사이에 걷어차여 넘어지고 눌렸다.

정신을 차리고 보니 두 팔은 다리 밑에 깔려 있었다.

위를 올려다보면 진짜 살기를 띤 악마가 주먹을 쳐들고….

"그, 그만! 멈춰, 멈춰라!"

검성들이 제지의 말을 외쳤을 때, 이미 니나는 얼굴을 십여 대 얻어맞은 뒤였다.

코피를 흘리고 이빨이 부러져서 실신하였다. 그 다리 사이에서는 액체가 퍼져서 김까지 피우고 있었다.

에리스는 천천히 일어서서 니나가 들고 있던 금속심의 목도를 주워들었다.

"흥."

그리고 콧소리 한 번. 니나를 실신한 지노의 옆으로 걷어차서 날려 버렸다.

"여기에는 알량한 놈들밖에 없어?"

"이… 이놈이!"

검성들이 벌떡벌떡 일어났다. 비겁하다고 욕하는 소리도 있었다.

하지만 검왕 이상의 칭호를 가진 자들은 오히려 그런 검성을 차갑게 바라보았다. 그들은 누가 옳은지 이해하고 있었다.

지금 것도 에리스가 옳았다.

진검 승부란 검이 부러졌을 때 끝나지 않는다. 마음이 부러졌을 때 끝난다.

"미안, 미안. 조금 잘못 보았군. 내가 상대해 주지."

하지만 검신이 일어서자 검제 두 사람이 다소 놀란 얼굴을 하였다.

"스승님이 나가실 것까진 없습니다."

"이런 경우는 길레느…의 제자였지요. 그럼 제가."

검신은 그런 말을 무시하고 자기 검을 들었다. 진검이었다.

에리스는 그걸 보고 바닥을 세게 박차서 뒤로 물러났다. 자기 검을 놔둔 위치까지 물러났다.

그리고 긴 여행 동안 함께 한 친구를 손에 쥐고 즉각 칼집에서 뽑아들었다.

"허둥대지 마. 분명히 핸디캡은 지고 할 거니까. 아니, 너 좋은 검을 갖고 있군. 그거 율리안의 것인가?"

"몰라. 미굴드족에게 받은 거야."

"어, 그래. …이 녀석도 율리안의 작품이야."

검신은 그렇게 말하면서 천천히 검을 뽑았다.

칼날이 금색으로 빛나는 그 검은 검신의 일곱 자루 검 중 하나. 마계의 명공 율리안 하리스코가 왕룡왕 카작트의 뼈에서 만들어낸 마흔여덟 자루의 마검 중 하나다.

마검 '후적喉笛'.

검신은 마검을 추욱 늘어뜨리듯이 들었다.

"……."

검성들이 숨을 삼켰다. 검신이 진검을 드는 일은 검제와의 실전 대련 이외에는 거의 없다.

그리고 검신은 가볍게 중얼거렸다.

"좋아, 간다."

순간. 에리스는 날아가고 있었다.

그 방의 출입구에 있는 문을 박살내고 밖으로 날아가서 쌓인 눈 속에 처박혔다.

검신은 어느 틈에 검을 휘두른 자세로 정지해 있었다.

아무도 그 동작을 볼 수 없었다.

"훌륭하십니다!"

"훌륭합니다!"

"훌륭하십니다!"

주위의 검성들이 저마다 그 솜씨를 칭찬했다.

마검의 힘이 아니다. 검신이 날린 투기가 에리스를 날려 버린 것이다.

저 무례한 놈은 죽었다. 모두가 그렇게 생각했다.

하지만 에리스는 죽지 않았다.

"으… 끄으…!"

신음소리를 내면서 눈 속에서 희미하게 꿈틀거렸다.

검신의 공격을 받고도 살아 있어? 아니, 검신이 힘을 조절한 것이다.

하지만 저런 들개에게 검신이 전력을 낼 것도 없다. 이제는 파문이라도 해서 눈이 쌓인 밖으로 내던지면 된다. 모두가 그렇게 생각했지만, 검신은 검성들의 예상과 정반대의 말을 던졌다.

"길레느, 에리스를 치료해 줘라. 오늘부터 저 녀석은 검성이다. 내일부터는 내가 검을 가르치지."

표정을 풀었던 검성들이 얼어붙었다. 검을 가르친다는 말은 곧 검신의 직계 제자를 의미한다. 길레느 이후로 아무도 도달할 수 없었던 최고 서열의 제자다.

"무슨 말씀을! 검성은 '빛의 칼날'을 습득한 자만이 도달할 수 있는 특별한 칭호! 이런 원숭이 같은 꼬맹이에게…!"

그렇게 말하던 남자는 검신이 들이댄 검에 말이 끊겼다.

"'빛의 칼날'을 습득한 꼬맹이를 둘이나 해치웠다. 충분할 텐데?"

"하, 하지만…."

"'검신'이란 뭔가를 배워서 될 수 있는 게 아니잖아? 특별한 나조차도 특별 대접을 받지 않는데, 왜 검성 정도로 특별 취급할 필요가 있지?"

"…죄송합니다."

검성은 그 이상 말하지 않았다. 자신의 감정이 질투임을 깨달은 것이다. 질투가 검을 둔하게 만드는 것을 검성들은 이해하고 있었다.

그리고 오해하고 있었다. 검성이 제창하는 욕망에 따른 검술. 거기에 따르면 오히려 질투 같은 추한 감정이 검을 예리하게 만든다.

물론 검성은 그런 중요한 것을 시시콜콜하게 가르쳐 줄 생각도 없다.

남이 일러줘야 간신히 깨닫는 녀석은 말해 봤자 헛수고다.

이렇게 해서 에리스는 강렬한 인상을 심어 주는 동시에 검성의 이름을 갖게 되었다.

★ 현재 ★

니나는 에리스를 싫어했다.

많은 이들 앞에서 기절하고 실금까지 하게 된 원인이다.

수치.

그래, 수치를 맛보았다.

에리스는 시골뜨기 원숭이. 검이 날아갔으면 주먹으로 덤벼든
다는 응석받이 같은 태도는 검성의 이름은 물론이고 검신류에
어울리지 않는다고 떠들었다.

2년 가까이 에리스와는 제대로 말을 섞지 않았다.

물론 에리스는 평소에 그저 검신이나 길레느에게 계속 단련
을 받았다.

잘 때도 길레느와 같은 방이다.

접점도 없고 그럴 필요도 없는 니나나 다른 이와는 대화하려
고도 하지 않았다.

대화라고 해야 기껏 해야 한 달에 한 번 있는 제자들의 총연
습에서 두어 마디 야유를 주고받는 정도다.

총연습에서 에리스와 니나의 실력은 팽팽하였다. 니나는 자기
쪽이 앞선다고도 생각하였다. 검을 놓치거나 부러지면 패배라는
확실한 룰이 있다면 뒤지지 않는다. 니나는 그렇게 생각했다.

그런 부분이 '얄량하다'는 점이지만, 실전경험이 부족한 그녀
가 그걸 아는 건 조금 더 뒤의 일이었다.

라이벌 관계.

주위에게는 그렇게 보였지만, 에리스는 니나 따윈 아랑곳 하

지도 않았다.

그런 어느 날.

니나는 비슷한 또래의 여자와 이야기하고 있었다. 그 나이의 여자답게 제자 중에서 누가 멋지다든가, 저번에 사귀었던 누구랑 첫 경험을 했다든가, 그런 이야기였다.

니나는 태어난 이래로 검의 길로만 살아온 데다가 앞으로도 인연이 없다고 생각했기에 그런 화제에는 약했다.

가까운 남자라는 말에 떠오르는 것은 네 살 연하인 사촌동생 지노였지만, 남매나 다름없이 자란 상대와 그런 관계가 된다고 는 생각할 수 없었다.

고로 '나는 검만으로 살아간다. 안 그러면 에리스에게 따라잡 힌다. 그 여자에게는 지기 싫다.'라고 생각하였다.

그때 지나가던 것이 에리스였다.

그녀의 온몸에서 김이 나고 있었다. 두 사람이 잡담하는 사이 에도 수행을 했던 것이다. 그렇게 생각하니 니나는 다소 조바심 이 났다.

그래서 말해 버렸다.

"흥, 이런 때에도 수행이라니! 당신은 평생 남자도 안 생기겠 지! 처녀인 채로 검만 끼고 살아 보라지!"

자기도 경험한 바 없으면서.

하지만 스스로 걱정하는 일이기에, 자기가 들으면 상처 입는 말이기에, 에리스도 상처 입을 거라고 생각하였다.

"흥⋯."

하지만 에리스는 코웃음으로 넘겼다. 의기양양한 그 얼굴에 니나는 당황했다.

"뭐, 뭐야?"

"미안하지만 난 경험 있으니까."

살짝 자신만만하게, 살짝 얼굴을 붉히면서.

그건 분명히 허세 같은 게 아니라고 그 자리에 있는 모두가 깨달았다.

"어⋯?! 거짓말이지? 어? 누구? 누구랑?"

니나는 내심의 동요를 도무지 숨길 수 없었다.

그저 허둥거리면서 에리스한테 그 이야기를 캐물었다.

"어렸을 적부터 같이 자란 사람이야."

평소에는 말 없는 에리스지만, 그 남자 화제가 되면 말이 계속 나왔다.

어렸을 적부터 같이 자랐다든가, 같이 마대륙에서 고향까지 여행했다든가, 용신과 만나서 그 남자가 한 방 먹였다든가. 그리고 그 남자와 첫 경험을 했다든가. 그 남자를 위해 강해지려고 한다든가.

소녀의 사랑이 성취되기까지의 이야기였다.

니나는 완전히 꺾였다.

졌다고 생각했다. 완전패배였다.

검술로는 호각…. 하지만 나이로는 지고, 게다가 상대에게는 남자까지 있다고 한다.

니나가 할 수 있는 것은 그 남자의 존재를 부정하는 것 정도였다.

"거, 거짓말이야! 아버지가 말씀하셨어! 용신은 '용성투기'라는 걸 띠고 있으니까 어지간한 기술로는 상처 하나 안 난다고! 헛소리야! 그런 사람은 사실 없지?! 거짓말이라고 자백해. 지금이라면 아직 안 늦었으니까."

"거짓말 아냐. 루데우스는 보통이 아냐! …하지만 루데우스와 지금의 나는 어울리지 않아. 더 강해져야 해."

에리스는 마지막에 그렇게 말하더니 불끈 주먹을 쥐었다.

결의의 눈동자에 불길을 담더니 두 사람을 무시하고 방금 전에 자기가 있던 수행장 '단련의 방'으로 돌아갔다.

니나는 그 모습을 멍하니 지켜보았다.

가장 그럴 리 없다는 상대가 이미 자신의 앞을 갔다는 사실에 머리가 어지러웠다.

나는 아직인데, 저 원숭이 같은 에리스에게 연인이 있다.

그런 일이 있을 리 없다. 분명히 거짓말이다. 루데우스라는 건 가공의 인물이다.

니나는 그렇게 생각하고 휴일에 정보상을 찾아가서 루데우스에 대한 정보를 모아오라고 시켰다.

뭐, 간단히 모일 리가 없지. 어차피 가공의 인물이니까. 그렇게 생각했다. 아니, 그러길 바랐다.

그런 바람과는 달리 정보는 금방 모였다.

루데우스 그레이랫.

아슬라 왕국 피트아령 부에나 마을 출신.

세 살 때 수왕급 마술사 록시 미굴디아(당시는 수성급)의 제자가 되다.

다섯 살 때 수성급 마술사가 되다.

일곱 살 때 피트아령 성채도시 로아의 시장의 딸, 에리스 보레아스 그레이랫의 가정교사가 되다.

그 뒤 피트아령 전이사건으로 행방불명되었지만, 최근에 중앙대륙 북부에서 모험가 '진흙탕 루데우스'로 이름을 드날리다.

현재는 마법대학에 특별생으로 초빙되어 라노아 왕국 마법도시 샤리아에 머무르고 있다.

또 일부 모험가들에게 존경을 얻으며, 외톨이 용을 혼자서 격파했다는 소문도 있다.

실존하는 인물이었다.

에리스의 망상 속 왕자님이 아니었다.

니나는 기죽는 동시에 대단할 것 없다고 생각했다.

분명히 일곱 살까지의 경력은 대단하지만, 결국은 모험가다. 수왕급이 된 것도 아니고 진흙탕이라는 너저분한 별명이 붙은 걸 보면 결국 어렸을 때 잠깐 반짝한 재능이었다. 그게 틀림없다.

동시에 안 좋은 생각이 떠올랐다.

그 루데우스인가 하는 걸 쓰러뜨리고 노예로 삼아서 여기에 끌고 오면 에리스는 어떤 얼굴을 할까?

쇠뿔도 단김에 뽑아라. 니나는 아버지에게 물려받은 성급함을 발휘하여 그 날 중에 준비하고 말을 타고 라노아 왕국으로 떠났다.

라노아는 코앞. 겨울이라면 또 몰라도 검의 성지에서 단련된 명마를 타면 석 달도 안 걸려서 왕복할 수 있다.

니나는 한 달 반의 여정을 별일 없이 마치고 마법대학에 도착했다. 그리고 놀랐다.

솔직히 니나는 마술사란 것을 얕보고 있었다.

제대로 수행도 하지 않고 적당히 중얼중얼 주문을 외우기만 하면서 강해졌다고 생각하는 놈들이라고 생각했다.

하지만 길을 보면 건장한 남자들뿐. 왜인지 수족이 많고 전사 같은 모습을 한 자가 많았다.

로브를 입은 사람이나 귀여운 교복을 입은 사람도 있지만, 건장한 육체를 가진 자… 즉, 제대로 수행을 했음직한 사람이 이상하게 많았다.

니나는 자기가 세상을 몰랐음을 부끄럽게 생각했다.

18년 동안 살면서 마술사란 것에 편견을 가졌다고.

니나는 일단 근처에 있는 청년에게 말을 붙였다. 근골우람해서 그야말로 전사라는 느낌의 수족이었다. 그 녀석에게 루데우스가 어디 있냐고 물어보자, 그도 루데우스를 찾아가는 중이라고 했다.

니나는 이거 마침 잘되었다 싶어서 따라가기로 했다.

청년은 곧바로 교복 차림의 소년을 찾아내었다.

루데우스는 니나가 상상했던 그대로의 인물이었다. 몸은 나름 단련한 모양이지만, 패기랄 것이 느껴지지 않았다. 얼굴은 나쁘지 않지만, 자신감도 없어 보이고 남자로서의 매력이 없었다. 에리스에게는 어울렸다.

좋아, 이 녀석을 때려눕혀서…라고 생각한 순간, 수족 청년이 목청을 높였다.

"외톨이 용을 단기로 해치운 A급 모험가 '진흙탕' 루데우스인 걸로 보았다! 나와 정정당당한 혼인의 결투를!"

깜짝 놀랐다. 이 남자는 루데우스에게 갑자기 결투를 신청한 것이다.

"아니, 피아노 연습이 있어서…"

루데우스는 남자답지 않게 즉각 그걸 거절했다.

하지만 청년은 이러니저러니 이유를 붙여서 루데우스의 앞을 가로막으며 다짜고짜 공격하였다.

니나는 다음 순간 루데우스가 두 쪽으로 갈라질 거라고 생각했다. 자기만큼은 아니더라도 수족 청년은 제법 강해 보였기 때문이다.

그리고 루데우스는 마술사. 마술사는 거리가 좁혀지면 약하다는 게 검사에게 상식이었다.

저 거리면 마술사가 손 쓸 수 없다.

하지만 결과는 반대였다. 루데우스는 순식간에 청년을 때려눕혔다.

3초 정도 걸렸을까. 그야말로 순식간이었다.

그리고 아연해진 니나에게 눈길도 주지 않고 얼른 어딘가로 가 버렸다.

그 뒤에 간신히 정신을 차린 니나는 다시금 사람들에게 물어서 루데우스가 도서관에 있다는 걸 알아내었다.

도서관의 위치를 듣고 가 보니, 건물 앞에는 대량의 수족이 모여 있었다.

나랑은 관계없다. 그렇게 생각하고 도서관에 들어가려는데,

"너도 루데우스에게 결투를 신청하려는 건가?"

수족 청년이 그런 질문을 던져왔다.

"어, 응, 그래."

무심코 그렇게 대답하자.

"그럼 제일 뒤에 가서 줄을 서! 새치기하면 안 되지!"

호통을 들었다.

들자하니 이 줄은 죄다 루데우스에게 결투를 신청하려는 자

들이라고 했다.

서른 명은 된다는 사실에 전전긍긍하면서도 니나는 얌전히 줄을 서서 기다리기로 했다.

그러자 앞에 있던 수족 청년이 '가엾군.'이라는 말을 던졌다.

무슨 소린지는 모르겠지만, 계속 기다리고 있자니 시간은 정오를 지났다.

그리고 녀석이 나타났다.

시커먼 피부의, 근육덩어리 같은 마족이었다.

그 녀석은 그야말로 잘난 듯한 태도로 주위를 흘겨보았다.

"호오, 이 줄은 뭐냐! 축제라도 있나?!"

"루데우스 그레이랫에게 결투를 청하려는 줄이다!"

"뭐라고! 이렇게 많아?! 푸하하하하! 루데우스란 녀석은 인기가 많군! 나는 기다려도 좋긴 한데, 먼저 할 방법은 없겠나!"

당당한 남자의 말에 주위는 흥분하였다. 줄을 서라, 순서를 기다려라, 그렇게 떠들었다.

니나도 분개했다. 허위허위 먼 길을 찾아온 자기도 기다리고 있다. 잘난 척하지 말고 줄을 서라. 그런 마음이었다.

그런 가운데 바보 하나가 입을 잘못 놀렸다. 해선 안 되는 말을 해 버렸다.

"그렇게 먼저 하고 싶거든 앞에 선 녀석을 죄다 쓰러뜨린 뒤에 하든가."

"푸하하하하! 그거 좋군! 마음에 들었어! 그럼 전원 동시에 덤벼 봐라! 나에게 도전하려는 기개를 봐서 한 수는 양보해 주지!"

너무나도 교만한 태도에 그 자리에 있는 전원이 분노에 날뛰었다.

"뭐라고, 이 자식아아!"

"잘난 척하지 말란 말이다, 쨔샤!"

저마다 외치면서 이놈에게 주제를 가르쳐 주겠다며 덤벼들었다.

니나도 잘은 모르겠지만 그 무리에 참가했다가… 졌다.

마족은 니나의 검을 받으면서도 태연하게 서 있었다.

칠흑의 피부에는 검이 통하지 않았다. 죽을 기세로 날린 빛의 칼날로 간신히 상처를 입혔지만, 순식간에 재생되었다.

"나는 불사신의 마왕 바디가디! 푸하하하! 내게 이기면 용사의 칭호를 주마!"

니나는 선전한 편이었겠지만, 공격력 부족은 어떻게 할 수 없어서 아무런 수도 쓰지 못하고 붙잡혀서 패대기쳐졌고 애검도 부러졌다.

그리고 공포에 떨고 혼란에 빠졌다. 왜 나는 이런 곳에서 마왕과 싸우는 건가, 하고.

애초에 마대륙의 마왕이 왜 여기에 있을까, 라고.

그 자리에 있던 전원이 그렇게 생각했겠지.

니나가 당하고 얼마 뒤에 순서를 기다리던 수족들은 전멸했다.

신기하게도 다친 사람은 있어도 죽은 사람은 없었다.

적당히 힘을 빼면서 상대한 것이다.

그걸 깨닫자 니나의 주먹 위에 눈물이 떨어졌다.

하지만 분하긴 해도 이미 검을 잃은 자신은 아무것도 할 수 없었다.

"…이건 뭐야?"

전멸과 거의 동시에 루데우스가 도서관에서 나와서 마왕과 대화를 나누기 시작하고, 잠시 뒤에 그들은 장소를 이동했다.

니나도 아픈 몸에 얼굴을 찌푸리면서 그 뒤를 쫓아갔다.

드넓은 교정에서 루데우스와 마왕은 서로 눈씨름을 계속하였다.

뭔가 대화를 나누는 모양이고 이따금 마왕의 드높은 웃음소리가 들렸지만, 무슨 이야기를 하는지는 알 수 없었다.

결투가 시작된 것은 꽤나 발이 빠른 소년이 지팡이를 가져온 뒤였다.

루데우스와 마왕의 결투. 니나는 그걸 시종일관 보았다.

루데우스가 지팡이에 손을 대고 그 봉인을 풀더니 두어 마디 중얼거린 뒤에 마왕을 향해 지팡이를 내민 다음 순간.

마왕의 상반신이 날아갔다.

자신은 어떻게 손쓸 수도 없었던 상대를 쓰러뜨렸다.

자신이 증오하는 인물이 좋아한다는 남자가, 별것도 아닐 거라고 생각했던 남자가, 단 일격에.

그리고 에리스도 그 레벨까지 올라가려고 한다.

그런 사실을 깨달은 니나는 그저 아연해질 뿐이었다.

그 뒷일은 잘 기억하지 못한다.

어느 틈에 말을 타고 검의 성지로 돌아가고 있었다.

그저 검의 성지로 돌아와서, 거기서 평소처럼 무심으로 검을 휘두르는 에리스를 보았을 때 니나는 뭔가를 느꼈다.

여태까지 느끼지 않았던 뭔가를….

그 날을 경계로 니나는 마음을 고쳐먹었다.

여태까지 이상으로 노력했고, 검이 부러졌을 때를 대비해서 검을 두 자루 지니게 되었다.

에리스가 주먹으로 싸우는 것도 비웃지 않게 되었고, 가볍게 교류하던 동년대의 제자들과도 소원해졌다.

또 노력하는 에리스를 보는 니나의 시선은 왠지 부드러워졌다.

그 뒤로 니나는 명실공히 에리스의 라이벌이 되지만….

그건 또 다른 이야기다.

참고로.

마왕 내습의 정보를 듣고 신이 나서 검을 갈던 검신은 니나의
이야기를 듣고 아쉽다는 얼굴로 조용히 검을 칼집에 넣었다고
한다.

9권 끝

무직전생 ~ 이세계에 갔으면 최선을 다한다 ~ **9**

2017년 2월 7일 초판 발행
2023년 10월 30일 7쇄 발행

저자	리후진 나 마고노테
일러스트	시로타카
옮긴이	한신남

발행인	정동훈
편집인	여영아
편집 팀장	황정아
편집	노혜림

발행처	(주)학산문화사
등록	1995년 7월 1일
등록번호	제3-632호
주소	서울특별시 동작구 상도로 282 학산빌딩
편집부	02-828-8838
마케팅	02-828-8986

ISBN 979-11-256-7610-2 04830
ISBN 979-11-256-0603-1 (세트)

값 8,800원